福運莽妻

上

文創風 940

山有木兮 著

目錄

序文

山有木兮

又一次從夢中醒來，夢裡的故事還是只記得頭尾，過程被模糊了。數不清這是第幾次這樣了，而每次唯一記得的，就是開始的高興和結尾的遺憾。

我是個多夢的人，睡眠質量常常不太好，偶爾有次能無夢睡到天亮，簡直是莫大的幸福。有時候，甚至覺得，我作的那些夢若是都能記詳細，都不知道能寫出多少個故事來了。

當然，那只是想想，記得是不可能記得的，能記住開頭和結尾就已經不錯了，每次醒來後不管怎麼回想，都想不起來夢中的過程。

好在我想像力足夠大，還可以自己構建一個合理的過程。

那些我們未曾經歷過的古時，有著它獨特的魅力，或鄉野田間，或科考入仕。

我鍾愛一切關於古風的東西，從它們的人到物，都深深地吸引著我去熟悉它，行文間更是尤為講究，生怕用錯一詞一句，便會時空錯亂，惹人出戲。

這本書的男、女主角都不完美，他們都有各自的缺陷，卻又都是鮮活的。

生活中四肢不勤的人不在少數，他們的父母就只想著讓孩子好好專注於一件事，而生活上的所有大小事都交給父母來操辦。他們並沒有考慮過，他們若有個萬一，除了那件事以外什麼都不會的孩子要怎麼活。

我就聽我外婆說過，他們隔壁那個人家的兒子就是聰明伶俐，念書十分厲害，可在他的父母意外去世後，他就成了眾人眼中連飯都不會煮的笨蛋。

曾是眾人誇讚的對象，哪兒拉得下臉去尋別人幫助？慢慢地，人就過傻了。

這是一種遺憾，一種現實中無法彌補的遺憾。

好在，我還能用另一種形式來彌補這個遺憾，我所有的天馬行空都能化為文字，組建出一個又一個縱然過程有些艱難，但結果依然幸福美好的故事。

畢竟生活已經夠苦，文中的世界就不需要再苦了，將甜甜的生活日常全都安排上，或許路上有些難以避過去的挫折，但有相愛之人常伴身側，便是苦也是夾著甜的。

人生在世，能遇上一個喜歡的人，他也正好喜歡妳，這是一件非常幸運的事情。這種幸運，可以讓妳在奮鬥路上遇見艱難險阻時，也不會輕易放棄，就盼望能帶著自己喜歡的人一起過上好日子。

《福運莽妻》講的就是相互喜歡的兩個人，如何在那樣的古時背景下相互扶持著，走到他們人生中最好位置的故事。

或許過程中有艱難，但只要有彼此，那便沒有什麼好退縮，迎難而上就是。

願我們的人生都能不留遺憾，遇一心上人，為之努力，過上幸福的好日子，歲歲年年都不孤單。

即使遇不上也無妨。餘生養一隻貓相伴，清茶一杯，享受另一種自在閒適的生活。

第一章 討債上門

小元村的舒家，聲名不太好。

舒家老大夫妻倆沒了，剩下一兒一女給老二養著。因為家裡平白添了兩張嘴，還要養二老，老二家很是不樂意，便時常苛待姊弟二人。

姊姊舒大丫舒燕就這樣活生生被搓磨沒了，靈魂換成了來自現代的舒燕。

舒燕來到舒家已經三天了，憑著原主留下來的記憶，很快熟悉了舒家所有人。

爺爺、奶奶不管事，一應聽二叔的，但二叔、二嬸卻不是什麼良善之輩。

兩人育有一兒一女，兒子好賭，女兒整天作著嫁入高門的美夢。

而大丫有一個六歲卻長得還沒四歲小孩好的弟弟，而大丫自己也是十三歲，長得還不如旁人家十歲女孩。總之一句話，這姊弟倆被舒家老二，也就是她二叔一家虐待得只剩下皮包骨。

「讓妳洗衣裳妳發什麼愣？吃白飯的還敢偷懶？看我不打死妳！」舒二嬸罵罵咧咧，毫不留情的一巴掌就朝著舒大丫後背招呼過去。

舒燕反應慢了半拍，被舒二嬸這一巴掌打了正著，整個人不受控制地栽到了洗衣裳的木盆子裡。

洗了一半的衣裳因這一下，徹底無法看了。

外頭聽到動靜的人家不由得搖頭感慨。

大丫有這麼個二嬸也是可憐，這方芥藍實在太狠了！

但方芥藍並不覺得自己有錯，抬腳還想往舒大丫身上招呼。

「別打我姊姊！」舒盛不知打哪衝了出來，用他瘦弱的身軀擋在了姊姊的面前。

方芥藍看見舒盛也不收住腳，舒燕眼見著那一腳就要踹到舒盛身上，咬牙將自己跟舒盛調了個位置。

就在這個時候，沒拴上的院門突然被人從外頭一腳踹開來。

「舒大壯人呢？」幾個凶神惡煞的混子闖了進來，不善地看著院子裡的方芥藍三人。

聽見自己兒子的名字，方芥藍心覺不妙，往舒大丫姊弟而去的腳一歪，差點摔了自己，她尷尬笑著穩住自己，問：「你、你們，找大壯有什麼事？」

整個小元村如今就只剩一戶人家姓舒，舒大壯是她兒子，十里八村的都知道，她根本無法裝傻。

混子踹門動靜太大，還揚言要找舒大壯，本就注意著舒家的村民儘管不太敢靠近，但都伸長了脖子往舒家家裡看。

「舒大壯在我們賭莊輸了二十兩銀子，快叫他出來把銀子還來！」

王大虎可不管是不是有人看熱鬧，嘴一張就道明來意。

他是替鎮上賭莊做事的，專門跟那些在賭莊裡輸了錢，卻很久沒來還的人討要所欠的銀兩。

俗稱，討債的。

方芥藍眼前一黑，恨不得把外面那些人的耳朵都堵上。

二十兩！那死孩子都跟他說了多少次，別去賭、別去賭，前腳答應得好好的，後腳就背著她又去賭了！

「看什麼看！有什麼好看的？都給我散了散了！那個，大壯他現在不在家，幾位好漢能不能寬限幾日？」方芥藍先向鄰里揮了揮手驅趕，後對著王大虎賠笑。

反正那二十兩銀子她是不想出的，先拖著再說！

舒燕眸光閃了閃，起身拉著弟弟避到一邊不吭聲。

外面圍觀的村民面面相覷，舒大壯賭輸了二十兩，這……

王大虎皺眉，狐疑地上下打量方芥藍。「妳不會是為了不還我們賭莊的錢，才故意說舒大壯不在家的吧？」

「那哪能啊？我……」

「你們都圍在我家門前幹麼？讓開讓開！」舒大壯抱怨的聲音由遠及近。

方芥藍的話戛然而止，臉色瞬間就變了。她剛說這孩子不在，他怎麼就回來了？

「舒大壯不在？嗯？」王大虎朝著方芥藍冷笑，看來是他們太溫和，才讓這女人敢當著他們的面撒謊！

方芥藍嚇得頭皮發麻，連連擺手否認。「不不不，我沒有撒謊，他剛才是真的不在！他這不是剛從外面回來嗎？」

「娘……」舒大壯擠開人群，見到自家院子裡多出來的人，喊聲驟然停下，他變了臉色，轉身就想跑。

王大虎冷哼一聲。「給我抓住他！」

「是！」

跟來的混子們應聲追上舒大壯，兩三下就將舒大壯的反抗鎮壓，並押回了舒家。

王大虎冷臉走到舒大壯面前，揍了舒大壯的肚子一拳。「你跑啊！有能耐在賭莊賒帳輸錢，沒能耐還是不是？爺今天就告訴你，這二十兩，你們要是還不上，你這雙手就別要了！」

「別別別，虎爺，我們還！」舒大壯顧不得疼，痛哭流涕地看向自家老娘，疾聲道：「我的親娘哎，妳倒是快拿出銀子來啊！難道妳想眼睜睜看著妳兒子被廢了雙手嗎？」

方芥藍眼睛一瞪。「我哪來的銀子？銀子都讓你輸光了，沒有！」

「怎麼會沒有呢？大伯不是留了五十兩給咱們家嗎？」舒大壯為了自己的手，嘴皮子一張，就把自家老娘守了許久的祕密抖了出來。

村民們譁然，原來舒老大夫妻倆留下了五十兩銀子，結果舒老二夫妻倆就是這麼對人家留下來的孩子？這太喪盡天良了！

「快，快去叫村長來！」不能讓舒老二一家貪了五十兩，卻不好好照顧大丫跟她弟弟。

方芥藍衝上去就想把要去通知的人拽回來。「叫什麼村長？給我回來！你們別聽大壯胡說，大丫她爹娘什麼都沒留下！」

舒燕摟著弟弟，抬眸死死地看著方芥藍，咬牙道：「二嬸敢對天發誓，我爹娘真的什麼都沒留下嗎？」

為人父母，走之前怎麼可能不替自家孩子著想？

舒大壯的話怕是真的，可原主一分錢沒見到不說，還被搓磨沒了命，連她過來後的這三天也是一直被指使著幹活！

「我說沒留下就是沒留下！」方芥藍一慌，沒攔得住去通知村長的人，更是氣急敗壞。

舒大壯以為自家老娘這是捨不得銀子，真要讓自己被廢了雙手，頓時就更急了。「我沒有胡說！我的話都是真的！」

「真什麼真！你就是胡說的！」方芥藍扠腰惡狠狠地瞪了兒子一眼。已經進了她口袋裡的銀子，想讓她吐出來？沒門！

舒大壯張嘴還想說什麼，王大虎卻是不耐煩了。「爺不管什麼真假，二十兩交出來！不交，爺現在就廢了這小子雙手！」

說完作勢就要對舒大壯的雙手動手，方芥藍當然不能讓自己兒子被廢了雙手，可她又捨不得銀子，怎麼辦？

方芥藍腦筋急轉，目光突然就定格在舒大丫那張生得還算不錯的臉上。

「等等！你們不能廢我兒子的雙手，不就是二十兩銀子嗎？你們看這丫頭怎麼樣？帶回去賣進窯子裡能值不少銀子吧？」

「不要臉！」舒燕指著方芥藍鼻子破口大罵。「妳貪我爹娘留下來的銀子也就算了，居然還想把我賣了，替他還賭債？」

舒盛小手緊攥著姊姊衣裳，生怕自己一鬆手姊姊就被帶走了。

方芥藍虎目一瞪。「你們吃我的、用我的，把妳賣了怎麼？都說妳爹娘什麼都沒留下，妳是聽不懂人話是不是？」

「就是！剛才是我胡謅的妳也信，蠢！」有了解決方法，舒大壯不堅持說詞了，眸底劃過貪婪，轉頭就對王大虎道：「虎爺，您瞧這丫頭長得多水靈，您把她帶走賣了，我那二十兩不僅還上了，還能剩下一點。」

「剩下那點，我也不求多，分我些零頭就成。」方芥藍接著道。

眾人被方芥藍母子倆的不要臉驚呆了，貪了人家大丫父母留下的五十兩銀子不算，他們居然還要賣了大丫給舒大壯還賭債！

舒燕氣哭了，對方芥藍母子倆怒目而視，再次破口大罵。「你們無恥！我告訴你們，誰欠下的賭債誰還！敢賣了我替他還債，我就扭頭撞了牆，下陰曹地府找我爹娘告狀，讓整個舒家不得安寧！」

「嘿，妳這個賤胚子竟敢威脅我？」

方芥藍一怒，轉手就抄起一根木頭，朝著舒燕打過去。那棍子足足有男人臂膀那般粗，這要真落在舒燕的身上，舒燕那豆芽菜似的身板可受不住。

眾人想攔，可離得遠根本來不及。

舒燕眸底劃過一絲戾氣，把弟弟拉到身後，不退反進，拚著兩敗俱傷的下場，無視方芥藍手中的棍子，抬腳就朝著方芥藍狠踹了過去。
這三天她雖然依舊被搓磨著，但她比原主機靈，偷偷摸摸的養了點精神，這一腳的力道用盡了她的全力，方芥藍不讓她好受，她也別想好受！
「啊！死丫頭妳竟敢踹我！」方芥藍手中的棍子是落在了舒燕身上，可同時她也挨了舒燕一腳，疼得她恨不得生吞活剝了舒燕。
舒燕陰鷙地朝方芥藍冷笑。「我不僅敢踹妳，還敢殺了妳，不信妳試試？反正我光腳的不怕穿鞋的，不怕死妳就來啊！與其逆來順受，被這般搓磨到死，倒不如我們同歸於盡！」
「妳！」方芥藍愣是被舒燕眼裡的陰鷙殺意驚著了，明明身板瘦小得她一手就能捏死，可偏偏從她嘴裡說出來的話卻讓人不由得信服。
這死丫頭是認真的！

「都讓讓，村長來了！」
兩人對峙一陣，村長姍姍來遲，擠過人群，出現在舒燕面前。
舒燕眼眶一紅，不等所有人反應，她便拉著弟弟朝著村長撲過去，伸手一把抱住了村長的雙腿，放聲大哭。
「村長，您要替大丫做主啊！我二嬸她、她不僅貪了我爹娘留下來的五十兩銀子，還要賣了我給舒大壯還賭債！」
「什麼？」村長，也就是周富貴驚了。

不是舒老二夫妻倆，昧下舒老大夫妻倆留下的五十兩銀子而已嗎？怎麼現在還演變成舒家老二媳婦要賣了大丫給大壯還賭債？

眾人見村長不明白，頓時七嘴八舌的把剛才所發生的事情告訴村長，每一個人說完都義憤填膺地瞪方芥藍一眼。

周富貴臉色一黑。

「方芥藍，這事妳可不厚道！大丫的爹娘明明留給大丫五十兩銀子，妳不說好好待大丫姊弟倆，事到如今，妳竟還生出要賣了大丫替大壯還賭債的心思來，妳還是不是人？」

「我怎麼不是人了？」方芥藍狠狠地把剛才多話的人都瞪了一遍。「誰說大丫她爹娘給她留下五十兩銀子了？沒有！她吃我的、用我的，如今大壯輸了錢，賣了她能還上，那是她的榮幸！」

王大虎自認替賭莊做了討債人以來，自己已經夠不要臉了，結果沒想到，舒大壯這個親娘比他還不要臉！

周富貴簡直大開眼界，他一直都知道這方芥藍厚臉皮，但沒想到居然這麼極品！既然賣人還債這種事情在方芥藍眼裡是榮幸的，那她怎麼不把她自己的閨女賣了？

他記得她閨女，跟大丫差不多一般大。

「我呸！這麼榮幸的事情，妳怎麼不讓舒芳草去？」舒燕嗤之以鼻地瞪了方芥藍一眼，那舒芳草是方芥藍的女兒，按理，要賣也應該賣她不是嗎？舒大壯可是舒芳草親哥！

「就是！方芥藍妳怎麼不賣妳親閨女？」王寡婦看不過去地點頭附和。

方芥藍就不知道什麼叫臉面，指著王寡婦鼻子就罵。「我們家芳草是她大丫能比得了的嗎？芳草以後是要嫁大戶人家的姑娘，大丫她算什麼東西？一個吃白飯的，賣了她換銀兩，還了大壯的賭債，還能讓她弟弟過得更好，有什麼不好的？」

「村長都聽見了吧，您若是不替大丫做主，大丫就沒法子活了。」舒燕抱著周富貴雙腿號哭，那模樣看起來要多可憐就有多可憐。

周富貴頓時頭疼。「大丫妳先起來再說。」

「不，村長，求您救救大丫！」舒燕哭得更大聲了。

舒盛緊跟著也哭。「村長，您救救姊姊。」

「哎，你們先起來啊！」周富貴心裡也非常不好受，看這姊弟倆哭的，方芥藍可真不是人！

方芥藍冷哼了聲。「村長，大丫是我舒家的人，我身為長輩，怎麼對她都可以，您最好別管，這是我們舒家的家務事！」

「放屁！是舒家人，就要由著妳隨意發落了不成？那我寧願不是妳舒家的人！」舒燕先是鬆開抱著村長的手，後拉著弟弟直接當著所有人的面朝村長跪了下去。「村長，我們姊弟二人要跟他們老舒家斷絕關係！」

方芥藍臉色一冷。「想要跟我們老舒家斷絕關係？門都沒有！別說妳一個丫頭片子還沒嫁出去了，就是妳弟弟，死後也得埋進我們老舒家的墳！」

「村長，您瞧瞧，我們姊弟二人若是繼續留在舒家，哪天死了都不知道，還請村長成全！」舒燕眼神發狠，她今天必須要脫離老舒家，否則今天她方芥藍可以賣她替舒大壯還債，明天她方芥藍就可以賣她弟弟舒盛。

周富貴為難地皺了皺眉。「斷絕關係可不是分家，大丫啊！妳得考慮清楚了，這斷絕了關係，妳跟妳弟弟住哪裡？吃什麼？怎麼活下去？」

「村長，我爹娘死前還給我與弟弟留下了五十兩呢，只要二嬸把這五十兩交出來，我們就不愁吃住！」舒燕直勾勾地看著方芥藍。「我們斷絕了關係，我爹娘留下的銀兩自然就該歸我姊弟二人。」

「放屁！」方芥藍席地一坐就開始撒潑。「爹娘啊！你們的不孝孫女要帶著你們的孫子跟老舒家斷絕關係不算，還想挖空我們老舒家啊！」

「你們有完沒完？」王大虎煩躁地撓了撓頭。「爺就是來討債的，舒大壯你趕緊把欠的銀子拿來！」

來要債還這麼多事，惹急了他，他可什麼都幹得出來！

舒大壯眼珠子滴溜溜地轉，非常硬氣地答道：「虎爺，我們家確實沒銀子，您要不就把那丫頭帶走！那零頭我們也就不跟您要了，只要您以後別來找我麻煩就成。」

事情實在拖太久了，王大虎聽了這話，不由得多看了舒燕一眼，發現小姑娘那張臉長得確實不錯，就是太瘦小了，補一下應該能養回來。

「爺，這筆買賣咱們不虧。」跟班湊到王大虎耳邊嘀咕。

舒燕當然不能讓王大虎他們帶走，卻也明白憑她一人根本無法跟這些混子抗衡，頓時悲從中來，絕望地起身就對著牆撞過去。

「比起被賣進窯子裡，我還不如去死！」

「哎！大丫，快，攔住她！」周富貴嚇得臉都白了，手忙腳亂地要去攔。

可大丫那丫頭速度太快了，他根本就來不及，圍觀眾人也沒料到大丫這般烈性，說死就真尋死，竟是沒一人反應過來的。

第二章　選擇

舒燕就那麼硬生生撞牆上去了，撞得腦門出血、眼冒金星，整個人軟倒在地。

「姊姊！姊姊妳不要死！」舒盛驚恐地跑到姊姊身邊，哭著伸手抓住姊姊的手。

王大虎才意動的心就這麼被舒燕擊碎了，他要個隨時會尋死的小姑娘幹麼？

「舒大壯，趕緊還錢！」王大虎踹了舒大壯一腳，還是看得見、摸得著的錢實在，他可不想自找麻煩。

方芥藍心疼兒子，瞪著舒燕就罵道：「有本事妳撞狠一點，直接撞死，這磕破點皮的，裝模作樣給誰看呢?!」

「大丫別聽妳二嬸的！」周富貴凶狠地瞪向方芥藍。「大丫就算不是妳的孩子，那也是舒家老大留下來的孩子，妳這麼做，就不怕夜裡舒家老大夫妻來找妳算帳嗎？」

方芥藍臉色一變。「老大家的孩子怎麼了？這三年他們吃我的、用我的，替我兒子還債有什麼不對！」

「夠了！都別吵了！」舒勇終於從屋子裡出來，沒好氣地瞪了眾人一眼。「我說你們也真是，我們舒家自己的事，怎麼辦不成？我爹娘都沒出來說什麼。村長，窯子不是什麼好地方不假，但至少能讓大丫吃飽穿暖啊？」

周富貴不敢置信地瞪圓了雙眼。「舒勇，這真是你這個做人二叔說出來的話？」

「我有什麼辦法？村長你又不是不知道，我們舒家老的老、少的少，本就過得艱難，再說了，我們養了大丫這麼久，她為這個家做出點貢獻怎麼了？」

「沒錯！而且她弟弟還在我們舒家，她走後我們還得替她照顧舒盛呢！」方芥藍一副舒燕還占了大便宜的模樣。

周富貴氣得老臉發黑，他這輩子就沒見過這麼無情無義又不要臉的人家！

「村長，事到如今，您還想勸我考慮不斷絕關係嗎？」舒燕氣若游絲，撞破的腦門一陣一陣的疼，要不是怕暈過去時自己沒死透還被帶走，她早就堅持不住了。

周富貴哪還會勸，徑直道：「斷！斷個乾淨，省得他們老舒家不當人看！」

「你說斷就斷？不可能！」方芥藍可不想入了她口袋的銀子再拿出來。

舒勇也是贊同地點頭。「沒錯，大丫跟小盛就是我們老舒家的人，想斷絕關係不可能！」

「不是不可能，是你們想要好處才肯斷吧！」舒燕臉上劃過一抹譏誚。「說吧，你們想要什麼？」

方芥藍眸光閃了閃。「這可是妳非要斷絕關係、非要我們說想要什麼的，可不是我們逼妳。」

「少廢話！」舒燕閉了閉眼，跟又當婊子又想立牌坊的人沒什麼好說的。

方芥藍與舒勇相視了一眼，貪婪的異口同聲道：「五十兩！沒有五十兩妳休想帶著妳弟弟跟我們老舒家斷絕關係！」

「五十兩！你們怎麼不去搶？」周富貴差點端不住自己身為村長的臉面，上去給這舒家老二夫妻倆一人一腳。

他們這不相當於是逼大丫去死嗎？大丫哪裡能拿得出五十兩？

舒燕毫不意外他們會獅子大開口，只睜眼淡漠地看了舒勇一眼。「五十兩，真虧得二叔、二嬸說得出口。不過也正好，我爹娘不是還留了五十兩給我和弟弟嗎？就拿那些抵了。村長，煩勞您幫忙寫一下斷絕書。」

「想得美！抵什麼抵？不可能！」方芥藍急了，這銀子要是抵了，她賺什麼，大壯的賭債怎麼還？「妳只有兩條路可以走，要麼拿出五十兩買妳跟妳弟弟與老舒家斷絕關係，要麼乖乖跟虎爺走，替大壯還債！」

舒盛瞪著哭紅的雙眼看方芥藍。「二嬸妳不要太過分了！」

「小兔崽子你說誰過分？你姊姊想帶著你跟老舒家斷絕關係、自立門戶了，你們這些年在舒家吃的、用的，哪一項不花錢啊？我要五十兩算少的了！」

「妳！」舒盛不過只是六歲的孩子，能鼓起勇氣罵方芥藍一句，已經算是不易了，哪裡能說贏方芥藍？他覺得自己很沒用，保護不了姊姊更什麼都做不了。

舒燕忍疼安撫地拍了拍舒盛的手，才開口道：「我選第二個。虎爺，我若能給您二十兩，是不是就不用跟您走？」

二十兩跟五十兩怎麼選，她還不傻，沒道理要讓方芥藍占了便宜。雖然，這兩種選擇其實虧得都是她，但如果能從老舒家脫離出去，吃點小虧也沒啥。

「我只是來要債的，債要到了手自然就會走。」王大虎的耐心快告罄了。

舒燕明白了，掙扎著站起來，看向眾人。「誰替我出這二十兩，我就嫁給誰做媳婦兒！」

「嗤！大丫妳看妳這半死不活的樣子，誰願意花這二十兩冤枉錢買妳回去做媳婦兒？」方芥藍忍不住笑了。「別是前腳剛買下，後腳妳就翹辮子了！」

眾人面色猶疑，方芥藍的話雖不好聽，但道理卻是沒錯。況且，這二十兩可不是什麼小數目。

見狀，舒燕抿了抿唇，心頭一片鬱結。難道天真要亡她不成？

「二十兩，我替妳出。」一片寂靜中，一道微喘的嗓音傳來。

「哎！景安啊，那可是你準備要去考童生的盤纏！」周富貴大驚，萬萬沒想到站出來的人會是封景安。

封老頭有著祖傳的木工技藝，所以封家過得很滋潤，在封老頭去世前，封景安一直都在鎮上的學院念書。

可天有不測風雲，在封景安即將要去考童生前，封老頭替人做的東西出了問題，不僅人被打死了，還要賠一大筆銀子。封家一夜之間一貧如洗，景安他娘受不住打擊也跟著去了，這童生考就耽擱了下來。

之後，封景安邊利用木工手藝掙錢邊念書，足足攢了三年才存了這二十兩銀子，那是他去考童生的盤纏。這一拿出來，豈不是不能再去參加童生考了？

方芥藍不敢置信地瞪圓了雙眼。「我說景安啊，等你考上了童生，想要什麼樣的姑娘沒有？何必要來湊嬸家這個熱鬧呢？」

「叔，煩勞您準備一下他們的斷絕書，斷絕書一簽，我立即把銀子給他們。」封景安沒搭理方芥藍，轉眸看著周富貴。

周富貴不贊同卻也不好說什麼，這畢竟是封景安自己的決定，只是最後他還是忍不住再次確認。「你確定了？」

「嗯，錢沒了可以再賺，人沒了不能重活。」封景安點頭，反正早考晚考於他而言都一樣，只是時間的問題而已。

周富貴嘆了聲，隨即讓人去準備斷絕書。

等待間舒燕忍不住打量封景安，白白淨淨的俊臉，就是人看著有點孱弱，她有些難以想像，那句話是從他嘴裡說出來的。這裡這麼多人都因為她看起來快死了，加上二十兩又太多而不肯站出來，偏偏他卻拿著自己要去考童生的盤纏站了出來。

童生考在這個地方對讀書人來說很重要，他是怎麼想的呢？

斷絕書很快拿了來。

方芥藍在斷絕書上按下了手印，等舒燕也在斷絕書上按下自己的手印後，封景安才把二十兩銀子交給王大虎。

自此，舒燕姊弟二人跟他們老舒家就沒有任何關係了。

舒燕妥善地把斷絕書收好，王大虎收了銀子帶人離開，舒家院裡，只剩下他們。

「走走走，妳已經不是我舒家人，還站在我舒家的地盤上幹啥？」方芥藍雖對這個結果不太滿意，但好歹兒子欠下的賭債不用自己還了。可扭頭看見舒燕還杵著沒走，她就拿著棍子要攆人。

舒燕還沒動，封景安先擋在了她的面前。「把棍子放下！」

他是讀書人，即便是呵斥他人，在旁人聽來也顯得沒有絲毫威脅性。

方芥藍嘲諷地笑了。「怎麼？這還沒過門成親呢，景安你就護上了？嬸可跟你說，這大丫啊，性子不好，動輒喊打喊殺，小心哪天夜裡她拿著刀，就把你脖子抹了。」

「她不會。」封景安抿了抿唇，看方芥藍的目光有些微妙。眼神彷彿是在提醒方芥藍，如果不是他們欺人太甚，大丫這麼瘦小的丫頭，才不會硬氣的放話殺人，更不會撞牆尋死。

方芥藍看懂了封景安的目光，頓時惱羞成怒。「你說不會她就不會啊？咱們且看著，嬸就等你哪日被她取了小命，哪日便去給你燒香！」

「嘿！方芥藍妳怎麼詛咒人啊！封老頭在世的時候，對你們舒家可沒不厚道過！」王寡婦不屑地瞪了瞪方芥藍。

拿封老頭給的好處時百般討好，封老頭沒了，就咒人家兒子早死，真沒見過方芥藍這麼不要臉的！

方芥藍那張嘴從沒饒過人，哪會被王寡婦區區一句話說倒？她一手扠腰，一手指著王寡婦罵。「什麼叫對我們舒家沒不厚道過？那是他封老頭對舒老大一家的厚道，跟我們老二家半毛錢關係都沒有，我們可沒拿封老頭任何東西！」

「妳說沒拿就沒拿？」王寡婦冷笑，毫不示弱地回擊。「妳屋子裡的桌椅板凳不是封老頭做的？德行！」

方芥藍臉都綠了。「是又怎麼樣？我們也沒不給銀子，銀貨兩訖的道理妳懂不懂？怪不得妳男人早死，我看就是被妳的不講理氣死的！」

「妳才不講理！」男人的死是王寡婦的痛腳，方芥藍偏偏去踩，讓王寡婦顧不得村長還在，衝上去就跟方芥藍扭打在一起。

一眨眼的工夫，兩人就往對方身上招呼了不下十拳，周富貴趕忙讓人上前分開兩人。

「放開我，我撕了方芥藍那張臭嘴！」

王寡婦被拉開後還猶自想要掙扎著衝回去繼續揍方芥藍，而方芥藍也一樣，她來舒家這麼久從沒吃過這麼大的虧，不報仇回來就不是她方芥藍！

眼見兩人不甘休，周富貴黑著臉怒斥。「夠了！誰再敢動手，就給我滾出小元村！」

「是她王寡婦先動手的，村長你不能偏心啊！」方芥藍不甘願地掙開拉走她的人，嘴裡卻依舊不饒人。

周富貴狠狠瞪了她一眼。「要不是妳嘴臭，王寡婦能動手嗎？」

「我……」

「行了！」舒勇自覺丟人，警告地看了方芥藍一眼。

方芥藍撇了撇嘴，儘管心中依舊難平，但到底是閉了嘴不再說什麼。

「今天讓大家看笑話了，都請回吧。」舒勇不管方芥藍，笑吟吟地下逐客令，整村的人都杵在他家院裡不走算怎麼回事？

合著你舒勇還知道讓大家看笑話了啊？可這辦的事怎麼一件比一件還不厚道呢？可憐了大丫姊弟二人，封景安把銀子都搭出去了，口袋空空，養他自己都吃力，如何還能負擔得起大丫姊弟？說起來，大丫怎麼這麼安靜？

眾人心中腹誹完，頓時有了疑惑，忍不住看向被封景安護在身後的舒燕，卻正巧見到舒燕雙眸緊閉，撐不住地往後倒。

「大丫！」眾人驚呼，手忙腳亂地將舒燕扶住。

「哎喲，大丫腦門這傷，得看大夫啊！」王寡婦頻頻拿眼看方芥藍一家。

方芥藍毫不示弱地瞪回去。「她跟我們家沒關係了，妳看我做什麼！」

「大丫這傷可是被妳逼的，看大夫不得要銀子嗎？這銀子妳不出誰出？景安的銀子方才可全給那要債的了！」王寡婦作不敢置信狀。「難道，妳想讓大丫就這麼沒了？」

「妳胡說八道什麼！」方芥藍臉色難看，她就算是心中這麼想，也不該由王寡婦大大咧咧地說出來！

周富貴痛心疾首地看著舒勇道：「舒勇，你若還有良心，就掏銀子給大丫看大夫治傷！」

舒勇故作為難。「村長，我們家日子也不好過，即便是要給，也給不了多少，最多只能給二兩銀子。」

「憑什麼？要我說啊，這二兩銀子我們都不該給，她自己撞傷的，跟我們有什麼關係？」方芥藍不樂意地白了舒勇一眼，他腦子進水了是不是？

有些話當著這麼多人的面不宜說得太清，舒勇直接從懷中掏出二兩銀子塞到封景安手裡。「別搭理她，快拿著銀子帶大丫去看大夫吧。」

「舒勇！你哪來的銀子？」

方芥藍張牙舞爪地衝上去，想要從封景安手中搶回那二兩銀子，卻被舒勇一把制住，捂住了嘴，剩下的話沒一句能說得清。

封景安心安理得地收下二兩銀子，抱起舒燕就走，舒盛趕忙抹去眼角的淚，抬腳跟上。姊姊千萬不能出事啊！

「走走走，散了，都散了！」周富貴招呼著眾人散去，不多時，舒家院裡就只剩下舒老二一家。

舒勇使了個眼色給兒子。「大壯，去把院門拴上。」

「啊？哦哦！」舒大壯不明白他爹想幹啥，但他剛犯了錯，他不敢有任何異議，順從地就去把院門牢牢的拴上。

確定院門關嚴實了，舒勇才放開了方芥藍。

方芥藍一得到自由就想嚷嚷，可聲還沒出，就被自家男人的一記冷眼嚇住了，到了嘴邊的話愣是換成了別的，還忍不住結巴。

「當、當家的，你這麼看我做啥？難道我護銀子還有錯了？」

「妳護銀子沒錯，但有些銀子該捨的還是得捨。」舒勇見方芥藍怕了，才移開目光。

方芥藍滿腦子疑問。「這是為什麼？銀子怎麼就該捨了？」

「大丫要是真死了，咱們在村子裡一定會被人戳脊梁骨，再說那封景安讀過書，誰知道他日後能不能考上，當大官？大丫跟著他，難保以後他發達了不會替大丫討公道，花二兩銀子買個心安不好嗎？」舒勇沒好氣地白了方芥藍一眼。

平時看著挺聰明的一個人，怎麼這會兒卻是看不明白了呢？

可方芥藍哪裡是看不明白？她是不認為封景安能考上，甚至覺得舒勇是杞人憂天。

「我說當家的，你也不看看封家現在的情況，他封景安還能考上啥？別想了，他爹娘地裡刨食的，他身為兒子能飛天？還有啊，他們家怎麼偏生在他快要考童生試的時候出事了？我看啊，就是老天爺不想讓他考上，讓他老老實實、本本分分地待在小元村裡頭，面朝黃土背朝天的活著！」

「話不能這麼說，萬一呢？但凡有個萬一，咱們家拿什麼跟人抗衡？行了，妳別說了。」舒勇皺眉說完，不給方芥藍再開口的機會，他上前揪住兒子大壯的耳朵就往裡屋走。

「哎哎哎，爹你輕點！」

舒勇下手一點兒沒留情，舒大壯疼得飆淚，卻不敢反抗。上次進賭莊輸了銀子，他爹揍他的陰影還沒消失呢，他哪敢反抗？

方芥藍跺了跺腳跟上去，反正銀子已經給了，說什麼都沒用，她只能日後再想法子從舒大丫身上摳回來。

至於舒勇的擔心，那都不是事，她就不覺得封景安有那本事考上！

第三章　雪中送炭

離了舒家後，封景安立即把舒燕送到了村裡唯一一個赤腳大夫那裡。

好在，舒燕腦門上的傷只是看著可怕，實際上並沒有傷到內裡，赤腳大夫開了外敷的藥後，封景安就抱著她回到了封家。

封家以前過得滋潤，房子也不差，只是房子從外頭看是間好房子，可裡頭，除了一張桌子、一個板凳再加一張床，就沒別的了，連鍋碗瓢盆都沒見著。

舒燕暈了一陣醒來時看見空蕩蕩的屋子，眼皮不禁一跳，有了不太好的預感。

封景安發現舒燕醒來後神情不對，才意識到什麼，耳根微紅，輕咳了一聲解釋。「我家以前的東西都變賣掉替我爹賠了那戶人家的損失，所以……」

「所以，這裡什麼都沒有，你不用吃飯嗎？不是，你爹娘沒了之後什麼都沒有，你是怎麼活到現在的？」舒燕不可思議地看著封景安，宛若在看什麼神奇的生物。

封景安有些窘迫，他該怎麼跟小姑娘說他不會做飯，飲食都是鄰居見他不會，幫忙做的？也太丟臉了。

「咳，妳是餓了嗎？我去讓隔壁鍾大嬸給妳做點吃的。」言罷，封景安不敢看小姑娘，轉身就往隔壁走去。

舒燕愣了許久，才明白過來封景安這話的意思，忙起身想要跟過去，無奈到底是撞傷了腦子，一起身就犯暈，撐不住地跌了回去。
「姊姊妳歇著，我去！」舒盛一轉身，追了出去。
舒燕沒法子，只能按下心思等著。
等舒盛到時，封景安已經熟練地掏出五枚銅板，交給了鍾大嬸。
鍾大嬸一抬眸看見舒盛在後頭，臉色不禁有些古怪，可礙於封景安在場，便沒說什麼推辭的話，默默收好銅板後轉身進了廚房。
可見這事，封景安沒少這麼辦。
現在的五枚銅板能買到的東西並不多，撐死了就一顆白麵饅頭，這還得看主家給不給你面子。
鍾大嬸一家七口，只有她男人一個勞動力，五枚銅板雖然不多，但也聊勝於無。
不過這般家境能拿出來的當然不會是什麼好東西，這最後端出來的東西，或許就是一碗稀粥配自家醃的鹹菜。
果然，鍾大嬸進去廚房後沒多久，就端出來一碗稀粥和一小碟鹹菜。
舒盛忍不住懷疑，新姊夫長得如此瘦弱，恐怕就是常年只吃一頓稀粥配鹹菜的緣故？
「景安啊，不是嬸子多嘴，這三年來你都是如此，終歸對你身子不好，現在你既然領回了大丫，就讓大丫照顧你吧。」鍾大嬸把稀粥和鹹菜送到封景安手上，忍不住勸了一句。
封老頭夫妻是很疼兒子的，從小就不讓封景安沾地裡的活兒，要不是祖傳的木工技藝不能失傳了，封老頭甚至不想教封景安。

因此封景安被養成了個只會讀書而不通農事的小子，更別說是自己開灶生火煮飯吃了。卻沒料想他們夫妻二人會去得那麼早，留下一個不通曉生活日常的封景安，還欠了那麼多銀子，這三年要不是他們家幫襯著做吃的，封景安說不定得餓死。

封家的那些地，因此荒了三年。

「嬸兒，大丫還小呢。」封景安尷尬地笑了笑，一時間竟是不知道該不該端著東西走。

鍾大嬸擺了擺手，也不多說，只道：「你心裡有數就成，這碗啊就不用還了。」

這話好聽，其實是不希望他再來麻煩的意思了。

封景安神色頓了頓，先前家裡只有他一人時，鍾大嬸看在爹娘的情分上，肯在做飯的時候添上他一份已經是仁至義盡。

如今有了大丫，鍾大嬸不願再為了幾枚銅板麻煩也是人之常情。

只是，大丫在他眼裡還只是一個沒長大的小丫頭，比他還瘦小，她能做什麼？

封景安心中長嘆了一聲，扭頭招呼著舒盛道：「走吧。」

舒盛一路乖乖跟在封景安後頭走，什麼都沒說，直到回到封家，關起門來。

「姊姊，我看見了，他用五個銅板換了一碗稀粥配鹹菜！」

封景安愣了一下。舒盛不必用如此驚奇的語氣，像告密一般說給舒燕聽吧……

舒燕看了眼封景安手裡的東西。「你可別告訴我，這些就是你這些年吃的？」

「就是！鍾大嬸說這些年他都吃這個的，還讓姊姊妳日後好好照顧他，不讓他還碗呢！」舒盛邀功似的搶答。

封景安再度無言，舒盛這孩子……

舒燕扶額。「罷了，拿五兩銀子給我。」

「妳要五兩銀子做什麼？」封景安擰眉，他已經沒有銀子了。

舒燕頓時反應過來，頭更疼了。「忘了你銀子都拿出來買我了。」

沒銀子，就意味著她想要什麼都不能買，她就是再能幹，也不可能憑空做出吃的來。

「這稀粥，你要是餓了，就先喝了墊墊肚子，我再想想法子。」

「我不餓，這是給妳吃的。」封景安狐疑，她到底想要五兩銀子做什麼？

舒燕不想負了封景安的好意，接過稀粥喝了，不過鹹菜沒吃。喝完後想了想，還是實話說道：「這家裡沒有鍋碗瓢盆、柴米油鹽，它們都得用銀子買啊，沒銀子誰會給你？」

是這個道理不錯，封景安頷首。「妳安心養傷，這些我來想辦法。」

舒燕沒好氣地瞪了封景安一眼。「沒銀子你能有什麼辦法？」

辦法要是說出口就能有的，這天底下也就沒那麼多走到絕境的人了。

他去挨家挨戶的借總能行吧？封景安抿唇。

「景安啊，幫叔開個門，叔給你送點東西來！」門外忽然傳來了村長周富貴的聲音，敲門聲也一下一下地響著。

封景安趕忙過去幫周富貴開了門，目光頓時落在周富貴兩手所提的東西上，也不知這麼多東西，他方才如何敲門的。

「叔，你這是？」

周富貴笑了笑。「當初啊，我說借你鍋碗瓢盆，你說你不會用不肯拿，如今你將攢的所有銀子都用出去了，想來也沒銀子再讓鍾大嬸給你做吃的了吧？我就想著把這些東西送來，你不會用，大丫總會的，還有這些米油跟鹽，叔家裡只能借你這麼多，可別嫌棄。」

「不嫌棄，村長你可幫了我們大忙了！」舒燕心中一喜，這可真是雪中送炭了！要是沒這些東西，她還得發愁怎麼弄呢！

封景安看著高興的舒燕，只得把拒絕嚥了回去，承諾道：「叔，這些東西，景安日後定會加倍還給您的。」

「什麼加不加倍的？你們啊，接下來好好過日子就成！」周富貴說著一拍大腿。「對了，大丫畢竟算是你用二十兩娶回來的，雖沒要求大辦，但也得走一走儀式，好將名分徹底定下來。如此，你爹娘知道了也會高興的。」

封景安下意識推辭。「這個不急，大丫腦袋上的傷還沒好呢。」

「現在沒好，總會有好的一天，怎麼？你花了銀子卻不想娶啊？」周富貴一急。「我跟你說，村裡這麼多人都親耳聽見了，你要是不娶，不得讓旁人戳大丫脊梁骨，說她忘恩負義啊？你可別跟我說是你不願，沒人相信的！」

可不是，二十兩銀子呢，誰能信他封景安願意白花？

舒燕不是那不識好歹的人，當初喊出那樣的條件時也有心理準備，當即便道：「成親的那些儀式我們也不懂，到時候還得煩勞村長幫忙張羅。」

這事周富貴不在行，但他媳婦兒會。

「不煩勞，等妳傷好了啊，我就讓妳嬸子過來幫忙！」他媳婦兒怎麼著先前也給他們的兒子張羅過婚事，這一回生兩回熟，肯定能把景安家這事辦妥當了。

舒燕真情實意地笑了。「那敢情好。」

反正在這裡，嫁誰都是嫁，封景安至少是在她陷於困境中時肯出手幫忙的人，以後再壞也不外乎就是和離，她沒什麼好怕的。

天高地闊，要是自己強大了，哪裡去不得？

封景安抿唇看了舒燕一眼，他救她不是為了讓她因為恩情嫁給他的，但目前，他似乎也沒有拒絕的機會。

「叔，我送你。」封景安斂了心神，不想讓他們再說太多。

周富貴看看這個又看看那個，到底是把還想說的話嚥了回去，擺手拒絕。「就這麼幾步路，不用你送。」

「大丫啊，叔就先走了，有什麼事讓小盛到我家去喊一聲啊！」

「好的，謝謝叔。」舒燕撐著起身要送。

周富貴忙抬手往下壓了壓。「別起來，好好養傷。」

「唉！」舒燕聽話地靠了回去。

周富貴轉身離開，留下一應什物跟封景安對視。它們認識他，他卻不認識它們。

封景安一時犯了難，這些東西都應該怎麼整理？

「小盛，你把米油跟鹽尋個地方放好，別讓老鼠吃了，還有鍋，搬到灶臺上去放。」舒燕無奈扶額，顯然封景安不通曉生活日常是真的。這些在尋常人家眼裡必須的東西，到了封景安這兒，就成了擺設。

舒盛應了聲便上手去拿。

周富貴帶來的米油跟鹽不多，總共加起來也就三斤左右，米占多數。

但真要吃起來，足夠三個人吃頓飽的。還是得想法子賺錢啊，有了錢就能買米買油，否則已經趕不上春種的他們，肯定得餓死。

封景安看著鍋，猶豫了下，還是走過去把鍋拿了起來。

把鍋放到灶臺上他還是會的。

一大一小忙活了會兒，本來就不多的東西便放好了。

舒燕緩過來後也沒那麼暈了，就想著去封家的菜地裡瞧瞧，雖然她其實並沒有抱什麼希望，但，真的看見本該種滿菜的菜園子裡長的都是草，她還是忍不住失望。

也是，封景安除了會讀書跟他爹教給他的木工技藝，哪裡會照顧菜園子？

即便這菜園子裡原本應該還有些菜，也因為無人照顧死掉了。

「唉……」

封景安總覺得舒燕這聲長嘆是給他的。

「姊姊，這有好東西！」舒盛原是一雙眼死瞪著菜園子裡長的草，試圖想從中找出被遺漏掉的菜，沒承想還真讓他發現了。

他興奮地衝進草叢裡，揪了一把自己發現的東西舉起來給姊姊看。細長，綠色的，瞅著像是韭菜。

舒燕眼睛一亮，忙不迭地快步走過去，從弟弟手裡接過像是韭菜的菜仔細看了看，又湊到鼻下聞了聞，生怕是長得像韭菜的草。

好在湊到鼻子下，她聞到了獨屬於韭菜的香，這確實就是韭菜。

韭菜生命力強，放在那，即便無人照顧，只要天還下雨，它就能活，不過長勢肯定不能跟有人照顧的相比。像她手裡這把韭菜，長得並不是很好，也就現在湊合著能吃吧。

「封景安，你家裡有刀嗎？」

舒燕拿著韭菜直勾勾看向封景安，她想把這菜園子裡長的草先除了。說不定在這茂盛的草叢下，還藏著別的能吃的好東西。

封景安瞬間明白舒燕的意思，不贊同地擰眉。「妳腦袋上的傷還沒好。」

「沒好就沒好，傷的又不是手腳，家裡到底有沒有刀？」舒燕不在意，為了不餓肚子，她什麼都能做，只是除個草而已。

封景安眸光沈了沈。家裡是有刀的，他做木工所用的工具中就有刀，那是他爹傳給他的木工傢伙，再難他也沒想過要將其賣了。

「等著。」封景安轉身回屋取刀。

不一會兒，他便提著一把砍刀而來。

舒燕略有些嫌棄，但還是伸手從封景安的手中接過刀，沒鐮刀這種東西，湊合著用吧。

沒想到，封景安沒鬆手。

「嗯？」他這啥意思？

封景安看著舒燕，堅定地道：「妳歇著，我來。」

「……你、你確定你會？」舒燕哭笑不得，他一頓飯都不會做的，這會兒逞什麼能呢？

封景安不點頭卻也不鬆手，無聲表示自己的決定。

「行，你來就你來。」舒燕不跟封景安爭了，乾脆地鬆開手。

封景安提著刀走到足足有他半腰高的草前，卻發現自己好像無從下手，臉色微僵。

他們除草都是怎麼做的來著？

好像是先伸手把草攏到一起，然後手起刀落，砍下去？

「嘶……」封景安循著記憶中村裡人除草的樣子做，卻在第一步就被草割破了手。

舒燕不厚道地笑了，然後走過去強硬地從他的手中奪過砍刀。「這些草葉鋒利得很，你不會就別逞能，平白傷了手。

「小盛，帶他去邊上等著。」

「好嘞！」舒盛聽話地跑過來，用他那剛才揪過韭菜的手拉住封景安的衣袖，將人往菜園子邊上帶。

袖子上頓時出現了髒手印，封景安眉頭一皺，心中有些不適。「我可以自己走。」

「對不起。」舒盛後知後覺地發現自己把封景安的衣袖弄髒了，頓時有些不安。

封景安搖了搖頭安撫。「沒事，洗洗就好了。」

舒燕蹲下來，拿著砍刀直接砍草的根部，且不伸手去碰那些草。

眨眼的工夫，她面前的草就倒下了一小半，還不傷手。

封景安不得不承認自己沒用，至少他就沒想到如此不傷手的法子。

按道理，草長得越茂盛，裡頭就容易藏有蛇鼠一類的東西。

故而，舒燕砍草時格外注意，就怕不小心遇上了。可人的視線範圍到底有限，她再注意，也不能面面俱到，總是會有死角。於是，在她砍了大半的草，來到菜園子中央時，就沒發現左邊有條小青蛇直勾勾地盯著她吐信。

封景安一抬眸，發現小青蛇的存在，臉色瞬間一變。「停住，別動！」

「姊姊，左邊，妳的左邊有條小青蛇！」舒盛想過去，又不敢。

小青蛇？

舒燕停下動作，往自己的左邊看去，一下子就對上了小青蛇的眼睛。

她驚了驚，這蛇啥時候在這的？這是來送食物？

第四章 成親

封景安怕舒燕腦門上的傷還沒好，就又被蛇咬了，忙道：「小心退出來，別驚動了那蛇！」

「這蛇沒毒。」舒燕瞇了瞇眼，眼底劃過一抹興奮。

小青蛇分很多種，有些是有毒，有些是無毒的，而她眼前這條，就是普通的翠青蛇，無毒。不是很大，大概只有她兩指併在一起這麼大吧。

蛇肉可是好東西，大補啊！

這麼想著，舒燕放下手中砍刀，往小青蛇慢慢地靠近。

封景安在旁看了震驚。

不是，她怎麼還靠近蛇了呢？

這條翠青蛇大概有點蠢，看見舒燕靠近不僅不跑，蛇信子吐得反而更歡快了，好似覺得這樣就能將舒燕嚇住。

舒燕一臉冷漠地出手，快狠準地捏住了小青蛇的頭，將蛇拎了起來。

女孩子看見蛇這種動物不是應該驚慌失措嗎？

封景安覺得自己這些年對女孩子的認知好像出現了偏差，她們似乎不怕蛇，還敢以手抓蛇。

後來，封景安才發現，也就舒燕敢而已，其他人見著蛇都是慌不擇路的逃跑。

「姊姊好厲害！」舒盛眼睛發亮地看著姊姊，但還是不敢過去。畢竟，那條被姊姊捏住頭的蛇，軀幹蕩悠悠在虛空中還扭成了圓，企圖纏上姊姊的手，怪可怕的。

舒燕笑了笑，兩三下弄死了小青蛇。「好了，蛇死了，小盛別怕。」

「我沒怕！」舒盛不好意思地撓頭，姊姊是女孩子都沒怕，他是小男子漢了怎麼能怕呢？

封景安不能接受地閉了閉眼。「死了就扔了，妳還拿在手上做啥？」

「自是要留著做道菜了。」舒燕一手拿蛇，一手撿起砍刀往家走，草也不除了，這蛇死了得趕緊處理，免得不新鮮。

封景安頓時睜眼，跟在後頭不敢置信地問道：「妳說什麼？」

「做道菜啊。」舒燕奇怪地看著封景安。難道這兒的人，不吃蛇？

封景安臉色變了變。「蛇怎麼能做菜？不、不能吃！」

「怎麼不能？你等著，我做給你吃！」

「不……」封景安拒絕的話未完就見舒燕拿刀劃開了蛇肚，從中取出了蛇膽。

「嘔……」封景安控制不住地乾嘔，眼神瞬間不敢往舒燕那邊看。

舒盛小臉也有些白，但沒覺得噁心，只覺得好奇。

姊姊到底是要怎麼把蛇做成菜呢？

「小盛，帶他出去溜達溜達，半個時辰後再回來。」舒燕停下動作，她懷疑再讓封景安看下去，一會兒做好了封景安會不敢吃。

她現在有點後悔。

早知書生比較文弱，接受不能，她應該瞞著封景安處理這條小青蛇的，現在倒好，做好了還得想法子哄他吃。果然撞了腦袋，想事情都後知後覺了。

舒盛很想看姊姊怎麼把小青蛇做成菜，但他是乖孩子，姊姊吩咐了就要去做，於是伸手過去想拉封景安走。

封景安避開了舒盛的手，忍著心頭的不適道：「用這蛇燒的菜，我不會吃的！」

「好的，知道你不敢吃，我會另外做別的東西。」舒燕煞有介事地點頭，就是眼底有些看不起。

看不起？

封景安抿了抿唇，深吸一口氣，於心中告誡自己，不要中了舒燕的激將法，用蛇做出來的東西吃不得。

「哼！」他故作氣怒，拂袖往外走。

舒燕給了舒盛一記眼神，讓舒盛趕緊跟過去，半個時辰後把人領回來。

舒盛領會，趕忙追了出去……

半個時辰後，本還不想歸家的封景安愣是被舒盛拉回了家。

剛一靠近，就聞到了從家裡飄出來的肉香味。

封景安臉色一綠。舒燕還真把那條蛇做成菜了？

「哇，好香啊！」舒盛貪婪地深吸了一口空氣中的肉香味，迫不及待地拉著封景安進門。

剛好，舒燕端菜從廚房中出來，封景安一眼就看到了她手上那盤菜裡切成一段一段的東西，臉色又是一變。

「去洗手吃飯。」舒燕當沒看到，把菜放到了桌上。

封景安渾身上下都寫滿了拒絕，他往後退了一步。「你們自己吃，我去鍾大嬸那。」

「小盛，關門。」

舒盛鬆開封景安，扭頭就把門關上，還落了栓。

「……」封景安扶額。「妳這是幹麼？」

「飯都做好了，你居然告訴我你要去鍾大嬸那兒，是想讓鍾大嬸認為我不給你飯吃嗎？」舒燕沉了臉。

封景安搖頭。「我沒那個意思，我只是，不想吃蛇肉。」

「你是沒那個意思，但你今天踏出這門，別人就認為你有那個意思，再說了，不想吃蛇肉，我不也單炒了道韭菜嗎？

「小盛，去廚房把粥端出來。」舒燕不慣著封景安，她得讓封景安自己習慣。

他們現在能吃的東西少，像今日這種用蛇肉、蛙肉、鼠肉之類的野味做菜的事情，想來日後只會多不會少，難道封景安以後的每頓都不吃嗎？

舒盛聽話地進廚房將姊姊煮好的粥端了出來，白粥，裡頭什麼添加都沒有，米還有點少。

見狀，封景安勉強能接受，在桌前落坐，大不了他就喝白粥，其他的都不碰。

舒燕替每人舀了碗粥。「趁熱吃吧，涼了就不好吃了。」

「姊姊妳也吃！」舒盛看著姊姊，他要等姊姊開動了再吃。

舒燕挾了塊紅燒蛇肉給舒盛後，才自己開吃起來。

一開始，舒盛只喝白粥，還不敢碰自己碗裡的蛇肉，而後還是沒忍住肉香吃了。而封景安是看都不敢看，只顧埋頭喝粥，連白粥裡有些不同尋常的鮮味都沒察覺。

後來，吃得差不多了，舒燕笑著問：「粥好喝嗎？」

「好喝。」一大一小異口同聲地回答。

舒燕朝已經空盤的紅燒蛇肉抬了抬下顎。「我用蛇熬出來的湯煮的。」

換言之，封景安沒吃蛇肉，但喝了蛇湯。

一時間，他有點反胃想吐。

「吃都吃了，可別吐，平白浪費糧食不好，畢竟咱們家糧食少，金貴著呢。」舒燕伸出小手越過桌子，探出大半個身子，捂住了封景安的嘴。

封景安吐也不是，不吐也不是，最後硬生生地被迫接受了現實。

三日後，舒燕腦門上的傷口開始結痂，成親一事正式提上日程。
周富貴的媳婦兒姓蘇，叫蘇蟬，是個長得比男人還壯的女子，但心思卻很細。
那天舒家發生的事情，雖然她沒在場，但後來她卻是聽周富貴說過的。
一來到封家，蘇蟬就先拉著舒燕到一邊，背對著封景安問：「大丫，妳老實告訴嬸子，妳是真心要嫁給景安的嗎？嬸子可跟妳說啊，這做人不能沒良心，妳不能脫離了危險，就心大地想跟景安撇清關係啊。」
「嬸兒，妳怎麼會這麼問？」舒燕微瞇了瞇眼，敏銳地察覺到不對勁。她到封家這些日子，可都沒踏出封家門半步，怎麼她就心大想跟封景安撇清關係了？
蘇蟬狐疑。「別管我為啥這樣問，妳就老實告訴我，是不是有那個想法就成。」
「當然沒有，嬸兒妳這都是從哪聽來的謠言？」舒燕哭笑不得。
蘇蟬眼睛一瞪，拍了大腿一掌，怒道：「肯定是方芥藍幹的！這幾日，村子裡總有人傳，妳成功帶著弟弟跟舒家斷絕關係之後就不想跟景安成親了，我還以為是真的呢！合著根本就是有些人見不得別人好！」
「嬸兒別生氣，這沒影的事呢，說不定不是我二嬸。」舒燕倒是沒想到這幾天外頭竟然傳了這樣的謠言。
封景安每日出去找木頭，肯定聽說了，可他怎麼都沒跟她提過呢？
是不在意，還是……
「不是她還有誰？整個小元村裡，就數妳二嬸巴不得妳不好！」蘇蟬也沒證據，但除了方芥藍，她還真想不到村裡有誰這麼無聊，大丫沒了爹娘又受盡折磨，大家多少都懂得留口德，就方芥藍最有可能。

舒燕回神笑了笑。「沒事，嬸兒別生氣，等我跟景安拜完堂，那些謠言就不攻自破了。」

「是這個道理。大丫妳放心，嬸子一定幫你們把這成親辦妥了！」蘇蟬拉著舒燕，就開始商談成親事宜，只要大丫沒那個心思，外頭說得再凶都沒用。

接著，舒燕愣是被她一連串詳細內容繞暈了。說好的只是簡單地走個成親的儀式，怎麼到了蘇嬸這兒，聽起來就那麼複雜了？

「停一下，嬸兒，妳是不是搞錯了？這些東西是必須的？嬸兒也知道，我們家……」

「景安沒跟妳說？」蘇蟬眸底劃過一抹錯愕，那些東西可是景安自己說一定要有的。

舒燕茫然地搖頭。「沒有，嬸兒，這些都是他說要的？他哪來的銀子置辦？」

封家除了長草的菜園子，啥也沒有，連鍋碗瓢盆都是村長借給他們的呢，飯都快吃不上了，封景安成親還要有三媒六聘？

「這我可不知道，反正景安是特地找我這麼要求的。」蘇蟬不是沒勸過，但封景安堅持，她勸不動，只能照辦。

舒燕扶額。「嬸兒，今日您先回，待我問清楚他怎麼想的，再請您過來。」

「好好說，別吵架啊。」蘇蟬不放心地叮囑，就怕小倆口親還沒成，就先吵了個不可開交。

舒燕再三保證地將蘇蟬送出了封家門，扭頭就去找封景安。

封家以前靠木工技藝掙錢，封父為了方便，起房子的時候特意留了一間房，專門用於放木頭，做東西。

封景安此時就在那間房裡，舒燕徑直走了進去。

「你怎麼想的？為何要蘇嬸按照三媒六聘的規矩來？你有銀子嗎？」

「沒有。」封景安停下手中的動作，抬眸看舒燕。「但我很快就能賣出一批桌椅，換得的銀子辦婚事綽綽有餘。」

舒燕沒好氣地瞪了封景安一眼。「綽綽有餘也不行，你沒見家裡什麼都沒有嗎？成親就簡單拜個堂就好了，何必費那銀子？」

他有銀子不先考慮吃穿用度，反倒要用在成親這等做表面功夫的地方，難道是覺得辦得太簡單會虧欠了她不成？

這念頭讓舒燕嚇了一跳。不會真是她所想的那樣吧？於情於理，他都已經夠幫她的了。

「你……」

「成親，三媒六聘是規矩，不聘而奔者可是妾，妳樂意？」封景安想仗著舒燕聽不懂，嚇唬她。

舒燕無言，得虧她不是原本的舒燕，否則還真得被封景安嚇住了，畢竟也沒人跟舒燕說過這樣的道理。

不過，她不能讓封景安覺得她懂。

「什麼妾？雖然聽不太懂，但我大概明白你啥意思，可當初你替我出了那二十兩銀子，對於我來說就已經是聘禮。」

「那不能相提並論。」封景安擰眉，那銀子讓要債的拿了去，怎麼能算是聘禮呢？

舒燕長吁了一口氣。「反正我不管，要麼別提什麼三媒六聘，要麼我就不嫁了！」

「妳！」封景安頭疼。「可這樣簡單的拜堂，就……」

「就什麼？你若覺得虧欠，就用你的手藝給我做個小玩意便是。」舒燕憂心忡忡。「你不通曉生活日常，不知銀子貴賤，我不怪你。你要為了我們以後的生活好好著想，你封家的地還荒著呢，現在哪裡都要用銀子，把成親要花費的銀子省下來不好嗎？」

封景安抿唇，不是不好，只是這樣就委屈了舒燕而已。

本來他花銀子救下舒燕，就沒想要真娶她，可流言傷人，有些人往往是只相信自己認為的而不會聽別人道出的真相，他不想舒燕被人戳著脊梁骨罵才應下了。

如果成親就這樣簡單的辦了，他過不了心裡這一關。

「說話！」舒燕急了，她都把話說到這個分上了，封景安怎麼還是沒有要打消主意？

封景安眸底劃過無奈，罷了。

「依妳說的辦吧。」再扯下去，無法善了了。

「好，那我這就去找蘇嬸說！」舒燕鬆了口氣，高興地轉身往外走。

封景安忙起身伸手拉住她。「等等，成親一切都可以從簡，但妳的嫁衣要有。」

「嫁衣？」舒燕冷靜下來，眸底劃過一抹暗光。

封景安不說，她倒是差點忘了，舒母當年可是給原主備下了以後出嫁的嫁衣的。那件嫁衣雖然普通，卻也花了舒母不少的銀錢，一直被舒母收在自己的箱子裡，但她死後，箱子裡的那件嫁衣就不見了蹤影。

離開舒家的時候，她沒想起來過問這件嫁衣的去處，如今去要，以方芥藍的脾氣，怕是不僅不願給，肯定還要好生奚落她一番。

「怎麼臉色不太好？」封景安皺眉。

舒燕搖了搖頭。「沒什麼，我只是擔心嫁衣哪裡來，一般姑娘家出嫁前都會自己做，可我……」

她在舒家，那就是做牛做馬的小丫鬟，哪裡有時間為自己做嫁衣？

封景安還以為她連嫁衣都要拒絕，沒想到只是擔心嫁衣的來路，頓時有些哭笑不得。「放心，嫁衣既然是我提的，那必是會準備好給妳的。」

「不花銀子？」

「不花。」

「那行，我去找蘇嬸。」舒燕掰開封景安拉住她的手，腳步輕快地往外走，不花銀子的嫁衣她可以接受。

封景安握了握方才抓住舒燕的手，哂笑一聲。

真好哄。他說不花銀子就信，嫁衣這種東西怎麼可能會不用銀子呢？

舒燕本以為是封母給封景安的未來媳婦兒做了件嫁衣，可等她出了門，才後知後覺的意識到不對，哪會有婆母給兒媳婦準備嫁衣的？她被封景安騙了！

但一件嫁衣也不知道要花多少銀子，應該比三媒六聘要少很多吧……

舒燕有些糾結，封景安這樣算是退了一步，她還要不要再找封景安說不要嫁衣？成親一切從簡，連嫁衣都沒有，會惹來嘲笑的吧？

罷了，總比三媒六聘花的銀子少，就折衷吧。

蘇蟬沒想到大丫真能勸動封景安，一時很是驚訝。「妳怎麼勸的？我當初嘴皮子都快磨破了，景安都沒答應從簡！」

「我沒勸啊，威脅了一下下罷了。」舒燕眉眼彎了彎，卻沒再接著這個話題往下說，而是說起成親那天的事。「嬸兒，依您看，我跟景安在哪天成親合適呢？」

蘇蟬抓心撓肺地好奇大丫是怎麼威脅封景安的，但身為長輩不好多問，只能按下心中的好奇，道：「五日後就有一個好日子。妳若是不嫌腦門上的傷沒好全，不好看，五日後就可成親。」

「不嫌不嫌，早日成親也好早日堵了那些長舌之人的嘴。」舒燕連連擺手，腦門上的傷算什麼，到時候紅蓋頭一蓋，不就什麼都看不見了？

封景安這些日子也早就見慣了她腦門上那道傷，他一定不會介意的。

「既然這樣，那嬸子就準備下去了，五日後定給你們辦個從簡卻又不丟臉的婚禮！」蘇蟬笑呵呵地已經開始盤算什麼東西該有，又該請什麼人來做見證了。

舒燕對蘇蟬說了感激的話後，才告辭回去。

第五章　拜堂

五日轉瞬就到，這一日，舒燕在村長家換上了新嫁衣，等著封景安來娶。

她跟老舒家斷絕了關係，出嫁自是不能在舒家，幸好蘇蟬主動提議讓她從他們家出嫁，不然她最後說不定是從封家那間專門放木頭的房間裡出嫁了。

雖是一切從簡，但喜慶的大紅花還是有的。

當封景安身戴大紅花踏出封家門，往村長家而去，村子裡那些個傳流言的長舌人皆是沈默，甚至感到臉有點疼。

方芥藍早早就守在村長家門口，等著看熱鬧。

大丫成親卻沒有嫁衣穿上身，那場面肯定非常難看！

遠遠地看見封景安走來，方芥藍頓時更興奮。

來了來了，她很快就能看見期待的場面了！哼，蘇蟬那個男人似的女人還不許她進門去瞧，她在外面，這不依舊能瞧到想瞧的？現在若要讓她進去，她還不稀罕呢！

封景安來到周家門前，一眼就看到了眼含興奮、全身上下都寫滿了幸災樂禍的方芥藍，眸底飛快地劃過一抹暗光。

他本不想搭理，不料方芥藍倒是忍不住湊了上來。

「哎喲，景安啊，你今日就成親了啊，東西都備齊了嗎？這成親啊，新娘子沒有嫁衣可不好看。」方芥藍眼睛發亮地看著封景安，就只差說出「你求我啊，求我我就給大丫那死丫頭送上一身嫁衣」這般話來。

蘇蟬正好出來看封景安來了沒有，就剛好聽到方芥藍這話，眼睛一瞪，幾步走過去把堵在封景安面前的方芥藍推開。

「哎！誰推老娘？」方芥藍不察，差點就被推倒摔了個狗吃屎，她嘴裡罵罵咧咧，抬眸看見蘇蟬站在了她剛才的位置上，心中登時就更怒了。

「我當是誰呢！蘇蟬，妳憑什麼推我？」

蘇蟬白了方芥藍一眼。「我推妳算輕的！今天可是景安成親的好日子，妳擋在他的面前想幹啥？方芥藍，我可警告妳，別鬧事，否則我饒不了妳！」

「誰說我鬧事了？誰看見了？不是，蘇蟬，難道我就不能關心關心景安嗎？」方芥藍嘴皮子上下一碰，極不要臉的把巴不得看熱鬧說成關心。

蘇蟬譏誚地斜睨了方芥藍一眼。「就妳，還關心？妳要不是來看熱鬧的，母豬都會上樹了！」

「這話怎麼這麼說呢？蘇蟬妳……」

「方嬸既是說來關心的，那定是給大丫備了添妝禮了？」封景安淡笑了聲。

方芥藍一噎，眸光閃爍地後退了兩步。「你說什麼添妝？我們家飯都要吃不起了，哪裡來的東西給一個外人添妝？」

「那妳在這裝什麼大尾巴狼？滾一邊去，耽擱了吉時妳擔待得起嗎？」蘇蟬啐了方芥藍一句，拉著封景安就進了屋。

方芥藍怨毒地瞪著兩人進屋的背影，暗罵。「得意什麼？一會兒大丫出來身上沒穿嫁衣，我倒要看看你們的臉怎麼丟！」

出嫁女出門一般由自家兄弟揹著，但舒盛還太小，舒燕又不願讓周家的人揹自己出門，所以就改成了由舒盛牽著出門。

舒盛小大人似的將姊姊的手交到了封景安的手中，嚴肅地看著他道：「封景安，你要好好待我姊姊，不然我長大了肯定不會放過你。」

小人兒還沒他的腰際高，卻一本正經、嚴肅無比的說著囑託與威脅。如此場面看來有些好笑，但封景安沒有笑，他牽緊了舒燕的手，鄭重地對著舒盛點頭。

「我不會。」縱然無情，但他娶了就定會負起責任。

舒燕心中一暖，雖不知道封景安如此是出自於真心還是只是走個場面，但他願意在今日順著小盛，就已經是件很好的事了。

「出門吧，別耽擱了吉時。」蘇蟬催了催。

封景安牽著舒燕告別蘇蟬一家，照顧著被紅蓋頭遮掩去了視線的舒燕往外走。

當外頭正等著看兩人丟臉的方芥藍看到舒燕身上的紅色嫁衣時，臉色瞬間就是一綠。

大丫身上的嫁衣哪裡來的？

「這不會是別人穿過的舊嫁衣吧？」方芥藍故意挑高了音調，生怕別人聽不見。

反正她是絕對不會相信大丫身上的嫁衣是新的。否則她守這麼半天，豈不就是看自己的笑話了？

封景安臉色一冷。「在方嬸眼裡，大丫就只配穿別人穿過的嫁衣的命？」

「我可沒這麼說。」方芥藍撇著嘴不認，可她那樣子分明就是這麼認為的。

眾人一時間交頭接耳地對舒燕身上的嫁衣指指點點，心裡疑惑。

這嫁衣很新，不像是別人穿過的啊！方芥藍怕是想在這大好的日子裡噁心人家吧？

舒燕冷笑了一聲。「那還真是不好意思，這嫁衣是我家夫君親自置辦的呢，可不是什麼別人穿過的舊嫁衣。」

「不可能！他銀子都搭給王大虎贖妳了，哪來的銀子給妳置辦嫁衣？」方芥藍攥緊了雙手，說什麼都不信封景安還有餘錢，況且這餘錢還是用來給大丫置辦新嫁衣，怎麼可能？

王寡婦於人群中高喊。「景安既然能存下二十兩換了個媳婦兒，那能有銀子幫媳婦兒置辦嫁衣有什麼奇怪的？」

「就是，方芥藍妳就是故意膈應人的吧！」眾人七嘴八舌地指責方芥藍不懂事。

方芥藍臉色鐵青，看著封景安與舒燕攜手往封家而去的背影，氣急敗壞地罵罵咧咧。

可惜，並沒有人理她。

舒芳草覺得丟臉，不管她娘，連忙扭頭就走。

大伯娘給大丫留下的嫁衣被她娘收走，打算日後給她做嫁衣這事她是聽她娘說過的。本來以為今日過來能看大丫的熱鬧，結果大丫的熱鬧沒看成，反倒是她娘面子丟了。

到了封家，就見許齋已站在封家父母的牌位旁邊等著兩人。

許齋是小元村唯一的教書先生，曾給封景安開蒙，又當過封景安的老師，給封景安小倆口做個成親的見證人是綽綽有餘的。

要是旁人成親，可不一定能請得動他做見證人。

「轉眼間，你都要娶妻了。」許齋看著封景安有些感慨，當年他開過蒙的小子，如今已經長成大小夥子了。儘管看著瘦弱，但日後也是為人夫一般的存在了。

封景安笑了笑。「人總要長大，老師您的年紀也越發見長了。」

許齋有那麼一瞬間想拿戒尺打人，這臭小子就不能說話好聽些嗎？

他板著臉，接下來的話不想說了，直接道：「拜堂吧，吉時差不多了。」

「一拜天地！」

封景安挑眉，但到底是沒說什麼，扶著舒燕轉身面對天地，一同拜了下去。

「二拜高堂！」

兩人轉回身，對堂上擺著的封家父母靈牌拜了下去。

「夫妻對拜！」

封景安鬆開舒燕，移步站在舒燕的對面，彎腰低頭拜了下去，舒燕亦然。

「送入洞房！」

最後四字一出，讓本來一直維持冷靜的舒燕心裡顫了顫，一會兒她得跟封景安說說，說她這身體還小，不能那什麼才行。

封景安的手再度伸過來，牽住了她，帶著她往新房而去。

新房外人聲熱鬧，新房內兩人相顧無言。

封景安縱然此時對舒燕無情，但到底是人生中最重要的時刻，心底多多少少還是有些緊張。

「咳，你倒是掀蓋頭啊！」舒燕看不見封景安，本就緊張的心頓時更緊張了。

封景安感受到舒燕與他相同的緊張，突然就沒那麼緊張了，伸手捏住舒燕的紅蓋頭，緩緩掀了起來。

紅蓋頭下的，是他這些日子裡看慣了的臉，沒有濃妝豔抹，只除了身上的嫁衣是紅的，舒燕的臉倒是乾乾淨淨。

「總算是掀開了，被遮住視線的感覺一點都不好。」舒燕長吁一口氣，故作輕鬆。

封景安盯著舒燕乾淨得不像話的臉，問：「妳怎麼沒上妝？」

「這樣不好嗎？」舒燕不答反問。

她是真的接受不了這裡的妝容，才找了理由沒讓人上妝。得虧這裡的人缺銀子，那些妝面需要的東西都缺，便沒有強制她非得上妝。

封景安搖頭。「不，這樣挺好的。」

「那個，封景安，我們今日雖然成親了，但我腦門上的傷還沒好，這敦倫之禮是不是……」舒燕試探地瞄了封景安一眼。

封景安登時哭笑不得。「妳放心，我沒打算今日就行敦倫之禮。」

「那就好，那咱們把合巹酒喝了，你就出去招待外邊的人吧。」舒燕鬆了口氣，起身殷勤地為兩人倒了酒，一杯給封景安，一杯給自己。

封景安伸手接過，與舒燕交叉著手，一同飲下杯中之物。

喝完，舒燕咂巴嘴，不解地問：「怎麼是水呢？」

「妳傷口未好，不能飲酒。」封景安放下手中的酒杯。「再說，這酒可是個稀罕物，就算只買一點，花的銀子不少，妳不是讓我省著用銀子？」

舒燕抬手摸了摸腦門上的傷。「酒是稀罕物？」

「自然，妳不知道？」封景安狐疑地打量了舒燕一眼，整個大安的酒業都很緊俏，會釀酒的人不多。

舒燕乾笑了聲。「那倒不是，我就說那天我想找點酒來泡蛇膽，怎麼找不著呢？合著是我忘了。」

「……」封景安的臉色瞬間變得一言難盡。「往後不要再提起那條蛇。」

言罷，他瞪了舒燕一眼，才轉身離開新房。可他卻不知，在他離開後，舒燕拍著胸脯，鬆了口氣，幸虧她反應快，不然非得露餡不可。

半個時辰後，封景安送走了所有來封家道喜的賓客，封家就此安靜了下來。

舒燕換下身上的嫁衣，把嫁衣收進箱子裡好生存放著，一抬眼就見封景安推門走了進來。

舒燕眼中慢慢爬上疑問，說好的不行敦倫之禮，封景安還進來幹啥？

舒燕儘管沒開口問，但那眼裡的疑問卻再明白不過，封景安少不得要解釋。

「放心，答應妳的事情不會變，只是，妳我已然拜堂成親，那就斷然沒有再分房睡的道理，否則小盛知道了，會擔心妳我之間是不是處得不好。」

舒燕看了床鋪一眼，床不算很大，但睡下兩個人還是可以的。

「好吧，我睡裡頭。」舒燕就不信，封景安能對她這乾癟四季豆一樣的身材感興趣，她把封景安當成哥哥便是。

封景安鬆了口氣，他本還以為得費一番口舌才能說服舒燕，倒是沒想到她就這般爽快應了。果然很在乎舒盛的想法啊，畢竟是親弟弟。

一夜無夢，舒燕良好的生理時鐘令她率先醒了過來。

睜眼的瞬間，舒燕就覺得不太對勁，她睡前明明抱著的是自己的被子，怎麼這會兒的手感不太一樣？

「醒了就起來。」封景安眸底劃過無奈，他不知道舒燕睡著後會是那般不安分。

昨夜他們兩人本還各睡各的，可到了後半夜，舒燕就放棄了她懷裡抱著的被子，鑽進了他的懷裡，並壓著他而睡。

儘管舒燕看著瘦弱，但終究是個大活人，那分量可不輕，他全身都被壓麻了。

舒燕嚇了一跳，趕緊手腳並用地從封景安的身上下來。

她就說手感怎麼不對，原來是被子換成了封景安！那她睡著的時候是自己過去的，還是封景安動手將她抱過去的？

「那個……」

「麻了。」封景安擰著眉，神色間有些痛苦。

舒燕未完的話嚥了回去，無措地看著封景安。「這，我，你，我壓著你睡了一宿？」

「妳剛才從哪爬下去的自己不知道嗎？快，幫我按按！」封景安齜牙咧嘴，他從來不知道身子麻掉之後會是這般難受。早知這樣，昨夜他就不要不忍心吵醒舒燕，任由她趴在自己的身上睡了。

舒燕趕忙伸手替封景安按壓，按了一會兒，問：「好點了嗎？」

「嘶……」封景安倒抽了一口冷氣，有沒有好點他不知道，他只知道身子麻掉之後，再行按壓的那種滋味過於銷魂。

待覺得勉強可以動了，封景安就讓舒燕停手了。

舒燕乖巧地住手，往床裡頭縮，屬於封景安的溫度好似還在她的掌心中停留。

「你好了嗎？」

封景安忍著身上的酸麻起身，搖了搖頭。「沒好。」

「咳，昨夜，是怎麼回事？」舒燕不覺得是自己過去的，所以那肯定是封景安動手將她抱過去的。

封景安古怪地看了看舒燕。「妳自己靠過來的妳不知道？」

舒燕瞬間懷疑人生，她睡覺時原是這般不老實的？

「不可能！」即便事實如此，但她不知道就不能認，誰知道封景安是不是在騙她？

封景安不意外舒燕會否認，只道：「不信，妳且看明日妳是不是還是從我身上醒來的。」

「看就看！」舒燕自信絕對不是自己主動過去的。

然，她很快就被打臉了。第二日，她依舊是從封景安的身上睜開雙眼。

舒燕百口莫辯。

好的，她錯了，她睡覺真的不老實。

「要不，往後我睡地上？」舒燕試探地看著封景安。

封景安毫不猶豫地點頭。「可。」

男人，你懂不懂什麼叫憐香惜玉？

舒燕震驚了，垂眸打量一眼自己。

好的，確實哪裡都算不上是女人。罷了，睡地上就睡地上吧，否則一直這般對封景安，就他那瞅著風一吹就能吹跑的身子可受不了多久。

「明日就是回門，妳可要去拜祭妳父母，告知他們妳已與我成親一事？」封景安穿戴整齊後，說了一句。

她跟老舒家已經斷絕關係，回門自是不必了，但她想不想去拜祭父母，將此事告知他們，他得問問，要的話得準備東西。

舒燕一怔，半晌後點頭應道：「是合該要去的。」

原主的父母若是知道她跟封景安成親了，當是會高興的吧？畢竟兩家以前交情不錯。

「那一會兒我去準備些祭品。」封景安抬腳出了門。

舒燕今天要將封家的菜園子徹底地修整出來，再去問隔壁鍾大嬸要點菜種子種下。

只是，她這會兒有些心神不寧，修整菜園子的速度自然而然地就慢了下來。

舒盛看在眼裡，不由得有些擔憂，忙走過去，伸手奪下了姊姊手裡的刀，看著姊姊的眼睛問：「姊姊妳怎麼了？是不是姊夫對妳不好？」

這才多久，封景安就已經忘記他曾經說過的話了嗎？

「沒有啊，小盛你怎麼會這麼認為呢？」舒燕哭笑不得，這孩子想什麼呢？

第六章　回門

舒盛抿了抿唇。「若是沒有，姊姊妳今日怎麼一直心神不寧？我都看見妳好幾回差點傷到自己了！」

「真沒有。」舒燕伸手想要從舒盛手中重新拿回砍刀，卻被舒盛躲了過去。

他拿著砍刀遠離姊姊，小臉上滿是執拗。「要真沒有，姊姊妳為什麼心神不寧？」

「明日不是要回門？姊姊打算跟你姊夫去給爹娘說一聲，剛剛姊姊就是在想這件事情而已。」舒燕抬手按了按太陽穴。

她到底是占了人家閨女的身體，成親了是合該要去說一聲的，但她心裡總有點害怕。

舒盛狐疑。「真的？」

「真的，姊姊騙你做啥？」舒燕放下手。不想占也占了，想出又出不來，要怪就怪吧。

舒盛鬆了口氣。「既是如此，那姊姊何須多想，爹娘無論如何都是我們的爹娘啊。咱們是跟老舒家斷絕關係，不是跟爹娘。」

「姊姊這不是怕老舒家的鬧出什麼么蛾子嗎？」舒燕隨口找了個藉口，卻不承想，一語成讖。

回門這日，舒燕和封景安帶著舒盛還有祭品往舒家父母的墳去，到場時，老舒家的人已經在墳前等著了。

見著他們三人，舒家奶奶眼皮一掀，拍著大腿就哭嚎道：「強子啊，你閨女帶著你兒子跟咱們老舒家斷絕關係了啊！娘今日才緩過神來，趕緊就帶著東西來告訴你一聲，你閨女兒子已經不是你閨女兒子了！」

聽聽這話說的，活像跟他們老舒家斷絕關係就是他們姊弟二人的錯似的。

舒盛氣得眼眶發紅，昨日姊姊才剛擔心，結果擔心的事就發生了，他們這是誠心不讓他跟姊姊過舒坦了！

「你們、你們都給我滾！這是我跟姊姊的爹娘，與你們無關！」

「他是我兒子，怎麼就跟我無關了？」舒奶奶眼睛一瞪。「無關的是你們才對！你們都已經跟舒家斷絕關係了，還來舒家的地幹麼？髒了我舒家的地！」

舒燕眸光一冷。「老太太，我們姊弟二人斷的，是老舒家，可不是我爹、我娘，再說了，妳就只說我與弟弟跟你們斷絕關係，怎麼不說說我們為什麼跟你們斷絕關係？」

「還能是為什麼，無非就是翅膀硬了，不想待在老舒家受氣！」舒奶奶撇了撇嘴。都快能嫁人的丫頭就這麼跟他們斷絕了關係，養了她三年，彩禮錢都沒得，還搭上一個孫子！

老太太大概是忘了，舒燕替她最疼愛的孫子舒大壯還的二十兩銀子的賭債了。

舒燕氣笑了，抬手指著他們的鼻頭開罵。「是不想受氣了，但不是翅膀硬了，而是再不反抗就真的沒活路了！老太太、你、你，還有你們，哪一個善待過我們姊弟？如今你們竟還好意思來到我爹娘墳前惡人先告狀，指責我們姊弟二人跟你們老舒家斷絕關係不對？人在做天在看，你們真當我姊弟二人的爹娘沒了，就可以肆意妄為，想說什麼就說什麼嗎？小心哪日下去了，被我爹娘揪著質問為什麼！」

「妳妳妳！」舒奶奶兩眼翻白，可見是被氣狠了。

方芥藍臉色一變，張嘴就想開腔，卻突然間颳起了陣妖風，愣是糊了她一嘴的灰，嗆得她忍不住咳嗽，半個字都沒能說出來。

「怎麼忽然起風了？」舒大壯心裡有些發毛，忍不住挪動腳步，靠近自家爹。

舒勇臉色有些不好，嘴上卻道：「這時節突然有風不奇怪。」

「哈！」舒燕覺得這陣風來得正好。「看！連老天爺都看你們不順眼，才颳了陣風，來警告你們，做人不要太缺德了！」

舒芳草臉色綠了綠。「妳、妳少嚇唬人！」

「我嚇唬你們？別說笑了，就你們那般不要臉的模樣，誰能嚇唬住你們？」舒燕眸底劃過不屑。「話說完了就給我滾！」

舒奶奶惡狠狠地瞪了舒燕一眼。「妳怎麼這樣說話呢？縱然妳已與我老舒家斷絕了關係，但我仍舊年長於妳，這是妳跟老人家說話的態度嗎？」

這會兒她倒是不氣得翻白眼了，細看還能從她的眼底看到些許的驚懼，怕是也被這陣突然起來的風嚇著了。

「妳對我什麼態度，我就對妳什麼態度，這與妳的年紀無關。一把年紀的人了，還這麼狗嘴裡吐不出象牙來，丟不丟臉？」舒燕半點臉面都沒給老太太留。

年長於她又如何？她做出的事情可沒讓她看出半點長輩的樣子。

誰家長輩在兒媳婦要賣孫女替另一個孫子還賭債的時候，躲在屋子裡頭不露面，吭都不吭一聲？誰家長輩在孫女回門這天，帶著一大家子來人家爹娘墳前指責孫女的不對？

舒燕是跟老舒家斷絕關係，不是跟自家爹娘斷絕關係，老太太什麼時候來給她爹上墳不好，為啥非挑今天？不就是想著要給她難堪，順便看看能不能再從她身上薅下點羊毛來？

「妳！誰狗嘴裡吐不出象牙來？妳罵誰呢！」舒奶奶氣狠了，幾步上前，抬手就要摑舒燕。

舒燕眸光一冷，抬手抓住老太太的手，狠狠將其一甩。

「誰應說誰！」

「哎喲，打人了！孫女打奶奶了！」舒奶奶索性順勢一跌，要無賴似的坐在地上假哭。

封景安抿了抿唇，上前一步將舒燕姊弟擋在自己身後。「若不是妳先要打大丫，大丫也不會還手，再者，已經斷絕關係，算不上什麼孫女打奶奶。老太太，給各自都留點臉面不好嗎？」

「我不管，她打了我，就得賠！」舒奶奶臉色變了變。

封景安這張嘴真該封起來才對！她老婆子跟大丫之間的事，他多什麼嘴？好好像剛才那樣跟木頭一樣杵著不開口不好嗎？

舒燕就知道這些人張口閉口都是銀子，真當她的銀子是大風颳來的，隨隨便便就有？

「老太太，妳轉頭看看妳兒子，當著妳兒子的面就這麼訛他的女兒，不怕妳兒子怪妳？本來就沒照顧好我們姊弟二人，妳還這樣鬧，就不虧心嗎？要不是我命大，早就死了！」

不，真正的舒燕是真的沒了，被方芥藍、被他們餓沒的！

舒奶奶下意識扭頭看向大兒子的墓碑，臉色瞬間一綠。

「妳這不還活得好好的嗎？」方芥藍虧心事做多了，眸光閃爍著不敢看大哥的墓。

舒燕譏誚地笑看了方芥藍一眼。「誰說活得好好的，以往的那些事就不作數了？你們走不走？不走，我可在這兒，一件一件地，讓我爹娘好好聽聽，他們信任並且托孤的人，是怎麼對待他們兒女的！」

「妳！」方芥藍有些怕了，可就這麼灰溜溜地離開，她又不甘心。

「當家的，你倒是說句話啊！」

「說什麼說？我一早就說了不要來不要來，是你們非要來的！」

舒勇難道就不怕嗎？不，他也是怕的。所以，他說完就率先抬腳離開，速度之快，活像是後頭有東西在追他似的。

當家男人都走了，其他人膽子更小，自然更沒那個勇氣留下來。

於是，紛紛都抬腳跟了上去，只是每一個人在經過舒燕時，都給了舒燕一記充滿惡意的瞪視。

老太太沒了二兒子撐腰，自家老伴更是從頭到尾沒說過一句話就跟著兒子走了，她哪裡還有底氣接著耍無賴？一骨碌地從地上爬起來，就挪著她那不是很靈便的雙腿追上去了，連句狠話都沒留下。

儘管舒家一大家子被她罵走了，但舒燕此時的心情卻也不一樣了。

什麼害怕，怕舒燕爹娘怪罪她占了他們女兒的身子的想法都沒有了。

「舒燕」是被方芥藍害沒的，她不過是機緣巧合之下來到了這兒，成為了這個舒燕，這不是她自願的，誰也怪不著她。

他們要是願意，就把她當成他們的閨女，不願意就算了，至於她，她會替舒燕把剩下的人生過好的。

「姊姊，妳沒事吧？」舒盛擔憂地伸手牽住姊姊的手。

他們都走了，姊姊怎麼卻在發抖呢？

舒燕回神向舒盛笑了笑。「姊姊沒事，只是氣不過他們老舒家在這樣的日子還來找我們而不痛快罷了。小盛，從今往後，咱們就只有封家這一個家了，你後不後悔跟著姊姊離開老舒家？」

「不後悔！」舒盛毫不猶豫地搖頭，認真且堅定地看著姊姊。「姊姊，我會努力長大，成為姊姊的娘家，絕對不會讓人再欺負姊姊的！」

封景安失笑，抬手揉了揉舒盛的腦袋。「小傢伙，你這是把我置於何地？」

「你啊，先平安長大再說吧，姊姊現在有你姊夫呢。」舒燕心中微暖，卻不想讓舒盛小小年紀就有那麼大的壓力壓著。

為此，不惜藉著封景安來讓舒盛安心。

封景安不由得看了舒燕一眼，卻沒說什麼，徑直將手上準備好的東西擺在了舒燕父母的墓前。

東西不多，只有兩個甜瓜，還有些許的紙錢跟香。

吹燃火摺子點了香，舒燕姊弟二人便一人拿一支對著父母的墓拜了拜，後把香插上，封景安亦然。

「爹娘，我跟封景安成親了，日後會跟他好好過日子，也會好好照顧小盛，你們九泉之下有知，還請放心。」

上完香，三人便回家了。

回去的路上，封景安斟酌再三，還是開口對舒燕問道：「大丫，我想把封家的木工技藝教給小盛，妳看怎麼樣？」

「那木工技藝不是你封家祖上傳下來的嗎？怎麼能隨便教給外人呢？」舒燕縱然心動，卻也不敢貿然應下。

如今的木工技藝可賺錢著呢，萬一別人知道封景安把木工技藝傳給了小盛，也來找封景安學怎麼辦？她知道封景安是想讓舒盛擁有一技之長，但這個不行。

舒盛自己也拒絕。「我不學這個，姊夫，你能不能替我開蒙，我想讀書，考狀元當官，這樣就沒人能欺負我姊姊了！」

「小盛的志向真大！」舒燕眼睛亮了亮，這個想法不錯，一門兩官，看誰還敢欺負她一介女兒身？「封景安，要不讓小盛跟著你一起讀書吧？他那麼小，學木工技藝的話太辛苦了。」

封景安瞪大了眼。

多少人想學木工他還不教呢！

不過，讀書倒也算得上是一條出路，即便考不中狀元，會讀書識字也可去找間鋪子當帳房先生，總比跟木頭打交道要來得輕鬆些。

當初他爹娘不也正是這麼想，才一直讓他讀書，旁的都不要做嗎？

打從那日陪舒燕回門去給舒家父母拜祭歸來起，舒盛就正式跟著封景安，由著封景安給他開蒙。

封家出事後，封景安為了替父親賠償那戶人家的損失，賣掉了家中值錢的物件，唯有書沒賣。這會兒倒是正好用來給舒盛開蒙了，不過筆墨紙硯這些，是沒有的了。

舒盛只能用燒成炭的木頭，在地上艱難地練習封景安教給他的字。地上寫字，又是初學者，那字自然寫得歪歪扭扭，不太好看。

舒燕覺得是時候想別的法子賺錢了，否則舒盛的字一直都不能練好。

雖說封景安的木工手藝是能掙錢不假，但耗時久，短期內不能一直指望這個。

「封景安，我想進山一趟。」舒燕想了想，還是在實話說跟瞞著封景安之間選了實話說。

封景安擰眉，讓舒盛自行接著練，自己走過去伸手拽著舒燕往外走，心底沒來由地起了股火氣。到了屋外，封景安便猛地甩開了舒燕的手，目光泛冷地盯住舒燕。

「妳知不知道妳在說什麼？」

「當然知道，進山嘛！我又不是往深山裡頭去，只是在周圍轉轉罷了，村裡不也有人在山的周邊狩獵嗎？」舒燕預料到了封景安會不同意，但沒想到他反應這麼大。一時就有些後悔，她為什麼要跟封景安說實話呢？

封景安登時被舒燕氣笑了。「妳跟村裡那些進山狩獵的人能一樣嗎？他們都是常年狩獵的好手，妳呢，妳此前從未進過山，妳會什麼？萬一妳進山在裡頭出了什麼意外，妳讓小盛怎麼活？」

「你相信我，我能保護好自己。」舒燕眉頭皺了皺，她這都還沒去呢，封景安就先假設上了，難道她就那麼不讓人放心嗎？

「怎麼保護？我告訴妳，讓妳進山絕對不可能！若敢偷偷跑去，我就不教小盛了！」封景安警告地瞪了舒燕一眼，不容置疑地轉身回屋。讓舒燕進山這事，在他這絕對沒得商量。

舒燕扶額，只能暫且先將這事放下。

可沒想到，舒盛很好學，走到哪兒就寫在哪兒，別人儘管看不懂舒盛寫了啥，但也沒對舒盛的作為說什麼，不過老舒家的人就不同了。

舒大壯看見舒盛隨處寫著不知道什麼意思的字，手就癢。這手一癢，他就想好好教訓舒盛，反正舒盛還在舒家的時候，他也是時常教訓，所以並不覺得自己的作為有什麼不對。

於是，舒盛正專心回憶封景安今早教給他的字時，身後突然就湧來了一股大力，瞬間就將他推倒在地，嚇得他臉色白了白。

「誰？誰推我？」

「你哥哥我！」舒大壯上前揪住舒盛的衣襟，將他提了起來。

突然騰空，讓舒盛臉色頓時更白了，他抬起雙手抓住舒大壯的手，神色有些驚懼。「放我下來，你快放我下來！」

「急什麼？來，給我說說，你剛才寫寫畫畫的，都是在寫什麼東西呢？」舒大壯作勢鬆手，眼睜睜看著舒盛慘白的小臉逐漸沒了人色，得意地大笑了起來。

舒盛嚇得快哭了，一句話都說不出來。

見狀，舒大壯頓時目露不屑。「那些你寫寫畫畫的東西，是跟封景安學的吧？難道你覺得你能學出什麼好樣來？別癡心妄想了！我現在就廢了你的雙手，也省得你整日作夢！」

「不要！」舒盛怕極了，他還想學成後做姊姊的後盾，怎麼能被舒大壯毀了呢？

舒大壯獰笑，才不管舒盛的叫喊聲，動手就要將舒盛的雙手折斷。

「咻——」一塊石頭伴隨著破空聲砸到舒大壯的後腦勺上。

舒大壯動作一頓，氣怒地回頭叱罵。「誰？哪個王八蛋砸小爺?!」

第七章 逮個正著

「砸的就是你！舒大壯，你給我放開小盛！」舒燕氣紅了雙眼瞪著舒大壯，她怎麼也沒想到出來尋小盛，會看到舒大壯作勢要折斷小盛雙手的場面。

小盛才六歲，一旦雙手被廢，還能有什麼未來？舒大壯的心怎麼就這麼狠呢？

「我當是誰呢？原來是大丫妳這個白眼狼啊，妳讓我放開他，我偏不放，妳能把我怎麼著？」舒大壯陰笑了一聲，將手中的舒盛更高地舉起。

他是老舒家最受偏愛的孩子，吃的用的不知比旁人好多少倍，身量自然就比一般的十六、七歲男孩兒長得高壯，故而，當他故意舉高了舒盛，舒盛就很危險。

但凡舒大壯喪心病狂的在這個高度摔舒盛，那舒盛本就瘦弱的身體非得摔出個好歹來。

舒燕臉色一冷。「舒大壯，你找死！」

「嗤！說什麼大話呢？小爺就在這兒，有本事妳來殺啊！」舒大壯滿臉不屑，根本就沒將舒燕放的狠話放在心上。

姊姊的出現，讓舒盛總算有了掙扎的勇氣，他手腳並用地往舒大壯身上招呼。

「讓你罵我姊姊！打死你！打死你！」

舒大壯一時不防，被舒盛打中了好幾下，氣得心中一狠，便用力將舒盛朝著小元河扔了出去。他不好自己動手弄殘舒盛，難道還不能將舒盛扔進小元河裡，讓河水淹死舒盛嗎？

「小盛！」舒燕臉色瞬間一白，忙跑過去，卻只能看見舒盛落進水裡，嗆水後無力掙扎地往下沈。

她毫不猶豫地跳下小元河，往舒盛落下的位置游去，完全顧不得掩飾原來的舒燕根本就不會泅水的事。小元河水深，多耽擱一會兒，舒盛的小命就沒了。

「怎麼回事？」舒大壯不敢置信地揉揉雙眼，大丫這個死丫頭什麼時候學會泅水的？

舒燕使盡全力，用最快的速度游到舒盛落下的位置，深吸一口氣，一頭潛了進去，艱難地在水中尋找舒盛的身影。好在先前沒有下雨，小元河的水足夠清澈，否則舒燕想要找到舒盛的身影根本就是天方夜譚。

三息後，找到人了。

舒燕憋著氣往舒盛游去，使出吃奶的力氣一手攬住舒盛，一手划水，雙腳用力划蹬，冒出水面後，往岸邊游去。

他們離岸邊有些距離，以舒燕如今的身子，帶著人往岸邊游根本就不可能，但她憑著一股不能死的信念，硬生生地帶著舒盛游回了岸邊。

吃力地將舒盛拖上岸後，舒燕立刻就照著另一個世界裡學的急救知識來搶救舒盛。先是用力地按壓舒盛的胸腔，迫使他把喝進去的河水都吐出來，後以人工呼吸給舒盛渡氣，直到舒盛猛咳了一口水出來，睜開雙眼方才停下施救動作。

舒燕的一番動作看呆了還留在岸邊沒走的舒大壯，他震驚地瞪眼看著大丫。

她！這這這，也太傷風化了，舒盛可是她弟弟！

「小盛，怎麼樣，有沒有哪裡不舒服？」舒燕扶著舒盛坐起來，眼中滿是擔憂，完全顧不得舒大壯的震驚。

舒盛心有餘悸，一時間竟是無法開口說話。

見狀，舒燕頓時急了，這不會是嚇出什麼好歹來了吧？

「小盛，別怕，姊姊在呢，告訴姊姊，有沒有哪裡不舒服？」

常人毫無預兆地被扔進水裡，耳朵定會難受。萬一耳膜破了，就糟了。

舒盛努力地想要開口告訴姊姊，自己的耳朵有些疼，可不管怎麼努力，他就是無法發聲。

「喲，這莫不是成啞巴了吧？」舒大壯幸災樂禍。

沒能廢了舒盛雙手也沒能要了舒盛的命，但能讓舒盛成了啞巴也好。他還沒聽說過哪個讀書的是個啞巴，雖然跟他想的不一樣，但結果都是舒盛無法繼續跟封景安讀書就行。

舒燕冷了臉色，鬆開舒盛後起身走向舒大壯。「你很得意將小盛害成這樣？」

「是又怎麼樣？就妳這小胳膊小腿的，能把我怎麼樣？」舒大壯毫不在意，甚至不覺得單憑舒燕，能把他怎麼樣。

舒燕知道自己跟舒大壯正面衝突是絕對打不過，畢竟他們之間身形相差太大，且她方才為了救回舒盛已經用去大部分的力氣，吃虧的人肯定是她。

但，舒大壯將舒盛扔進水裡，嚇得舒盛現在開口發不了聲這事，絕對不可饒恕！

好在，他們這是在河邊，最不缺的就是隨手可撿的石頭。

舒燕也不跟舒大壯廢話，走到合適的距離後，就彎腰撿起石頭，一顆一顆地往舒大壯身上砸，還專挑自己能拿起來的最大石頭撿。

「我小胳膊小腿，那又怎麼樣？砸也能砸死你！」

「啊！瘋子！妳這個連自己親弟弟都親嘴的瘋子！」舒大壯被砸得跳腳，猙獰著臉大步朝舒燕走去，他非得讓大丫好好見識他的厲害不可。

舒燕眸底劃過狠色，雙手扔石頭的速度加快，她絕對不能讓舒大壯靠近，否則她就糟了！

「哇！來人啊！舒大壯殺人了！」原先怎麼開口都發不了聲的舒盛，眼見著姊姊有危險，急哭後便發出了聲。舒盛發現自己可以發聲後，呼救得更起勁了。「來人啊，舒大壯殺人了！誰來救救我姊姊！」

「別叫了，這時候你就是叫破天，也不會有人搭理你的！」舒大壯行至舒燕面前，伸手掐住舒燕的脖子，將她提了起來。「他奶奶的，敢砸我，妳去死吧！」

「舒大壯！你在幹麼！」聽到聲響而來的王寡婦驚恐地瞪眼看著舒大壯。

舒大壯掐住舒燕脖子的手一僵，臉色瞬間變了變。該死，這怎麼來人了？

「王嬸，救命啊，舒大壯他要掐死我！」

舒燕像是被嚇壞了似的流淚，抓住舒大壯的手無力的掙扎，怎麼看都是舒大壯要置舒燕於死地。

王寡婦臉色變了變，當即大聲喊：「快來人啊，舒大壯這個遭天殺的要掐死大丫了！」

「不是，我沒有要掐死她，是她拿石頭砸我，我為了自保才掐她的！」若是沒人看見，舒大壯還真不介意殺了舒燕，可現在他怕王寡婦一會兒真喊來了人，連忙鬆手扔下舒燕，轉身就跑。

舒燕毫不猶豫地往前一撲，雙手牢牢地抱住舒大壯雙腿，不讓他離開。

小盛被他扔進水裡差點死掉這件事，舒大壯必須付出代價。否則，往後老舒家的人還以為他們姊弟二人好欺負了！

「鬆手！妳給我鬆手！」舒大壯急了，彎腰用手使勁地去掰舒燕抱住他雙腿的手，掰不開就開始踹，半點沒有留手。

舒燕咬緊牙關，就是緊緊扣住舒大壯雙腿不放手。

「舒大壯，住手！你這是要打死大丫啊！」王寡婦看得心驚，當即也顧不得喊人了，趕忙抬腳過去幫忙，再讓舒大壯這麼手腳並用的往大丫身上招呼，大丫會死的。

可她畢竟是女人，而舒大壯又處在非常急切地想要離開的情緒之下，她過去幫忙不僅沒能阻止舒大壯，反倒還被舒大壯反手推倒在地，被地上的石子硌得生疼。

這時，聽到呼救的村民們終於趕到，一起衝上去把舒大壯制伏，讓舒燕鬆手並扶起了她。

「兔崽子！誰給你膽子對大丫、小盛動手的？」周富貴看見舒燕姊弟二人渾身濕漉漉，舒燕小臉上更是有被舒大壯打出來的紅痕，氣得臉色發黑。

「你們幾個，把舒大壯給我扔進小元河！」

他們這麼多人在岸邊呢，不會真讓舒大壯在小元河裡沒了。

舒大壯嚎了半天，沒見有人搭理他，頓時心生絕望。

「下去吧你！」幾人吆喝著把舒大壯扔進小元河。

舒大壯瞬間就被河水淹沒，他本能地掙扎，卻被河水嗆了正著。「救、救命！」

周富貴瞧著時間差不多了，就擺了擺手讓會泅水的趕緊下水去把舒大壯撈起來。

上了岸，扶著舒大壯的幾人一鬆手，舒大壯就全身癱軟地躺在地上，像條瀕死狗似的。

「咳……咳……」舒大壯貪婪地呼吸，他剛才離死亡真的就只差一步，太可怕了。

回到封家，舒燕立即讓舒盛進屋把濕衣裳換下，自己進廚房生火，打算熬薑湯，再燒點熱水，讓舒盛洗個熱水澡。好在前幾日清理菜園子的時候發現了幾顆還活著的薑，不然就是最簡單的驅寒薑湯，她都沒辦法做。

很快，清水薑湯的味道就傳了出來，嗆鼻得很。

封景安聽到消息趕回來，就見舒燕還穿著濕衣裳在灶臺前熬薑湯，頓時不悅地擰眉。

「怎麼沒換衣裳？」

「沒來得及。」舒燕添了些柴火，轉眸坦然地迎上封景安的目光。「你幫我看著火，別讓鍋裡的薑湯燒乾了，我去換衣裳，可以嗎？」

封景安抿唇，頷首把到嘴邊的責備嚥了回去。只是看火，他還是會的。

舒燕不太放心封景安，只能用最快的速度換上乾淨的衣裳。

重新回到廚房，舒燕故作不經意地問：「老舒家知道舒大壯被扔進小元河後什麼反應？」

「吵吵鬧鬧的回家去了。」說到這個，封景安頓時就來氣，看舒燕的目光也隨之變得不善。「妳發現舒大壯的惡行，為何不喊人，而要自己一人對抗他？他要走妳就讓他走便是，留得青山在不愁沒柴燒的道理妳不知道嗎？

「如果最後王嬸並沒有聽見小盛的呼救，妳有沒有想過妳跟小盛的命，都會交代在舒大壯的手上？」

舒燕垂眸看灶臺裡的火，跳躍的火光映在她的臉上，明明滅滅間竟透出幾分難以言喻的味道。「喊人？那個時候，等喊來了人，小盛的小命也交代在小元河裡頭了，後來，我就想讓舒大壯為他的行為付出代價。」

「代價？同歸於盡嗎？」封景安扶額。「妳行事前能不能考慮一下後果？為了舒大壯那麼個人搭上自己跟小盛，值嗎？」

舒燕抿唇，是不值，可那個時候，她根本沒想那麼多，一心就只想讓舒大壯為把小盛扔進小元河差點死了這事付出代價。

「說話！啞巴了嗎？」見舒燕似是沒有一點後悔之意，封景安壓著的怒火瞬間燃了起來。

舒盛換好衣裳後聽見封景安拔高的聲音，以為封景安是在責怪姊姊不顧禮數地親了他，忙衝進來，擋在姊姊跟封景安之間，抬眸直勾勾看著封景安。

「姊姊是為了救我才親我的，不是什麼有傷風化，姊夫你別罵姊姊！」

「……」這一歪題，舒燕頓時尷尬極了。

「怎麼回事？」封景安臉色有些凝重。什麼親小盛？這個他可沒聽說！

舒燕無言望天，她要怎麼告訴封景安，那叫人工呼吸？

「就是，我被大壯扔進小元河裡，溺水了，姊姊為了救我，方才以唇渡氣給我，不是他們說的什麼連弟弟都不放過！」舒盛看了姊姊一眼。

舒燕頷首打了個比方。「道理大概就跟他們給昏迷不能自己喝藥的人以唇度藥一樣。」

但，那樣的法子，落在他人眼裡都是特殊的，更遑論是這比之更甚的人工呼吸了。人工呼吸，是現代救落水之人必備的急救技能，可這裡的封景安不知道。但即使他沒有親眼看見，光是聽，他也能想像出來是什麼樣子，本就凝重的臉色瞬間變得沈重了。

「妳用此法子救小盛時，可是只有舒大壯看見了？」封景安倒是不覺得舒燕此舉怎麼了，畢竟那是救人，且救的還是自己的親弟弟，但是他擔心，事後舒大壯藉機敗壞舒燕的名聲。

舒燕眉頭一皺。「你是擔心之後舒大壯會將此事大肆宣揚？」

「並不無可能。」封景安有些頭疼。「以唇渡氣救人這事，他們只會說得更難聽。」

舒燕鬆開眉頭，看了鍋裡的薑湯一眼，覺得火候差不多了，便動手盛出一碗遞給舒盛。

「嘴長在他們身上，他們愛說便讓他們說去，我只要問心無愧就是。小盛，薑湯可能會有點辣，不許吐掉。」

「好。」舒盛乖巧地伸手接過碗。

剛熬好的薑湯有點燙，舒盛端了會兒就端不住碗，只好先放到灶臺上空著的地方，等稍微涼了些再端起來喝。

封景安沒想到舒燕會說出這樣的話來，眉頭先是一皺，後才是一鬆，正是這個道理，是他想多了。「罷了，妳說得對，愛說就讓他們說吧，只要我不因此對妳心生芥蒂，那旁人就休想看咱們家笑話。」

舒燕眸底劃過一抹意外。「你……」

一般的男人，遇著這樣的事，不都會責怪女人惹事，覺得自己頭上綠了嗎？

「小盛是妳親弟弟。」封景安看了舒燕一眼，但凡她救的對象換了個人，他就不是這樣的態度了。

舒燕眉峰一挑。「若不是小盛，我今日用那法子救的是旁人呢？」

「大抵是，我會給妳休書一封，讓妳帶著小盛離開封家。」封景安沒有一絲絲猶豫。

即便他娶舒燕是礙於不想讓她受到眾人指責忘恩負義，可舒燕進了他封家門，那就要守為人婦的規矩。那種法子救人可以，但除了小盛之外的人，不能她親自救。

舒盛看看這個，又看看那個，有心想要開口，卻又覺得眼下這個場合，他好像不好開口，糾結至最後，索性閉嘴不言。

「哈哈哈！」舒燕突然眉眼一彎，笑了起來，果然是封景安。

封景安無奈。「笑什麼，覺得我說的不對或者是好笑？」

「那倒是沒有，說得很好，你放心，我會將你的話記在心上，絕不讓你有機會給我休書，要寫休書也是我來寫！」舒燕斂笑，可眼裡的笑意卻未曾退去。

封景安瞥了眼鍋裡的薑湯。「方才妳也下水了，記得也喝一碗薑湯驅寒。」

舒燕臉色驟然一僵，薑味這麼濃的薑湯，可想而知，入口會有多難喝。

「那什麼，小盛趕緊喝，喝完了再洗個熱水澡，別染上風寒了。」

即便及時轉移話題，最後舒燕也沒能逃過喝薑湯的下場。

皺著小臉艱難地把薑湯喝了的舒燕發誓，今後絕對不碰薑！

姊弟倆的身子常年被老舒家苛待，早就虧了根本，在初秋的天裡下了水，又耽擱了這麼久才換下濕衣裳，即便是喝了薑湯，泡了熱水澡，到了夜裡還是不可避免地發燒了。

第八章 養病

舒燕察覺自己渾身無力時就知道要糟，封家一貧如洗，他們連赤腳大夫可能都看不起。在這個時代，只是小小的發熱，有時候也能因為醫治不及時而喪命。

她的身子比舒盛要強一些，她都發燒了，想必舒盛也不例外。

不行，要先去看看舒盛！

舒燕掙扎著起身，要越過封景安，卻不想半途上手腳發軟，一個沒撐住，趴到了封景安的身上。

「妳這是要做什麼？」封景安驚醒，無奈地睜眼看趴在自己身上的舒燕。

屋裡未點燈，這會兒他也看不見舒燕的臉色，但問完話，他敏銳地察覺到舒燕的呼吸似乎灼熱得有些不對勁。

「妳發熱了？」封景安反應過來，當即小心地將趴在自己身上的舒燕弄下來，讓她躺在床上，後起身去點了燈。「喝了薑湯也無用嗎？好好等著，我去給妳請大夫。」

舒燕急了。「等等，先去看看小盛是不是也發熱了，若是，將他挪到這裡來！」

「好。」封景安並不多言，頷首便轉身打開門走了出去，不多時，就將已然是發熱得明顯比舒燕還要嚴重的舒盛抱了進來，放到舒燕的身邊。

舒燕忙抬手去試舒盛的溫度，觸手的灼燙讓她臉色瞬間一變。

不行，這個溫度，必須要先進行物理降溫！

「封景安，你現在立刻去請大夫，沒銀子就找村長求借，求村長務必給咱們借點銀子看病，日後有了銀子再還！若是借不到銀子就跟村長借酒，明白了嗎？」

「明白，我這就去，妳別急，照顧好自己跟小盛。」封景安交代完，立即轉身跑出門。

舒燕抿了抿唇，咬牙爬起來，去到外頭打了盆冷水進屋，用毛巾浸水擰至半乾後，將其覆在舒盛的額頭上，每隔一分鐘換一次。浸水後涼絲絲的毛巾，讓處於渾身滾燙、熱得腦袋都發疼的舒盛好受了些，原先擰著的眉鬆了開來。

「姊姊……」

「小盛，姊姊不會讓你出事的。」舒燕眼中一酸，手中替舒盛換毛巾的速度更快了些。可，這點降溫對舒盛的高熱而言，根本就是杯水車薪，最多可以讓舒盛好受一些，卻不能讓舒盛的高熱徹底降下來。

封景安怎麼還沒回來？

「村長，村長，開開門！」封景安神色焦急，也顧不得壓低聲音，徑直敲門大聲呼喊，生怕屋裡的人聽不見。

周富貴於夢中驚醒，發現聲音是封景安的，忙不迭從床上爬了起來，臉色凝重。「景安這麼晚敲門，還這麼急，肯定是大丫姊弟倆夜裡發熱了！阿蟬，妳先過去封家看看大丫姊弟倆，我跟景安去請大夫！」

「行，你快去，記得帶上銀子！」事情緊急，蘇蟬一時也沒主意，只能聽從自家男人的安排。

「大夫來了，大夫來了！」周富貴拉著赤腳大夫進屋，看向自己的婆娘問：「怎麼樣了？」

「姊弟倆都發熱了，大丫倔，愣是不肯上床躺著，非要給小盛額頭上敷著濕毛巾。」蘇蟬無奈地起身給赤腳大夫讓位。

一刻鐘前，她過來看見大丫在給小盛不斷地更換著濕毛巾，就想從大丫的手上接過來，讓大丫上床躺著，可大丫說什麼都不樂意。

赤腳大夫姓岑，他頂上了蘇蟬方才的位置，和藹道：「大丫，妳這樣只能起到緩和作用，並不能治本，來，給我讓讓，我給小盛看看。」

「好！」舒燕忙不迭地起身，卻因維持同樣的動作太久，起身突然而導致眼前一黑，整個人虛晃著就要倒下。

封景安臉色一變，趕忙上前扶住舒燕。「沒事吧？」

「沒事，只是突然起來有點暈，我坐一會兒就好了。」舒燕示意封景安將自己扶到一邊坐下。

封景安抿唇，直接將舒燕打橫抱了起來，幾步送到了一邊的椅子上，舒燕直到被放在椅子上，才回過神來，意識到自己被封景安當著村長等人的面抱到了椅子上，不禁耳根一紅。

岑大夫替舒盛把脈，探得的脈象令他止不住地想搖頭，這身子骨也實在是太差了啊。

「大夫，小盛怎麼樣？」見岑大夫搖頭，舒燕頓時顧不得糾結封景安當著別人的面抱她是不是不合規矩，連忙問道。

岑大夫收手搖頭。「身子骨太差，即便是開了退熱藥方，也不一定能保證退熱。」頓了頓，還是接著道：「就算最後僥倖退了熱，也須得用上好的養身藥材養著，否則小命仍舊沒法子保住。」

舒燕臉色一白。這大夫是在隱晦地讓她不要救了嗎？

「開藥吧。」封景安臉色有些冷。救不救，不是他說了算！

岑大夫噎了噎，覺得自己白好意地提醒了，心中頓時一怒。「開藥簡單，你先把出診費付了，五個銅板。」

「五個銅板，給你！開藥！」蘇蟬從隨身荷包裡頭取出五枚銅板塞進岑大夫手裡，沒好氣地翻了個白眼。看他方才對大丫那般和藹，還以為他是好人呢，結果卻是個看不起人的傢伙，居然想讓大丫別救親弟弟！

岑大夫收好銅板，轉身從自己帶來的藥箱裡頭取出一包裹得嚴嚴實實的藥包。「這就是退熱的藥，半兩銀子一包，小盛要退熱，須得喝三包。」

那就是一兩半的銀子。

不待舒燕開口，周富貴便先拿出銀子遞給岑大夫，並道：「給大丫也看看。」

「不用看，也是發熱，喝藥就行。」岑大夫提筆刷刷寫下退熱藥方。「我這兒備的退熱藥就只剩下這三包，她的藥，你們得自己尋間藥房買。」

言罷，把寫下的藥方以外的東西收好，便提著藥箱離開。

沒人攔著岑大夫，而蘇蟬主動拿起兩包藥往廚房去。「景安，你照顧大丫姊弟，嬸子給你們熬藥。」

「麻煩嬸兒了。」封景安沒拒絕蘇蟬的好意，動手又將舒燕抱了起來，這回是將她抱回了床上。

舒燕掙扎著想要起來，卻被封景安一手按下。「好好躺著。」

「……我已經好多了，現在太晚，不能再麻煩嬸兒熬藥，我來就行了。」舒燕做不到跟人借錢還要讓人給自己熬藥。

周富貴連連擺手表示。「沒事沒事，大丫妳好生歇著，熬藥交給妳嬸兒來就行了。」

「那怎麼好意思？村長，您跟嬸兒回去歇著吧，熬藥我自己來就行了。」舒燕抬手想拿開封景安按住她的手，奈何平日文弱的封景安，現在手卻像個鐵鉗子似的，她怎麼拿都拿不開。「封景安，你鬆開！」

「不！」封景安毫不猶豫地拒絕，並讓周富貴先回。

周富貴不放心一會兒讓自家媳婦獨自歸家，索性道：「景安，你跟大丫好好說，叔去跟你嬸一起給大丫跟小盛熬藥。大丫，妳不必跟我們客氣，誰都有難處的時候，今日我們幫了妳，日後說不定就是你們夫妻倆幫我們了，所以不用心裡過意不去。」

說完轉身出去，只留給舒燕一個背影。

舒燕眼眶一紅，真正的親人不聞不問，八竿子打不著的外人反倒是對他們關心有加。

「封景安，你一定要考上童生，當上官！」不能讓那些對他們好的人失望。

封景安對著她鄭重點了點頭。

折騰到後半夜，舒燕姊弟倆才喝上退熱藥休息。

藥效作用下，舒燕與舒盛沈沈地睡去。

封景安送周富貴夫妻倆離開後，就鑽進了木工房，將所需要的東西都搬進正屋裡頭，方便他一邊做東西，一邊照看舒燕姊弟二人。

一夜過去，封景安記不清自己替舒燕姊弟二人換了多少次濕毛巾，只記得等他確認他們的燒熱都退下時，天邊已經泛起了魚肚白。

趁著姊弟二人還沒醒，封景安強打精神起身去廚房熱粥。

昨夜蘇嬸怕舒燕姊弟醒來後沒東西吃，愣是替他們煮了一鍋粥，讓他想吃的時候，直接再燒一會兒火，熱一下就可以吃。

他沒生病喝涼的可以，但舒燕姊弟二人不行。所以生火再難，他也必須要將火生起來，絕對不能讓舒燕病中不僅要擔心弟弟外，還要擔心他的飽腹問題。

看別人生火容易，到了自己親自上陣，才知道生火有多難。

封景安搗鼓了足足一刻鐘的時間，才成功將火生了起來，可同時也把他自己搞得灰頭土臉。

良好的生理時鐘，讓舒燕即便病中，也準時地睜開了雙眼。

她躺在床上習慣性的發了會兒呆，剛睡醒的迷糊才全然退散，恢復清明。

「封景安？」

舒燕起身，看見屋裡已然完成了小半部分的木工桌椅，整個人呆了呆。瞧這進度，封景安莫不是一夜沒睡，光是做這些桌椅，外帶著照顧她跟小盛了？

「吱呀」一聲，房門被人從外頭打開，舒燕下意識地抬眸看去，就看見臉上糊了黑灰的封景安，手裡端了碗不知道裡頭是什麼東西地走了進來。

碗約莫是有些燙，他一走進來先將碗放到桌上，才看著她開口道：「醒了就起來洗漱喝粥，我剛剛熱好的。」

「……你，自己生的火？」舒燕目光古怪地看了看封景安臉上糊的黑灰，她就說一向愛乾淨的封景安怎麼臉上糊了黑灰，卻一點也未察覺，合著是完全沒顧得上。

封景安臉色微赧，發現舒燕的目光落在自己的臉上後，耳根更是不可抑制地發紅。「我第一次成功生了火，便是狼狽了些，妳、妳可不許笑。雖說，這粥是蘇嬸提前做好的，但熱粥是我弄的。」

「嗯，你很棒，我不會笑你的。」舒燕眉眼彎彎，拿起原先封景安替他們降溫的濕毛巾，在水盆裡洗了洗擰至半乾，走到封景安面前，踮著腳尖輕輕地替封景安擦去他臉上沾染的黑灰。

封景安一怔，等他回過神來，發現自己已經配合地微微曲身，讓舒燕更方便替自己擦臉，泛紅的耳根登時也更紅了些。

「我、我自己來。」他說著伸手就要從舒燕手中接過濕毛巾。

舒燕避了避。「你看不見哪裡髒了，我幫你。」

「妳告訴我哪裡髒，我來就行了。」封景安堅持，耳根處的紅色逐漸有往臉上蔓延的趨勢。

舒燕搖了搖頭。「那太麻煩了，還是我來，很快就好。」

黑灰漸漸擦去，還原封景安本來的樣子，好看得令人心頭好似撞進來了一頭迷路的小鹿，這是舒燕第一次這麼近距離細看他的長相，不禁看得有些出神，拿著毛巾的手許久沒放下。

氣氛漸漸變得有些古怪，封景安是動也不是、不動也不是，渾身不自在。

舒盛就是在這個時候睜開了雙眼，看見兩人那奇怪的姿態，頓時有些不解。「姊姊、姊夫，你們這是在幹麼？」

發了一夜的熱，舒盛的嗓音有些沙啞，卻很好的將舒燕喚回了神。

「沒什麼，你姊夫為了給我們熱粥，生火的時候弄髒了臉，我給他擦乾淨。」舒燕若無其事地繼續給封景安擦臉，好似方才看封景安那張臉出神的人不是她。

封景安抿了抿唇。

雖然這是事實，但他怎麼聽著，心裡有些不對勁呢？

「好了。」舒燕確定封景安臉上的黑灰都被她擦乾淨後，轉身將毛巾放回盆裡，走向舒盛。

「小盛，能起來嗎？」

「能。」舒盛動了動，覺得自己除了手腳無力，並無其他不適，起來還是可以的，便乖巧地起身下床。

封景安轉身出去，再端進來一碗粥給舒盛，自己則是想等他們吃完了再吃。

家裡的米所剩無幾，昨夜蘇嬸熬粥時，放的米自然就不多，他怕鍋裡的粥不夠舒燕姊弟倆吃。

舒燕見封景安沒有盛粥，瞬間就明白他的打算，小臉微微一沈。「封景安，你吃過東西了？」

「沒有，你們先吃，我把這些收尾一下。」封景安下意識地避開舒燕的目光，邁步走向自己昨日搬進來做了一半的桌椅。

舒燕放下碗，走過去拉住封景安，認真且固執的看著他。「沒吃就先吃了再做其他的事。」

她的意思很明白，封景安若是不吃，那麼她就會這麼跟他耗下去的也不吃。

「好。」封景安眸底劃過無奈。罷了，他少盛一些就是了。

見封景安只盛了小半碗，舒燕擰眉。「你……」

「景安啊，大丫跟小盛醒了沒有？嬸子熬了點雞湯，給你們送過來了！」蘇嬋的聲音自門外傳來，打斷了舒燕原本想要說的話。

封景安忙放下手中的碗，走出去給蘇嬋開門，看見蘇嬋手裡提著一籃子的雞湯，有些不好意思。「嬸兒，怎麼殺了雞還給我們送來？」

「這不是大丫跟小盛病了嗎？我尋思著給他們補補，景安你可別拒絕，這雞我都殺了，也燉了。」蘇嬋生怕封景安拒絕，愣是護著雞湯，擠開封景安進屋。

封景安沒轍，只好轉身追了進去，到了屋裡，就見蘇嬋已經將帶來的雞湯分給了舒燕姊弟二人。

「嬸兒，這雞多少銀子您記著，往後我掙了銀子定給您補上。」誰家的東西都不是大風颳來的，人家能給你拿出來是情分，自己不能心安理得的受了，而沒有任何的表示。

蘇嬋瞭解封景安的性子，這要是不應下，往後她再往這兒送東西，他可就不要了，所以她只能先笑著應了下來。

「行，嬸子記著呢，眼下大丫跟小盛把身子養好了才是大事，但景安你也要注意身子，別回頭大丫、小盛好了，你卻倒下了。」

「是，我聽嬸兒的。」封景安知道蘇嬸是好意叮囑，自是不會拂了蘇嬸的好意。

蘇嬋滿意地點了點頭，話鋒一轉，便幸災樂禍地笑道：「你們知道嗎？舒大壯啊，瞧著身子骨那麼好的人，在初秋的天下水走了一遭，也病了呢！」

舒大壯也病了？那可是好事！

「舒大壯病了，那老舒家這會兒，是不是更亂了？」平日裡舒大壯磕著、碰著，方芥藍都能嚎好幾天，這回舒大壯病了，想來方芥藍的反應，應該會更大一些吧？

蘇蟬好笑地看了舒燕一眼。「豈止是亂啊！我聽說舒家爺奶揪著方芥藍狠罵了一頓，說她沒看好兒子，讓他們的孫子受苦了呢！」

「活該！」舒盛現在一想起自己被舒大壯扔進水裡的事，就對舒大壯恨得牙癢癢。

蘇蟬沒說舒家爺奶揪著方芥藍罵了一頓之後，方芥藍在背後將舒燕姊弟罵了個狗血淋頭的事，轉而道：「他們的事聽一耳朵解恨便罷了，你們啥也別多想，先把自己身子養好嘍！」

「知道了嬸兒！」舒燕乖巧地點頭，她當然要儘快養好身子。

唯有身子養好了，才能去做更多的事情，讓老舒家永永遠遠，都活在懊悔與痛苦之中！

第九章　初次進山

三日後，在蘇蟬每日的雞湯滋補之下，舒燕姊弟二人很快恢復了過來，雖然兩人虧空得厲害的身子讓雞湯滋養回了一點，但瞧著依舊弱不禁風。

尤其是舒盛，看著更像是一根竹竿似的，風稍微大一些就能將他吹跑了。

這一日，封景安要將這三日裡趕工出來的桌椅拿去給訂了貨的人家，換些銀子回來。

出門前，封景安不放心舒燕姊弟二人在家，便提議道：「左右現在沒什麼事，不如你們跟我一起去怎麼樣？」

「不了不了，你去吧，家裡荒了的地還沒處理完呢，這都耽擱三天了，我得儘快將它們整理出來。」舒燕等的就是封景安這次的出門，怎麼可能會隨他一起去呢？

舒盛就更不用說了，向來是姊姊說什麼就是什麼。

封景安擰眉，隱約覺得哪裡不太對，試探地再道：「妳身子剛好，地裡的事不急，隨我去一趟，回來後明日再到地裡去也不遲。」

「誰說不遲？這眼見著就要入冬了，咱們家什麼東西都還沒種下呢，冬日來臨後可怎麼過？」舒燕煞有介事地瞪了封景安一眼。「行了，要去就趕緊去，早去早回，你還能去地裡幫我把除下來的草燒了。」

瞧著舒燕的樣子，不太像是瞞著他什麼事的樣子，難道是他想多了？

「你愣著幹麼？再不出門，一會兒天黑你可就回不來了！」舒燕怕被封景安瞧出什麼不對來，虎著臉伸手將封景安推出門。

門外，是村裡平日幫忙趕牛車拉東西的林吉，也是三天前給封景安說過舒燕姊弟二人情況的林吉。

林吉人長得矮小，若不是瞧他的眼神與孩童不同，說不得旁人得誤認他是小孩子。

「景安啊，咱們可以出發了嗎？再不走晚上咱得趕夜路了，這夜路不好走啊。」林吉看了舒燕姊弟二人一眼，話卻是對封景安說的。

封景安扭頭看向林吉道：「東西都在屋裡頭呢，搬上牛車就能出發了。

「麻煩你了，林吉。」

幾人合力將做好的桌椅都搬上牛車後，封景安坐上林吉趕的牛車出發了。

舒燕牽著舒盛的手站在封家門口目送著封景安，直到封景安走遠了，才牽著舒盛轉身回屋。

「小盛，姊姊去地裡除草，你好好待在家裡，沒事不要出去，知道嗎？」舒燕不放心地叮囑，實在是上次舒盛遇見舒大壯的事嚇到她了。

況且，當初她非要舒大壯為此付出代價，老舒家這會兒心裡指不定有多恨她呢，萬一在她不在的時候，他們看見舒盛，又拿舒盛撒氣怎麼辦？

舒盛皺了皺眉。「姊姊，我跟妳一起去地裡，我已經好了！」

「好什麼好，看你這小胳膊小腿的，跟著到了地裡，你能幹麼？聽姊姊的，在家好好待著！」舒燕瞪了舒盛一眼，她根本就不是真的要去地裡，帶著舒盛一起不方便。

舒盛有心想替自己辯駁，卻發現姊姊說的根本就是事實，整個人頓時就有些挫敗。

「好了，你若是在家實在是待得無聊，那便看著時辰，在我們回來之前把飯煮上，如何？」舒燕抬手摸了摸舒盛的腦袋。

舒盛蔫蔫地點頭。「好，那姊姊妳要早些回來。」

「嗯嗯，姊姊會的。」舒燕收回手，提著刀便在舒盛的目送之下出了門。

離了舒盛的視線範圍，確定他沒有偷偷跟上來後，舒燕原本往封家地裡走的腳步一轉，便往後山去了。

進了山，舒燕才發現這山裡的好東西不少。

光是能吃的野果子就有好幾種，也不知道是不是小元村的村民們不認得這些果子還是什麼原因，山裡自然生長的這些野果子熟透了也沒人摘，多數都落到地上腐爛了。

「回去的時候給小盛帶點野果子回去。」舒燕戀戀不捨地離開，她此番進山，是想要找有沒有什麼東西可以拿去賣，好換成銀子的，可不是為了這些野果子。

在山的周邊，還有村裡男人偶爾進山來獵兔子之類的踩出來的路，但再往深處走，就沒路了。要麼是高大的大樹，要麼就是長得足足有一人高的灌木叢，舒燕想往深處走得非常的費勁。

但再費勁，為了能找到可賣成銀子的東西，舒燕咬牙，還是努力前行。

山裡多蚊蟲，不過這麼一會兒的工夫，舒燕身上就已經被蚊子咬了好幾個包，前進時還碰見好幾隻大蜈蚣。

蜈蚣這東西毒，也能入藥，但舒燕不確定這裡的人們知不知道蜈蚣也能入藥，故而都沒動它們，而是發現後遠遠地避開，重新換了條路。

如此前行了約莫小半個時辰的時間，視野裡突然闖進了一片黃，舒燕定睛辨認那片黃是什麼東西，觀其模樣與花色，對這東西是什麼有了些許的猜測。如果真是她所想的那東西，採摘下來後拿去藥鋪賣，應當能賣不少銀子。

舒燕按捺住心中欣喜，放眼觀察四周，看看有沒有什麼潛藏的危險。不怪她謹慎，實在是山裡這種地方，往往會藏著一些不可預估的危險。

果然，這一看之下，還真讓她看見了不對勁。

就在離那叢花兒不遠的一棵必經的樹上，掛了一個碩大的蜂窩。

野蜂有些可是很毒的，但凡是被咬上一口，那小命就得堪憂。

那蜂窩外飛著好些蜜蜂，並不是一顆死的蜂窩，裡頭應該會有蜂蜜。這個時候的蜂蜜也是稀罕物，尤其是這種在山裡築巢產蜜的，會更甜。

舒燕心裡不由得也打上了這顆蜂窩的主意，那麼大一顆蜂窩，裡頭能有的蜂蜜應該不少，若是能取下來，賣掉一些，留下一些給小盛吃，豈不是完美？

不過，怎麼取，這是個問題。

正當舒燕想著有什麼法子能將蜂窩取下而不傷自己時，右側突然傳來了古怪的「噶噶」聲，緊接著，那聲音的主人就突破灌木叢出現在舒燕的視線中，那是一隻通體黑亮的野豬。

舒燕臉色一變，扭頭就跑，她進山那麼久，都沒見著什麼大型能傷人的動物，這野豬怎麼就突然冒出來了？

野豬吭哧吭哧地追在舒燕的身後，四條腿倒騰得飛快，而舒燕兩條腿，雙手還得為自己開路，這逃跑的速度自然慢了下來。

轉眼間，野豬就離舒燕非常近，再稍微加快那麼點速度，追上舒燕不是問題。

舒燕敏銳地感知到危險逼近，當即毫不猶豫地扭身往旁邊拐彎跑去，野豬沒料到舒燕會突然改道，衝勢過大無法緩和，慣性地衝出去了老遠才停下來。

回過神，野豬立即轉身，憤怒地往舒燕拐彎逃跑的方向繼續追去。

舒燕體力有限，當然不能一直跟這頭野豬比速度跟耐力，她挑了一棵大樹，就靈活的往上爬。

待她爬上野豬搆不著的高度時，終於趕回來的野豬只能氣哼哼地站在樹下刨地，以示憤怒。

穩穩坐上大樹枝幹的舒燕鬆了口氣，她得謝謝以前自己小時候的調皮，爬樹、掏鳥窩那些事情沒少幹，不然這會兒即便是有大樹在她的面前，若不會爬也只能乾瞪眼，然後被野豬弄死。

「來啊，你上來啊，姑奶奶在這兒等著你！」暫時解除了生命威脅，舒燕得意地向著野豬豎起了不屑的中指。

甭管什麼豬，只要牠不會爬樹，她在樹上就是安全的。

野豬搆不著獵物，氣得繞樹不斷轉悠，怎麼都不肯離開。

得意過後，舒燕開始犯愁了，這野豬要是一直不肯離開，她不得一直待在樹上不能離開嗎？那可不行！她必須要趕在封景安回來之前回去，否則讓封景安知道她偷偷一個人進山，一定會生氣的！

「那什麼，野豬大哥，咱們打個商量，你離開，放我一馬怎麼樣？」舒燕腦子一亂，試圖跟野豬講道理。

野豬表示不想聽，並開始撞樹。

大樹被野豬的蠻力碰撞而開始搖晃起來，嚇得舒燕反射性地抱緊了樹身，忍不住破口大罵。「不答應就不答應，你撞樹幹啥啊？顯得你皮糙肉厚，撞樹也不疼是不是？」

這樹不會被野豬撞斷吧？

野豬聽不懂舒燕說了什麼，但聽出了其中的驚慌，頓時撞得更歡快了幾分，全然不顧撞樹後的疼痛，也不怕沒將樹撞斷，牠先自己撞死了。

看野豬這架勢，舒燕心頭更慌了。不行，她得想個法子讓這野豬撞不得這樹才行，不然再結實的樹，也頂不住野豬一直這樣撞下去。

可她在樹上，啥武器也沒有，怎麼讓野豬停止撞擊？扔刀子行不行？

逃跑時，她倒是沒把砍刀弄丟，但砍刀就這一把，一旦扔不中野豬，她手裡可就啥也沒了。

野豬在舒燕猶豫到底扔不扔砍刀時，似是撞得有些累了，暫時停下來，仰頭朝著舒燕發出威脅的哼哼聲。

舒燕乘機舉起砍刀，瞄準野豬，咬牙扔了出去。

她拚了！

砍刀直奔野豬而去，野豬感知到危險，掉頭就想跑，奈何舒燕的運氣有點好，準頭還不錯，即便牠及時掉頭要跑，那砍刀還是穩穩的扎在了牠的後臀肉上。

野豬慘叫，掉頭就向舒燕所在的那棵樹奮力一撞。

樹身被野豬最後這奮力一撞，猛地晃動了起來，完全沒料到砍刀都已經砍中了野豬，但野豬竟還能跑回來撞樹的舒燕一個不穩，瞬間就從樹上落了下去。

這算不算是跟野豬同歸於盡？

舒燕落地前還有心思如是想，直到她落到了地上，鑽心的疼從四肢百骸傳來，她方才收了心思，齜牙咧嘴地吸氣。幸好野豬大概是先前撞得太多次了，最後那麼一撞，牠也倒下了，沒能再爬起身拱她。

「嘶……」舒燕放心下來後，白了臉，生無可戀。

這下好了，還說要在封景安回來之前回去呢，現在她連起身都難，怎麼回去？

「真的是天要亡我啊！」

日頭漸漸西斜，舒盛一直望著姊姊離去的方向，都沒見姊姊出現在視線中，反倒是先看見了歸來的姊夫封景安。

封景安看見門口只有舒盛一個人，心頭莫名地就有些不安，腳下的速度更是不自覺加快，不多時就站在了舒盛的面前。

「你姊姊呢？」

「姊姊說去地裡除草，還沒回來。」舒盛不自覺流露出幾分擔憂，這眼見著太陽就要落山了，姊姊現在也該是回來了才對。

封景安將買回來的東西往舒盛懷裡一塞，扭頭便往自家地的方向而去。「我去看看，你守著家，先把那些東西都收好。」

舒盛想說要一起去的話還未出口，封景安人已經走了老遠，他沒法子，又不想給封景安添麻煩，只好依言將懷裡的東西先抱進屋。

封景安用最快的速度趕到自家地，沒見著舒燕身影後，他就知道舒燕根本就不是她對舒盛說的那般是來地裡除草！大病初癒的人，她能去哪裡呢？

「封景安，我想進山一趟。」

突然，舒燕曾對他說過的話浮上腦海，封景安臉色瞬間一變。

難怪他讓舒燕隨他一起去交貨，她不肯，合著根本就是在打著趁他不在時進山的主意！她到底知不知道一個人進山有多危險？胡鬧！

「景安，你怎麼杵在地裡臉色這麼難看？」王寡婦收工回家路過封家的地，見封景安臉色難看地站在他家的地裡，不由得有些奇怪。

封景安勉強笑了笑，問：「王嬸，您今日見著大丫了嗎？」

「沒見著。」王寡婦搖頭。

封景安本就難看的臉色這下子直接轉黑了。舒燕肯定獨自進山了！

「王嬸，煩勞您去知會村長一聲，就說大丫一人進後山了，請他帶著人前往後山尋一尋。」說完，封景安抬腳就往後山去。

王寡婦愣了愣，才反應過來封景安說了啥，臉色頓時變了變，拍了大腿一掌便趕緊往村長家去。「哎喲！這個大丫真是要命！一個人，她怎麼就敢進山呢？這不是胡鬧嗎！」

封景安一頭鑽進後山，臉色冷凝地仔細辨認著後山裡新添的痕跡，順著那些痕跡去尋舒燕。

她最好是沒事，否則……

後山甚少有人敢往深處走，所以往深處去發現的新痕跡，必定就是舒燕走過的。

這對封景安來說不難，只是找到了痕跡之後，他發現其中有些新痕跡很亂，像是在慌不擇路的情況下弄出來的，讓他本就不安的心頓時更不安了。

什麼情況下才能讓一個人在深山裡慌不擇路地亂跑？遇到生命威脅的時候！

「大丫！聽見了就應我一聲！」眼見著天色越來越暗，他還沒找著舒燕的身影，封景安更急了。

剛剛，我是不是聽到封景安的聲音了？

躺在樹下死去野豬旁的舒燕眨了眨眼。

「大丫！妳在哪？」封景安得不到回應，又喊了句，憑直覺選了個方向找。

好死不死，剛好跟舒燕所在位置相反。

「我沒聽錯！封景安！我在這兒！」舒燕眼睛一亮，興奮得用最大的聲音回應。

太好了！只要封景安找到她，今日她就不用在山裡過夜，時刻擔心自己會不會被夜間出現的猛獸吞了。

封景安往相反方向而去的腳步一頓，這聲音……

「大丫，是妳嗎？妳在什麼位置？」

「我也不知道我在哪兒，但是，我躺在一顆大樹下，你過來的時候要小心些，這裡有顆很大的蜂窩！」舒燕簡直要哭了，幸好封景安他聽到了。

封景安辨認出舒燕的聲音好像是從自己身後傳來的，當即毫不猶豫地轉身尋了過去。

繞過了一人高的灌木叢，封景安發現了被自己遺漏掉的新痕跡，忍不住加快了步伐，須臾間，舒燕如今的狀況就撞進了他的眼中。

被砍刀砍中後臀躺在地上不動彈的野豬，舒燕直挺挺地躺在那野豬邊上，目露興奮地看著他。

第十章　胡攪蠻纏

舒燕動了動想向封景安招手，沒想到牽扯到了自己的傷，瞬間疼得齜牙咧嘴，什麼話也說不出來了。

封景安抿唇，走近舒燕，俯視著她。「妳可真是能耐啊，連野豬都被妳砍死了呢。」

舒燕無言以對。

大可不必說這種透著反意的誇獎。他在拐著彎罵她不自量力，她懂的。

偷偷一個人進山是她不對，舒燕乖乖認錯。「對不起，但我不是想逞能，我只是想在山裡找些能拿去賣的東西換銀子，沒承想遇見了野豬。」

「妳該慶幸遇見的是野豬而不是老虎，否則我找到的就不是活生生的妳，而是妳衣裳的碎片。」被老虎給撕碎的。

封景安臉色冷凝，舒燕被凍得忍不住打了個寒顫，吶吶不敢再開口。

僵持片刻，封景安到底是擔心一直沒動彈的舒燕，開口問：「傷著哪兒了？」

「雙腿，尾、尾椎骨。」舒燕偷偷看了封景安的臉色一眼。他這是擔心呢？還是……

封景安臉色又冷下了幾度。「活該！看妳日後還敢不敢一人進山！」

「不敢。那你之後會陪我來嗎？」舒燕下意識反問，瞬間覺得自己問了個蠢問題。

封景安這模樣瞧著還不如她呢，他便是應下了陪她一起進山，又能做什麼？

「都已經把自己弄成這個樣子了，妳竟還沒斷了進山的念頭？」封景安臉色瞬間由冷變成難看。

舒燕嚇得縮了縮脖子，卻還是忍不住解釋。「山裡東西多，能拿去換銀子，有了銀子，你跟小盛就都能安心讀書，來年開春，你也能去參加童生試了。我只是，想讓你跟小盛都能出息，以後像舒大壯之流的都不能欺負我們。」

「便是如此，也不需妳進山冒險，我封景安有一門手藝，還不至於讓妳拿自己的生命來冒險換銀子支持我前去參加童生考試。」封景安難看的臉色緩和了些。「妳但凡想的法子安全些，我也不是不答應妳，可妳瞧瞧妳，病剛好，妳就又將自己弄傷了，我真懷疑妳是不是就惦記著我剛剛得來的銀子！」

「我沒有……」舒燕弱弱地否認，她也沒想到會遇上野豬這類意外的。

本來要是沒遇見野豬，她在封景安回到家之前，定是可以拿著蜂蜜還有連翹回去！

封景安冷哼了聲。「沒有才怪，妳傷了，難道我還能不管妳，讓妳自行好起來？」

「我……」

「景安、大丫，你們在哪兒呢？」周富貴的大嗓門由遠及近。

舒燕想說的話未能說完，就先急了。「你怎麼還通知村長了？」

「自是得通知，妳當我是妳，一人就敢進山來嗎？這天就快黑了，不多叫些人怎麼行？」封景安答完，當即放聲回應周富貴道：「村長，這邊！你見著一處足足有一人高的灌木叢沒有？繞過它就能看見我跟大丫了。」

「看見了，大丫有沒有事？」周富貴照著封景安的話找了找，找到他說的灌木叢後，忙不迭地帶著人繞過去。

舒燕更急了。「這麼多人一起來，我殺的野豬怎麼辦？要是他們說見者有份，我這傷就白受了！」

「命重要還是野豬重要？」封景安淡淡地瞥了舒燕一眼。

舒燕一噎。

當然是命重要，可是她以受傷為代價換來的野豬也一樣重要！

「哎喲，好大一頭野豬，大丫啊，這妳殺的？」周富貴帶著人繞過灌木叢，一眼就看見地上躺著不動的野豬，眼底的驚訝怎麼都沒法子掩飾。

舒燕還未來得及開口，封景安便先沒好氣地瞪了她一眼，無奈地開口道：「可不就是她殺的？村長你瞧瞧，大丫為了殺這野豬，都傷得不能動彈了。」

周富貴與一干跟著來的村民皆是愣了。

「哎喲，這野豬真的是太厲害，我差點就跟牠同歸於盡了。」舒燕瞬間領悟封景安此話之意，配合地做出疼得非常痛苦狀。

嘻嘻，嘴裡質問著她命重要還是野豬重要，最後還不是出言將這野豬的死歸在她頭上，讓來的人都有眼力見些，別惦記這野豬？很有心機嘛~~

周富貴反應過來，倒沒覺得兩人這般有哪裡不對，只道：「人沒事就好，來啊，大小夥子，都搭把手，替大丫和景安將這野豬帶回家去！」

周富貴在前頭開路，身後是抬著野豬的大小夥子，再往後是抱著舒燕走的封景安，兩人後頭還有幾個人在殿後，以防出現什麼意外。

大丫獨自進山，天快黑了還沒回來，封景安急得也一人進山去尋大丫這事託王寡婦的福，小元村所有人都知曉了。

當時王寡婦去通知村長時，急得嗓門沒壓低，讓附近的人都聽得一清二楚。再一傳十，十傳百，周富貴帶人進山尋大丫和封景安的消息就人盡皆知了。

方芥藍聽說時，心裡高興得不行，巴不得大丫就死在後山裡頭才好。為了看周富貴帶人進山尋人，最後尋出具屍體來的好戲，方芥藍早早就拉著兒子等在後山口。

「大壯，連老天爺都看不過大丫害你，很快你就能看見大丫的屍體，小盛那小兔崽子沒了大丫護著，往後你想對他怎麼樣都行！」

舒大壯在大丫的手裡吃了虧，這會兒自然是和他娘一樣的期待。

可惜，最後的結果卻是狠狠地打了他們母子倆的臉。

別說什麼大丫的屍體了，大丫不僅好好地窩在封景安的懷裡，兩人的前頭還有人抬了一頭野豬！這是怎麼回事？

方芥藍期待的事沒發生，臉色瞬間就不好了，舒大壯的目光更是死死黏在野豬身上不肯收回。

大丫的運氣怎麼就那麼好呢？一人進後山啥事也沒有，還帶回了一頭野豬！

方芥藍眼珠子轉了轉。「不行，我得回家去告訴你奶奶這事才行。」

她沒立場去要肉，老太太總有吧？斷絕關係歸斷絕關係，老太太還是大丫她爹的老娘，她爹沒了，她這個做女兒的，還不得替她爹孝敬孝敬奶奶？

舒大壯沒攔著他娘，甚至抬腳跟了上去，打算在他娘開口的時候添油加醋。如果他奶奶真能從大丫手裡薅下塊野豬肉來，那就更好了！就算不能，去給大丫添添堵也好。

「姊姊，妳怎麼了?!」舒盛遠遠地見著姊夫抱著姊姊回來，登時拔腿跑向姊姊，看都沒看別人抬的野豬一眼。

舒燕心虛地眼神亂飄。「姊姊沒事，受了點小傷而已。」

「既是小傷，那姊姊為何讓姊夫抱著不下地自己走？姊姊，妳根本就是在騙我！」舒盛眼眶一紅，忍不住哭了起來。「都怪我，如果我跟著姊姊，姊姊就不會受傷了。」

舒燕扶額頭疼。「可別，這不怪你，是姊姊任性，你若跟著姊姊，說不得咱倆都得沒命，看見那頭野豬沒，姊姊就是因為牠傷的，不過牠最後被我砍死了。」

舒盛瞬間不哭了，滿臉迷惑。姊姊這帶了點驕傲的語氣是怎麼回事？

「小盛，你能去赤腳大夫那裡，把他請來嗎？」封景安突然插嘴道。

舒盛忙不迭地點頭。「能，我這就去！」

說完轉身就往外跑，速度之快，連舒燕都沒來得及阻止，她不禁有些擔心。「這天黑了，小盛一人能行嗎？」

「別小看了他，請個大夫而已，如何就不行了？」封景安說著將舒燕抱進屋。

舒燕細想覺得也是，這會兒舒大壯該是沒什麼心思來找小盛麻煩，便不再說什麼。

進了屋，封景安將舒燕放上床，問：「我想分些野豬給村長還有村長帶著去尋咱們的人，可以嗎？」

「可以，你看著分，但是一些不相干的人，你可是一點兒也不能給。」舒燕沒多大意見，畢竟人家是跟著村長勞力去尋她，給他們分點野豬肉也是應該，她還不至於吝嗇那點野豬肉。

封景安眸底劃過一絲揶揄。「也不知道是誰一開始知道村長帶了人，就著急擔心人家見者有份，這會兒倒是大方了。」

「哦，那我收回，野豬肉就不分了吧。」舒燕面色平靜地看了封景安一眼。

「……妳好好躺著別亂動，等岑大夫來，我出去看看怎麼處理那頭野豬。」封景安言罷轉身就走，一副沒聽見舒燕說了什麼的樣子。

舒燕登時哭笑不得。

行啊！封景安竟還學會跟她裝傻了。哎，不對，她忘記告訴封景安處理野豬的時候別把豬下水給她扔了！

「等等，封景安你給我回來，我話還沒說完！」

封景安以為舒燕叫他回去，是想真的不讓他給那些進山尋他們的人分野豬肉，便沒有搭理，腳步不停地來到了院子。

「我怎麼聽見大丫在叫你回去？」周富貴見到封景安出來，不由得詫異地往他的身後看去，難道是他聽錯了？

封景安神色坦然地搖頭。「沒有，大丫傷得不能動，留她一人在屋子裡，她嫌無聊，在跟我開玩笑而已。」

「是嗎？」周富貴有些狐疑，但仔細聽，確實是沒再聽到大丫的聲音，便姑且信了封景安的說辭，目光轉向被放在院子裡的野豬身上。

「景安啊，這大丫有說怎麼處理這頭野豬嗎？」

封景安點頭。「有，這野豬留下頭跟身子的一半，剩下的一半，村長您做主給他們每人分一分吧，今日麻煩大家進山幫忙了。」

「不麻煩不麻煩，一點兒也不麻煩，嘿嘿！」眾人笑著迭聲表示，這樣的好事，再有下次，還可以叫上他們。

周富貴白了眾人一眼，笑罵。「瞧你們這點出息，後山有多危險都忘了？還指望著有下一次呢？」

「嘿！大丫感激我們進山幫忙，給我們分野豬肉，我們不得也有點表示啊？」眾人相視一眼，笑開來。

封景安跟著笑了笑，心中微暖，道：「大家看看這頭野豬應該怎麼處理才好，我可不會殺豬。」

「黎秋，你來。」周富貴點了眾人中一個叫黎秋的來處理野豬，他祖上是屠戶，雖然到了他這一輩，他已經不幹這行當了，但祖傳的手藝是沒丟的。
黎秋摩拳擦掌地答應，當即就上前握住野豬身上的砍刀，將之拔下後便開始處理野豬。很快，野豬就被俐落地分成了兩半，且兩半都是一樣的大小，並沒有因為有一半是要分給他們，就故意分多。
封景安滿意地點頭，正要開口說什麼，一抬眼，竟在主屋門口看見了不知道怎麼出來的舒燕艱難地靠在門沿上。
「哎喲，大丫啊，妳不是不能動彈了嗎，怎的站那了？」周富貴順著封景安的目光看去，發現舒燕艱難地靠在門沿上，便忍不住有些責怪。「受傷的人就該好好在屋裡頭躺著，妳出來做啥？」
不會是後悔給他們分野豬肉了吧？
眾人幾乎是同時這般懷疑，臉色驀地變得有些微妙了起來。若不是如此，啥事會需要舒燕撐著受傷的身子也要出來？
舒燕沒好氣地瞪了封景安一眼。「還不是景安，我話還沒說完，他就出來了，叫他也不回來，我只能強撐著出來了，不然一會兒你們把豬下水給我扔了怎麼辦？」
「豬下水？那東西髒，向來是沒人要的，大丫妳要留著那東西幹啥？」黎秋鬆了口氣，看樣子不像是後悔要給他們分一些豬肉的。
眾人垂眸，為自己剛才竟然懷疑舒燕後悔的心感到羞愧。
舒燕當沒發現，只道：「家裡窮啊！那東西雖然髒，但留著好好處理一番也還是能下口的，別浪費了。」

「景安你說你，怎麼不把大丫的話聽完就出來了呢？害得大丫拖著受傷的身子也要出來說，你還不快過去把大丫送回去！」周富貴瞪了還杵著沒動的封景安一眼。

封景安忙抬腳走向舒燕，在舒燕玩味的目光之下將她抱起，低聲替自己辯解。「妳若是多叫那麼幾聲，我不就回去了嗎？」

「多叫那麼幾聲，萬一你還是不回來，那不是浪費口水？」舒燕不雅地翻了個白眼，那會兒她可是把他的表情瞧得清楚著呢。

他啊，心裡定是覺得她是那種極有可能會後悔給他們分野豬肉的人。

封景安理虧，到底是沒再說什麼，抬腳就要將舒燕抱回去。

「大丫啊，妳這獵到的野豬不錯，給奶奶割一塊唄！」舒奶奶恰好在這個時候氣勢洶洶地登門。

即便腿腳不太方便，但為了那一口肉，老太太還是腳底生風，甚至一進門，目光就黏在已經分成兩半了的野豬身上，從頭到尾看都沒看舒燕和封景安一眼。

可見她就是為了野豬肉來的，壓根兒就不關心大丫到底傷得怎麼樣。

舒燕臉色一沈，抬手拍了拍封景安，示意他抱著自己去野豬前頭。

封景安抿了抿唇，有些不願。「妳的傷本就不該擅動，她交給我來應付。」

「少廢話，過去。」舒燕瞪了封景安一眼。這老太太是什麼人？哪是封景安這講理的書生能應付得了的？

封景安拗不過舒燕，只能抱著她大步走向野豬，擋在逐步靠近野豬的舒老太太前路上。

「你們擋著我幹啥？讓開讓開。」舒奶奶不滿地瞪了舒燕和封景安一眼，恨不得能自己伸手將擋她路的這兩人推開的架勢。

舒燕愣是被這老太太理所當然地他們就該給她讓路的態度氣笑了。「怎麼，她方芥藍沒臉來跟我要野豬肉，就攛掇著妳來了啊？」

「什麼攛掇，妳把話說得這麼難聽幹啥？我是妳爹的老娘、妳奶奶，妳那麼多野豬肉，孝敬我一點怎麼了？」舒老太太理直氣壯地挺直了腰板，並不覺得自己說的有哪裡不對。

眾人看不過去，七嘴八舌地提醒。「舒老太太，妳這是糊塗了嗎？大丫跟你們老舒家斷絕關係了，哪還要孝敬妳了？」

「就是，當初方芥藍要賣了大丫替大壯還賭債的時候都沒見妳出面，這會兒有好處可拿，妳就來了，還要不要臉了？」

「關你們什麼事啊？都給我閉嘴，閉嘴！」舒老太太臉色一綠，瞪著眾人的目光恍若是想要撕了他們似的。「我看你們這些人就是想分野豬肉，才一個個擠對我這個老太太！斷絕關係怎麼了？她爹還是我兒子！她爹都還沒對我盡孝就沒了，她這個做女兒的，難道不該替她爹對我盡孝嗎？」

第十一章 買賣

「這強盜似的理論，也就妳這個臉皮比牆壁厚的人，才說得出口。」舒燕冷笑。

這老太太是篤定了她會因為一個孝字壓頭，就鬆口給她割一塊野豬肉？想得倒是挺美！孝字講究的是老人家對小一輩慈愛，小一輩發自內心地尊敬，心甘情願地拿出自己的好東西去孝敬老人。一個為長不慈的人，有何臉面要求她拿好東西去孝敬她？

「老太太，今天我就把話撂下了，野豬，是我拚命獵回來的，除了這些幫了我的人可以分得些野豬肉外，旁人，連肉渣子也別想得！」

「什麼？妳竟是只給這些外人分野豬肉，不給妳親奶奶分？」舒老太太不知道什麼叫幫了舒燕的人就可以得野豬肉，她只知道舒燕說不分野豬肉給她，便當即席地一坐，開始哭嚎。「夭壽啦！老大啊，你生的好女兒，寧可把野豬肉給外人也不肯給你老娘一塊啊！」

「我是我娘生的。」舒燕一臉冷漠。

是不是有些人越老就越不要臉面？比如現在的舒老太太，為了那一口野豬肉，竟連已經入土的兒子都要拿出來各種嚎。

舒老太太一噎，半晌憋出了句。「妳娘要是沒有妳爹，我兒子，能有妳？一個巴掌可拍不響！」

「那又如何？十月懷胎，歷經生死關生下我的還是我娘，我爹頂多就是給了顆種子。」

舒燕語出驚人，偏她還一臉坦然的樣子。
封景安差點被舒燕的大膽言論驚得抱不穩她，眾人更是忍不住咳了幾聲以緩解尷尬。
「妳妳妳……」舒老太太抖著手指著舒燕，愣是說不出個所以然來。
她也是女人，明白生孩子的難處，大丫這話雖大膽，但道理卻是沒錯的。舒家老大可不就是給了顆種而已？
說不過舒燕，舒老太太索性耍無賴。「反正我不管，這野豬肉妳必須割一塊給我，否則我就不走了！」
「走不走，可不是妳說了算。」舒燕勾唇冷笑，她是該說老太太天真呢還是蠢？她以為賴在這兒不走，給她難看，她就會妥協給她一塊野豬肉？想得美呢！她舒燕要是這麼容易就妥協，那小元村所有想分這頭野豬的人還不都得學老太太的無賴樣來鬧啊？
這野豬肉，她就是扔了，也不會給老舒家任何一個人！
「妳不肯走，我就讓人抬著妳走！誰幫我把她抬回老舒家去，可以再額外得到一小塊野豬肉！」
「你們敢?!」舒老太太變了臉色，她千算萬算，沒算到大丫這死丫頭真能這麼心狠。那麼大一頭野豬，這死丫頭居然說給別人加肉就給別人加，也不肯分一星半點給她！
黎秋眼睛亮了亮。「大丫啊，此話當真？」
「自是當真，我說到做到。」舒燕可不會慣著舒老太太，像舒老太太這樣的人，但凡是慣了她一次，未來就將會有無數次，她才不給自己找麻煩。

黎秋當即搓著剛才處理完野豬還沒洗過的手，邁步走向舒老太太，道了聲。「得罪了！」便在舒老太太的怒視之下，將她強行抱了起來。

「我一人送她回老舒家足矣，大丫妳可別忘了妳說過的話啊！」

「放心，這野豬肉鐵定給叔你留著。」

他態度乾脆，舒燕也大方。唯有舒老太太，一顆心差點就氣炸了。

「幹麼？耍流氓了！」

「這麼多雙眼睛看著呢，誰跟妳個老太太耍流氓？要不是妳非要杵在大丫家門口不走，影響大丫心情，我才懶得搭理妳呢！」黎秋眸底飛快地劃過一抹嫌棄，加快了腳下的步伐。

舒老太太掙扎著想要掙開黎秋，可她畢竟老了，又是女人，力氣哪有黎秋大？不一會兒，她就被抱離了封家，不管她怎麼破口大罵都沒用，黎秋壓根兒不聽。

能多得一塊野豬肉，誰不想呢？

剩下的其他人目送著黎秋將人抱著走遠了，心裡可都後悔自己反應沒有黎秋快哩！

「大丫，就這麼將人送回去，能行嗎？」周富貴有些擔心老舒家的人見著老太太被這種方式送回去，會發起瘋來。

舒燕不以為然地點頭。「當然能行！他們老舒家若是真不要臉，一大家子往我這湊，就來一個扔一個！

「這野豬是我拚命獵到，諸位大哥、叔伯幫著抬回來的，憑什麼要給半點力都沒出的人分？你們說，是不是這個道理？」

「是這個道理不錯。」眾人不約而同地點頭。

開玩笑，要真給什麼力都沒出的老舒家分野豬肉，那他們這些出了力的人，最後能分到的野豬肉豈不就少了？

狡猾！

封景安眸底劃過一絲笑意。大丫這是故意將野豬肉的歸屬跟所有人都掛上勾，只要他們不想自己既得的利益被分走，那麼老舒家的人再來時，不用她開口，他們就會自己攔著了。

「大夫，您快點啊！」舒盛小手拽著岑大夫往家裡趕，人影未現，聲已先行。

周富貴懊惱地抬手拍了自己腦門一掌。「快，景安，趕緊把大丫送回屋去！這丫頭身上明明有傷，方才還那般中氣十足的，搞得我差點忘了她還負傷呢！」

「那可不，別說是村長你了，我們也都忘了呢！景安啊，快把大丫送屋裡去，這兒交給我們，若老舒家的人敢出現，我們就敢把他們打回去！」

「多謝諸位了。」舒燕笑了笑。「那豬下水你們記得給我留著啊！」

「放心，一定給妳留著。」

眾人心道：那東西髒，平日也沒人要，大丫說不扔，他們不扔就是了。

目的達成，舒燕拍了拍封景安的手，示意他可以抱自己進屋了。

封景安失笑，但到底是沒說什麼，抱著舒燕抬腳往屋裡去。

幾乎是在他剛把舒燕抱進屋裡的同時，舒盛拽著岑大夫的手也到了家門口。

一進門，岑大夫就先被院子裡的大野豬嚇了一跳。

「哎喲，這麼大一頭野豬呢！誰獵到的？」

「我說老岑啊，這消息都傳遍整個村了，你還不知道？」眾人揶揄地看著岑大夫。

「我不知道有什麼奇怪的？」岑大夫知道他們這是揶揄他天黑後甚少出門，忍不住翻了個白眼。

舒盛急了，拉著岑大夫往主屋走。「岑大夫你別站這兒不動，快去看看我姊姊的傷！」

「嘿，你個小娃娃急啥？他們都不急，就證明你姊姊的傷沒大礙，懂不？」岑大夫嘴上逗著舒盛，腳下卻重新抬起，順著舒盛拉他走的方向走。

舒盛緊抿著唇，不管岑大夫說什麼，就是要將人往屋裡拉。

他們不急，是因為姊姊跟他們沒什麼關係，而他不一樣，他是姊姊唯一的親人了。

很快，岑大夫就看到了舒盛口中受傷的姊姊舒燕。

觀其臉色，除了有點白，也沒什麼，多半就是摔狠了。

「岑大夫你瞧瞧大丫，她說是從樹上落下地的，傷著腿跟尾椎骨了。」封景安說著忙給岑大夫讓位。

岑大夫頂上封景安方才的位置，不鹹不淡地道：「不慌，瞧她這模樣，當是傷得不算重。這嚴重的啊，腿骨應該是斷了之後，會從肉裡扎出來的。」

這話讓舒燕、封景安和舒盛皆是無言以對，並沒有因此覺得被安慰到。

「總之，您給細瞧一下吧。」

「嗯，可以，這診金呢，就拿一塊野豬肉抵了吧。」岑大夫疑似想到了野豬肉做成菜之後的味道，嚥了嚥口水。

舒燕哭笑不得。「您倒是會選，一塊野豬肉可比診金貴多了。」

「再貴也沒妳的傷貴，同不同意？不同意我就走了。」岑大夫作勢起身要走。

舒燕沒轍，只好一迭連聲同意了下來。「您說得對，再貴也沒有我的傷貴，岑大夫你看我這傷，多久能好？」

「傷筋動骨一百天，怎麼著都得有百日吧。」岑大夫得償所願，重新給舒燕搭上了脈。

百日？那麼久都不能動彈，那片連翹怎麼辦？

「不行，我要在最快的時間內好起來！」舒燕反手一把抓住岑大夫的手，殷切地看著他。「岑大夫你有辦法的對不對？」

岑大夫微笑著從舒燕的手中抽回自己的手。「按理說，是得百日。」

「那若是不按理說呢？」舒燕直勾勾地看著岑大夫。

岑大夫愣了愣，隨即笑開來。「妳這丫頭還挺能抓重點，這不按常理來嘛，罪可就遭得有點大。」

「遭罪沒問題，只要能讓我快快好起來就成，否則我怕我在這段不能動彈的時間裡，一家子都餓死了。」舒燕不怕遭罪，就怕真得百日才能好。

岑大夫瞥了封景安一眼。「告訴妳也無妨，但是這診金嘛，得提一提，一塊野豬肉和一兩銀子。」

「……獅子大開口啊您這是！我們這麼慘，您怎麼張得了口？」舒燕不敢置信地瞪圓了雙眼，這還是人嗎？

岑大夫施施然起身。「嫌老夫獅子大開口，那就好生臥床養著，這離了妳，不是還有景安？你們不會餓死的。」

「屁……不是，我沒有說你沒用的意思。」舒燕一張嘴就覺得不對，訕訕地對封景安笑了笑。

封景安面色平靜。「妳不用解釋，不通曉生活日常，確實是我沒用。

「岑大夫，您的診金，我們應了，煩勞您替大丫醫治吧。」

「先給銀子。」岑大夫微瞇了瞇眼，向封景安伸出了手。

舒燕眼珠子轉了轉。「可不可以賒帳，等我們把野豬肉賣了再給你銀子？」

「不可以。」岑大夫拒絕得毫不猶豫，半點都不帶考慮的。

「給，一兩銀子，治吧。」封景安從身上摸出一兩銀子放到岑大夫的手上。

岑大夫笑咪咪地收了，從藥箱裡小心翼翼地取出一個藥瓶子，從中倒出一顆青色藥丸遞給舒燕。「把它吃了。」

舒燕瞪大眼，不可置信。

所謂的遭罪療法，就是吃顆青色藥丸？我懷疑你在逗我！

「您確定這藥有用？」

「不信就算了。」岑大夫翻手收起了藥，作勢要將銀子退給封景安。

這藥用一顆少一顆呢，要不是為了銀子，他還捨不得拿出來呢！

舒燕一咬牙，伸手。「不，拿來！」

大不了吃了沒用，這岑大夫應該還不至於有膽子拿出一顆能要人命的藥丸來。

「服下後，不管多難受，都不可亂動。」岑大夫飛快將藥遞給舒燕，把銀子重新收回。

速度之快，令人嚴重懷疑，他是怕舒燕後悔，把到手的銀子又要吐出來。

舒燕哭笑不得，可還是接過了藥丸，服了下去。

那藥的滋味並不好，但下肚後，她也沒有感受到任何的異樣，說好的遭罪呢？

「有沒有覺得骨頭裡發癢？」岑大夫有那麼點看好戲的意思。

舒燕一言難盡地搖頭，反問。「你這藥不會是過期了吧？」

「啥叫過期？」岑大夫有些茫然。

「意思就是這藥的藥效已經散了，沒用了。」不小心失言，舒燕心中的小人瘋狂抹汗。

岑大夫明白過來後頓時橫眉豎眼。「不可能！我前陣子腿疼，吃了就不疼了！」

「呃……」舒燕扶額。「沒聽說你摔了，可你為什麼腿疼？」

合著這藥根本就不是治療摔傷，而是治療風濕痛之類的傷痛？

岑大夫一噎，半晌狡辯。「反正我的藥沒毛病，妳吃都吃了，銀子可不能收回！」

封景安扶額。

赤腳大夫就是赤腳大夫，他怎麼跟著相信有法子能讓舒燕在短時間內好起來呢？

「罷了，那一兩銀子就當是給您的診金吧，不過野豬肉，是沒有了的。」

「哪能這樣算的？我也不知道這藥對她沒用啊。」岑大夫嘀嘀咕咕，有些不甘卻也沒道理強要。最後，只能被封景安客客氣氣地送走。

舒大壯看著他奶奶被強送回來，便憋了一肚子氣，在家待不住，趁他爹娘不注意，偷了他娘五兩銀子便往鎮上去。

輸了想逆風翻盤，贏了想還要更多，這就是賭徒的心理。

舒大壯拿著從他娘那裡偷來的五兩銀子，到了鎮上就一頭衝進賭坊中，不知不覺在賭坊裡頭待了一天，最後被王大虎提溜著扔出了賭坊。

「虎爺！虎爺！您這是幹麼？快讓我進去，我還要贏錢呢！」舒大壯爬起來就要越過王大虎往賭坊裡去。

王大虎冷著臉，將舒大壯一把揪了回來。「你還想要贏錢？別開玩笑了。舒大壯，你知道你今天在賭坊裡到底輸了多少銀子，又欠了我們賭坊多少銀子嗎？」

「多、多少？」

舒大壯掙扎的動作忽的一滯，發熱的大腦漸漸冷卻下來，敏銳地感到不安。他隱約記得帶來的五兩銀子輸完了以後，他不甘心就這麼離開，便跟賭坊賒欠了些籌碼，可到底賒欠了多少，他卻是記不清了。

王大虎冷笑，豎起一根手指。「一百兩！你足足欠了我們賭坊一百兩銀子！」

「一百兩?!」舒大壯心頭一涼，想也不想地搖頭拒絕相信。「怎麼可能！虎爺，您是不是記錯了？我也沒跟賭坊借幾次銀子啊！」

王大虎用力將舒大壯推出去。「爺一直盯著你，絕不會記錯！舒大壯，鑒於你上次沒按約定的來，這次我們賭坊只給你一天的時間。明天的這個時辰，你要是不能把這一百兩還上，那對不起，你的手腳我們賭坊就收下了，滾！」

「不不不，虎爺，您不能這樣！」舒大壯嚇傻了，一天的時間，他上哪籌出一百兩銀子來？

他朝王大虎撲了過去，想抱住王大虎大腿求情。可是王大虎對他的印象很差，手一揮，他就被賭坊的打手們截住，還挨了幾下揍。

「趕緊滾！否則我們可就不客氣了！」

見打手們凶神惡煞的樣子，舒大壯哪敢再留？只能沮喪地扭頭離開，一百兩銀子幾個大字不斷地在腦海裡閃現。

那是一百兩，不是一兩也不是十兩，他上哪籌去？他娘手裡攥著的銀子撐死了也就只有四、五十兩，這還差五十兩呢！明明一開始他都是贏錢的啊，怎麼就欠了這麼多呢？這到底是哪裡出了問題？

舒大壯百思不得其解，走路時沒注意，迎面就撞上了一人，心中頓時一怒。「走路不長眼睛啊！我你也敢撞！」

「大壯，聽說你欠了賭坊一百兩銀子，我這兒有筆買賣你做不做？」那人被罵了也不生氣，反而笑嘻嘻地將舒大壯拉到了一條無人的巷子裡。

第十二章　膽大包天

舒大壯本是想掙開，卻在聽到買賣二字後，不自覺地跟著走了。

「楊金寶，你說的買賣是什麼？能讓我把這一百兩銀子還上？」

「當然！這買賣不僅能讓你還上欠賭坊的一百兩銀子，還能讓你過上好日子！」楊金寶神神祕祕地湊到舒大壯耳邊。「你聽說馬家沒有？就是那個很富有，卻成親十幾載也沒能有個一兒半女的馬家！馬家最近放出話來，說是想要買個兒子，認作義子，以後繼承整個馬家，他們開出的價碼，足足有二百兩銀子呢！

「這還只是一開始找人的，找到了人並完成認父儀式後還會再給五十兩！你家不是正好有一個嗎？」

舒大壯恍恍惚惚地回到小元村，腦子裡一直迴響著楊金寶湊到他耳邊來神神祕祕說的話，不知不覺間，他竟是沒回家，而是摸到了封家的後屋。

那是二百五十兩銀子啊！

他要是將事情辦好了，欠賭坊的一百兩銀子不僅能還上，手裡還能剩下一百五十兩，夠他過上好長一段時間的好日子了。

反正，舒盛跟著大丫，根本就是拖累了大丫，他送舒盛去馬家，也算是幫大丫解決了一個麻煩，大丫應該感激自己替她解決了麻煩才對。畢竟，誰家姑娘出嫁，小舅子跟著一起去姑娘夫家的？他這是在幫大丫，免得大丫以後被人戳著脊梁骨罵她不懂事！

對，沒錯，就是這樣！

舒大壯催眠完自己，攥緊雙拳，暗自給自己打氣，待封家亮著的燭火滅了，再等上半個時辰，便輕手輕腳地翻牆而入，直奔舒盛睡的偏屋。

他來得匆忙，手上自然是沒有準備迷藥這種東西，而舒盛一旦從睡夢中醒過來發現他，定然是要大喊大叫的，所以他打算一進去就把睡夢中的舒盛敲暈。

誰也沒想到會有人翻牆進來，小元村大部分人家都淳樸，人們在家通常就是大門落栓，而自己睡覺的屋有時候是不會落栓的，多半只是掩上。

舒大壯小心地推開偏屋的門，儘量不發出動靜，門開了之後確定屋裡的人沒反應，才繼續往裡走。

借著窗外透進來的月光，舒大壯看見舒盛睡得正香，小臉上隱隱透出些許的笑意，也不知道他在夢裡是夢見了什麼好事。

「哼，你也就現在能笑得出來了，等到了馬家，認了馬家的人作父，我看你還能不能笑得出來？」舒大壯努力壓下心中的不悅，靠近床邊當即一手捂住舒盛的嘴，以防他喊叫，另一手快狠準地趕在舒盛掙扎之前劈在他的脖頸上。

舒盛睜眼只看見月光下臉色猙獰的舒大壯，就半點沒來得及反抗地被舒大壯打暈了。

舒大壯徒手把被子撕開，將暈過去的舒盛綁了起來，並往舒盛嘴裡塞了塊剩下的布，就將舒盛扛起往外走。他屏著呼吸，小心再小心，力求不發出任何的動靜，不想，在打開封家大門的時候，還是沒注意放置在門邊的鐵鍬，將鐵鍬碰倒，發出了聲響。

主屋裡瞬間有了動靜。

「外邊是不是有什麼東西倒下了？」舒燕擰著眉，不知道為什麼，她這會兒總覺得心有不安，好像是在她看不到的地方發生了什麼不好的事情。

封景安起身點燈。「東西我確定都放得好好的，就是起風了也不易吹倒，許是有野貓闖進來了，我出去看看。」

「我跟你一起去！」舒燕實在是無法待著不動，想跟著一起去，可動了之後扯到腿上沒好的傷，登時就軟了身子。

封景安好笑地抬手按住舒燕。「行了，妳腿還沒好呢，我去就行了，應該不是什麼大事。」

「好吧。」舒燕沒轍。誰讓她的腿傷了呢？

舒大壯在封家主屋的燭火亮起來的那刻就知道不好，但想到即將到手的銀子，他咬了咬牙，還是扛著舒盛，大步跑了出去。

做都做了，半途而廢等著他的結果也好不到哪裡去，他肯定得拚了。

封景安一出主屋就看到本該關得好好的大門敞開，像是被人打開了的樣子，而放置在門邊的鐵鍬倒在地上，他臉色驀地一變。

大門不可能是舒盛起來開的！

封景安扭頭，拔腿就往偏屋跑，衝進偏屋見屋裡床上沒有舒盛的身影，被子也被人撕壞了，臉色頓時一白。

「小盛！」誰把小盛帶走了？

「小盛怎麼了？」屋裡的舒燕一急，恨不得自己的腿能立即好起來，親自出去看看到底發生了什麼事。

封景安強作鎮定，回主屋把發現的情況簡單的跟舒燕說了。

「肯定是舒大壯幹的！」舒燕磨了磨牙，昨天他們剛落了整個老舒家的面子，今日舒大壯覺得嚥不下這口氣，偷摸著對小盛下手也不是沒有可能。

「人肯定還沒跑遠，你快去追！」

封景安頷首也不廢話，交代了舒燕不可妄動，在家裡等消息後，轉身追了出去。

按理，動靜發出並不久，封景安出門後應該很快就能追上帶走小盛的人，可他追了好長一段距離，卻是一個人影都沒見著。

封景安怕時間一耽擱下去，舒盛會出事，便當機立斷地去敲響了村長家的門，請村長找人幫忙，自己則是去老舒家確認舒大壯這會兒到底在不在家。

「開門！」封景安到了老舒家，抬手就將老舒家的門拍得震天響。

深夜，舒勇跟方芥藍正要步入正題，結果愣是被封景安的敲門聲驚得沒了興致。

「誰啊，大半夜的敲什麼敲！」舒勇黑著臉起身出去開門，這種情況下被打擾，是個男人，他的情緒就不可能好。

打開門，看見站在自家門口的人是封景安，舒勇本就黑著的臉頓時更加難看。「你來幹麼？」

「舒大壯在不在家？」封景安當沒看到舒勇那難看的臉色，抬手推開舒勇就往老舒家家裡走。

舒勇回過神來忙掉頭去攔封景安，語氣不善地質問道：「未經允許，你闖進我家裡幹麼？我們家大壯在不在家跟你有什麼關係？」

「就是！封景安你不要欺人太甚啊！」方芥藍穿戴整齊出來，緊跟著不善地瞪了封景安一眼。

封景安冷睨了兩人一眼。「到底是誰欺人太甚，你們讓舒大壯出來就知道了！」

「你讓出來就出來啊？想得美！滾滾滾，你給老娘滾出去！」方芥藍隱隱有些不安，大壯那臭小子回來又離開後，就沒再回家，他不會是惹出什麼事了吧？

封景安冷笑。「是不讓還是不敢？我看舒大壯根本就不在家！」

「不在又怎麼樣？大半夜的你像隻瘋狗似的闖進來就問我們大壯在不在家，你瘋了是不是！」舒勇擰眉硬氣地回話，心裡卻直打鼓。

那臭小子最好是沒做出什麼不該做的事情，否則他就是這張老臉豁出去都保不住他！

周富貴喘著粗氣趕來，臉色不太好看地看了舒勇和方芥藍一眼。「瘋的是你們家大壯才對！趕緊的，叫大壯出來，把小盛放了！」

「不是，什麼叫把小盛放了？小盛丟了？」舒勇詫異地瞪圓了雙眼。

他聽著村長的意思，是小盛丟了，而且還是他們家大壯帶走的？

方芥藍臉色變了變。「小盛丟了跟我們家大壯有什麼關係？我們大壯不在家！」

「不在家就對了！」封景安冷哼了聲。「就是因為他不在家，所以才能是他帶走了小盛，外人哪能一摸一個準，在不驚動任何人的情況下闖進別人家裡？」

「沒有證據，你別血口噴人啊！」方芥藍不相信她兒子會偷摸著把小盛帶走。大壯偷摸著帶走小盛幹麼？不能吃、不能動的，累贅不說，還給自己惹麻煩，他才沒有那麼傻！

封景安沒工夫跟方芥藍耍嘴皮子，扭頭看向村長問道：「村長，村裡有沒有找到舒大壯的蹤跡？」

「還沒有。」周富貴擰眉。「你說這也奇怪了，從發現不對到尋找，中間的時間並沒有很長啊，怎麼就找不到人呢？」

封景安心一沈。「村裡找不到，怕是舒大壯抄了我們不知道的近道出村了。」

「那可怎麼辦？」周富貴急了，這出村近道可不止一條，誰知道舒大壯帶著小盛走的是哪條近道？

封景安一時也沒了主意。這舒大壯帶著舒盛，他出村後會去哪裡呢？

「我呸！想追上我，想得美！」舒大壯停住腳步回頭遙望著身後只能看見一點點的小元村，得意地笑得好大聲。

幸好弄出動靜差點被發現的時候，他毫不猶豫地扛著舒盛跑了，不然這會兒他肯定被抓起來各種責問了。現在，他只需要把小盛送到馬家去，手裡就能有二百兩銀子了！

至於小盛在馬家能不能成功認父，就與他沒什麼關係了，當然能認成功最好，畢竟認成功了還有五十兩銀子可拿呢！能輕易拿到手的銀子，誰樂意放棄？

「你可不要怪我，我這是送你去過好日子呢！」

舒大壯收回目光，扛著舒盛繼續往鎮上馬家而去。

夜裡過了亥時，鎮上大門就關閉不許通行了，但舒大壯忘了這事，他扛著舒盛到了鎮上大門，進不去就只能乾瞪眼，懊惱自己為什麼速度不再快一點。

幸好楊金寶這個時候竄了出來，賠笑著塞給守鎮門的人每人一點兒銀子。「各位兄弟，我朋友這會兒進去有點事要辦，這點小錢你們拿去喝酒，給我們行行方便成不？」

「進去吧！」幾人掂了掂手上的銀子，笑著替兩人開了門。

舒大壯傻站著不動，他不明白楊金寶怎麼會這麼巧的出現，就好像他是一直待在鎮門口等著他把小盛扛來似的。

「鎮上賭坊！舒大壯曾經在那裡輸過銀子，動過要賣了我還賭債的念頭，會不會他又去賭，結果賭輸了沒銀子還，就將主意打到小盛的頭上？」

除了這個可能，舒燕想不出為什麼他們在整個村子裡找遍了也沒找到舒大壯的蹤跡。

封景安忍不住皺眉。「妳的意思是，舒大壯將小盛帶走是想賣個好價錢，幫他把賭輸的銀子還上？」

「沒錯！」舒燕斬釘截鐵地點頭，這是舒大壯會幹出來的事！

周富貴臉色瞬間一變。「現在這時辰，鎮上那邊已經不讓通行了，如果大壯真的是想把小盛帶去鎮上賣了，這會兒應該是進不去的。咱們趕緊趕過去，說不定能在鎮門口把大壯截下來。」

「舒大壯沒那麼傻，他知道鎮門進不去，絕不會待在原地等我們去找，肯定會找個地方藏起來。」舒燕儘管不想承認，但也不得不承認，舒大壯這人狡猾，敢把舒盛帶走，就不會因為鎮門進不去就傻守在那等著他們去找。

周富貴臉色頓時更加難看了。「那怎麼辦？要是不能儘早把他們找回來，小盛被賣出去成了定局，事情可就不好辦了。

「畢竟，買家可不會管賣家手上的人是從哪裡得來的，只會覺得他們花了銀子買了人，那這人就歸他們了，咱們要想把人贖回來，買家可是會獅子大開口的！」

「小盛要真回不來，拚了我這條命，我也要舒大壯付出代價！」舒燕攥緊了雙拳，眸裡的凶光半點不掩飾。

封景安抿唇伸手將舒燕攥起來的雙手掰開。「不用妳拚命，相信我，我定能將小盛平安地帶回來。」

「都不知道舒大壯把小盛帶去哪裡藏起來了，你讓我怎麼相信？」舒燕冷淡地將自己的手從封景安的手中抽回來。她不是不想相信，實在是已知的訊息太少，根本沒法子相信。

封景安也不介意舒燕的冷淡，只道：「我會找到的。」

末了，不等舒燕再開口，轉眸看向村長。「村長，能不能麻煩您幫我照看一下她，別讓她帶著傷還去尋找小盛？」

「可以是可以。但是，景安，你要去哪找大壯跟小盛？」周富貴擰眉不太放心。

封景安沒有對此多作解釋。「我先去找人，回來再跟村長詳說。」

言罷，轉身抬腳就鑽入了黑暗中，不見了身影。

舒燕掙扎著想下床，她不能待著什麼也不做，她得做點什麼。

「哎，大丫，妳別亂動，否則叔可無法跟景安交代啊。」周富貴急了，伸手也不是，不伸手也不是。

雖說他年長，但到底是跟大丫沒血緣關係，男女大防讓他不好過多的接觸。

舒燕正是明白這一點，才敢在周富貴的面前動彈，不過，她要做的事情，還需要蘇嬸的幫忙才行，不好讓村長過於為難。

「村長，您能不能幫我把嬸兒叫來？我有事想拜託嬸兒幫忙。」

「什麼忙？妳說，村長也能幫妳，就不用煩勞我媳婦兒了吧？」周富貴有些猶豫，這麼晚了叫媳婦兒起來，他捨不得呀！

舒燕扶額。「這個忙村長您幫不了，我是想麻煩嬸兒把我揹到老舒家去。」

這事，他還真幫不了。

周富貴到底是不捨地喊醒了媳婦兒，把舒燕的請求說了。

蘇蟬一掌落到男人背上，沒好氣道：「就合該這樣！方才景安來敲門的時候，你就不該攔著我，只要我衝到老舒家去，保管方芥藍乖乖招了！」

「是是是，我這不是以為事情剛發生沒多久，咱們這麼多人，肯定能在最短的時間內找到舒大壯跟小盛，才不要讓妳起來了嗎？妳白日裡操勞，晚上不得好好歇著啊！」周富貴沒當媳婦兒落在自己背上的那巴掌是回事，抬手憨憨地撓頭。

蘇蟬心中一暖。「知道你心疼我，走吧，別讓大丫等久了。」

「唉！」周富貴當即放下手，扶著蘇蟬，兩人攜手而出，不多時就到了舒燕的面前。

蘇蟬也不廢話，上來就背過身，微微彎腰。「大丫，上來，嬸子揹妳去老舒家！」

「煩勞嬸兒了。」舒燕道了聲謝後，便乾脆地上了蘇蟬的背。

蘇蟬揹著舒燕往外走。「不煩勞，都是一個村裡的，再說了，舒大壯做出這事也太不厚道，我啊，得去跟方芥藍問問，問她到底是怎麼教孩子的！」

第十三章　東窗事發

「混小子！」方芥藍看著自己藏銀子的地方少了五兩，忍不住低聲罵了一句，還不敢大聲嚷嚷出來讓別人知道。

那少了的五兩，肯定是大壯偷走了！再加上方才封景安跟村長所言，怕是大壯拿著那五兩銀子去賭坊賭輸了，才將主意打到小盛的頭上，也不知道這孩子到底賭輸了多少？

「舒勇、方芥藍，你們出來！」蘇蟬小心地將背上的舒燕放下後，就一腳將老舒家關起來的門踹開。

方芥藍臉色一變，放好銀子，出去一看，見自家的門歪了，這氣就不打一處來。「蘇蟬，妳發什麼瘋？把我們家門踹壞了，妳賠嗎？」

「賠什麼賠，我沒拆了你們老舒家，都是看在我們家老周的面子上了！」蘇蟬不屑地冷嗤了聲，但凡老周不是村長，就舒大壯做出來的缺德事，看她會不會拆了老舒家。

「妳！」方芥藍一噎，愣是氣得說不出話來。

舒燕不想讓蘇蟬難為，便伸手輕輕扯了扯蘇蟬的衣裳。「嬸兒，接下來的事交給我就行了，您回去吧。」

「那不行，萬一我不在，他們一家子欺負妳這個傷者不能動彈怎麼辦？」蘇蟬回頭從舒燕的手中抽回自己的衣裳，說什麼都不願離開。

方芥藍這才注意到舒燕的存在，眉頭頓時不悅地一皺。「舒燕，妳這又是要鬧什麼？傷著腿呢妳都不消停！」

「鬧？」舒燕冷笑。「對，我就是在鬧，你們最好是想法子找到舒大壯，讓他把小盛給我送回來，否則，我一把火燒了你們老舒家！」

「妳敢?!」舒勇臉色難看地踏出門，這大丫真是吃了熊心豹子膽了，瘸了還有膽子跑來威脅他們。

舒燕毫不示弱地迎上舒勇的目光，眸底劃過駭人的陰狠。「但凡舒大壯真把小盛賣了，你看我敢不敢！」

「他爹，我看大丫好像是認真的，咱們怎麼辦啊？」方芥藍被舒燕眼裡的陰狠鬧得心裡有些發毛，忍不住伸手把舒勇拉到一邊。

舒勇心裡也不怎麼好。畢竟小盛對於大丫來說，算是唯一的親人了，小盛要真的出事，大丫失去理智的情況下，誰能知道大丫會做出什麼瘋狂的事情來？

「讓芳草去鎮上打聽打聽，她最近不是已經跟鎮上的薛家獨子來往了嗎？這個時候進鎮上打聽，薛家應該能辦到吧？」

「能是能，可這黑燈瞎火的，芳草一未出嫁的姑娘家上路，萬一……」方芥藍有些擔心，芳草可是眼見著就要能嫁個好人家了，不能毀了啊。

舒勇明白方芥藍話中的意思，雖然不情願，但還是決定道：「沒有萬一，我跟芳草一起去就是！」

舒芳草很不情願在這黑燈瞎火的大半夜出門去找她那不成器的哥哥，可礙於她爹娘一副她必須去，不然就打死她的架勢，到底是與她爹一起出門了。

見兩人離開，舒燕也不出聲阻止，既是她要求老舒家想法子聯繫上舒大壯的，那她就不會攔著，只要老舒家還留有人，誰去聯繫舒大壯於她而言都一樣。

在舒勇父女倆開始往鎮上去時，封景安已經先他們一步抵達鎮門口。

想要從守鎮門的口中得到他想要的消息，必要的一些銀子花銷是不可避免。

封景安雖是個讀書人，但書裡那些迂腐的東西，從來沒影響過他。

封景安笑著靠近一個看起來比較好說話的守鎮人，往守鎮人手裡塞了一塊小碎銀，問道：「敢問，方才可有一個與我差不多高，但比我壯的男人扛著一個昏睡的孩子進鎮？」

「你說的要是楊金寶使了銀子帶進去的人，那就是有。」守鎮人答完，便將手裡的銀子貼身收好，明顯是一塊碎銀只能問一個問題。

封景安眸底劃過一抹晦澀，這些守鎮人，還真不是一般的貪心。

不過，守鎮人貪心，於他而言就更容易打探到有用的消息。

「不知，你可否知道他們將那個昏睡中的孩子送進鎮上哪裡？」封景安這回給守鎮人塞了兩塊碎銀，這是他前些日子賣桌椅好不容易才換來的大半數家當了。

守鎮人很開心封景安的上道，當即絲毫不隱瞞的答。「還能送去哪裡？當然是鎮上馬家了！你是不知道，馬家的成親十幾載都沒能要個自己的孩子呢，這不，眼瞅著年紀越來越大了，馬家就想著認一個孩子回來。我估摸著，那孩子就是被馬家選上的幸運兒吧！」

放他娘狗屁的幸運兒！

封景安險些失了屬於讀書人的儒雅。誰家男娃捨得送人？認他人做父，改名換姓，在守鎮人的眼裡居然能稱幸運？

「我想進去瞧個熱鬧，不知您能否行行方便？」封景安面上不見絲毫異樣，手上卻是相當識趣地又給守鎮人塞了一塊碎銀。

守鎮人仔細算算，他從眼前這人手裡前前後後共得了四塊碎銀，此人這般懂事，放他進去瞧個熱鬧也沒啥，就招呼著兄弟們把門打開了。

封景安假笑地道完謝，當即毫不猶豫地踏進鎮門。

一個鎮子，管理人是有的。封景安不會傻到自不量力地一人前去馬家要人，而是先找到了鎮長家，敲開鎮長家的門，說明了自己的來意。

好巧不巧，鎮長跟馬家有舊怨，一聽封景安之言，立即就帶上自己的看家護院，領著封景安往馬家而去。

鎮長姓薛，家中僅有一個妹妹與之相依為命。

薛鎮長的妹妹，曾經是馬家如今當家人的正室妻子，而馬家，於四年前以薛芸成親多年都無所出為由，將薛芸休棄回家。

後來薛芸再嫁很幸福，還生了兩個孩子，反觀馬家的再娶之後還是沒能生出一兒半女，丟盡了馬家的臉面，但只要能給馬家添堵的事情，薛榮是半點都不會拒絕的。

畢竟當初為了妹妹，即便馬家仗著家底殷實就爬到他頭上叫囂，他也都沒跟馬家怎麼計較，這次說什麼都要替自己跟妹妹討回一口氣。

一行人氣勢洶洶到了馬家，薛榮也不說什麼敲門，直接擺手就讓手底下護院撞門，美名其曰：事情緊急，等不及敲門，再等馬家的人開門。

馬家大門須臾間被撞開，馬靖等人頓時抬眸看去，發現門外站著的是他曾經的大舅哥後，臉色變了變。

「大舅哥，你這是什麼意思？」

「誰是你大舅哥？」薛榮半點沒給馬靖面子。「芸兒已經改嫁，我可當不起你這個前夫郎這一聲大舅哥，我怕折壽。」

馬靖臉色驟然間變得更加難看。「行，我不叫，不知薛鎮長帶著人撞門進入我馬家，所為何事？」

「封景安?!你怎麼會在這裡？」舒大壯正在竭力降低自己的存在感時，突然在薛鎮長的隊伍裡頭看見一個熟悉的身影，心中頓時直喊不妙。

他能在這個時候進鎮子都是因為有楊金寶帶著，封景安是怎麼進來的？還、還站在薛鎮長的隊伍裡，難道薛鎮長是封景安請來的不成？

封景安沒在舒大壯的手上看見小盛，臉色瞬間一冷。「你都能在這裡，我就不能嗎？舒大壯，小盛呢？」

「什麼小盛，我不知道你在說什麼。」舒大壯矢口否認。

薛榮挑眉，不屑地迎視上馬靖。「不是我說你啊馬靖，不能生就是不能生，你何必要強求擁有一個孩子，在百年之後可以替你摔盤子呢？」

「哼！什麼叫強求？是，四年前是我對不起芸兒，但事情都已經過去這麼久了，你不用上來就咒我，希望我死後百年連個摔盤子的都沒有吧？」馬靖難看的臉色瞬間忍不住綠了。

即便娶了這麼多的妾，仍是沒有人為他誕下麟兒，他依然不認為問題出在自己的身上，肯定是他還沒找到可以與他完美契合的那一個，所以才會要不上孩子。

薛榮哪裡會不知道馬靖心裡的固執，他也不跟馬靖繼續廢話，抬手指著封景安便道：「他說他的妻弟被一個叫舒大壯的帶來了這裡，你若識趣，還是將人家妻弟給交出來的好。」

「憑什麼？」馬靖其實知道自己不占理，可還是不想在薛榮面前掉了面子。「我花了銀子要來的孩子，憑什麼讓我把孩子還回去？」

封景安平靜內斂地看著馬靖。「就憑，我的妻弟是被舒大壯打暈偷帶出來的。

「馬老爺，你給了舒大壯多少銀子，只要舒大壯還在這裡，你大可命人從他的身上要回去，沒必要緊抓著我的妻弟不放，給自己徒增麻煩，您說呢？」

「不行，給了我的銀子，馬老爺你不能收回去！什麼打暈了偷帶出來，我沒有，是小盛自己跟我說他想來，但是心裡害怕，讓我把他弄暈的！」舒大壯護著自己懷裡揣著的銀子，往後退了兩步。

身為中間人的楊金寶低垂著頭，誰也不看，把自己當成是這院子裡一根沒有生命的木樁子，心裡不斷默念：看不見我，看不見我，都看不見我。

馬靖見過小盛，心裡極為滿意這個孩子，若是能留，他自然是想留下，可這個薛榮帶來的人，總給他一種不太好的感覺。

「他說那孩子是自願來的，而你卻說那孩子是他打暈了偷帶出來的，薛鎮長，你說我該相信誰？」思來想去，馬靖還是想爭取把那個孩子留在馬家，雖然他也知道舒大壯的話純屬鬼扯，哪有人會讓人把自己弄暈呢？

薛榮宛若是看傻子似的朝馬靖翻了個白眼。「這還不簡單，你把孩子弄醒了，叫出來一問，不就什麼都清楚了嗎？」

馬靖一噎，覺得自己好像被薛榮看不起了。

「不行！」舒大壯脫口而出反對，他自己清楚是怎麼回事，要是把小盛弄醒來問話，那就什麼都完了。

封景安冷睨了舒大壯一眼。「你口口聲聲說是小盛自願被帶到這裡來，還是小盛讓你把他弄暈的，那為什麼反對把小盛叫醒？」

「我……」舒大壯額上不禁冒出冷汗，不管他怎麼回答，好像都站不住道理，他該怎麼辦？

見狀，馬靖哪裡還能裝作不明白怎麼回事？只是讓他就這麼把看好的孩子放走，他無論如何都是不甘心的。

「老爺，依我看，咱們就將那孩子弄醒了問話吧！想來那麼大的孩子，他心中對此應該會有所計較。」馬府管家暗示地朝自家老爺使了個眼色。

他相信沒人能抗拒得了馬家的滔天富貴，更何況那還只是個孩子。錦衣玉食就擺在眼前，聰明的孩子都應該知道怎麼選才是對自己最好的。

馬靖了然管家話語裡潛藏的意思，當即便點頭道：「管家說得對，那就將孩子弄醒，叫出來問話吧。」

舒大壯急了，可惜沒人搭理他如何，馬府管家領命便抬腳進內院中去把舒盛弄醒。

「小兄弟，依我看，這馬管家怕是要使壞，你就一點兒也不擔心你的妻弟被馬家眼前的富貴迷了眼，不跟你回去？」薛榮有些擔心自己白忙一場。

封景安斬釘截鐵地否認。「他不會。」

一般的孩子或許會被馬家這滔天的富貴迷了眼，但小盛絕對不會，因為他知道，他還有一個姊姊在等著他回家。

他這麼肯定，薛榮也不好再多說什麼，只好略有些焦躁地等著。

一刻鐘後，馬府管家領著一個孩子從內院中走出。

舒盛看見封景安的瞬間，大力掙開馬府管家的手，拔腿跑了過去，在所有人反應之前，一把抱住了封景安的大腿，高呼。「姊夫，是舒大壯把我打暈了帶來這個地方的！我不要繼續待在這裡，姊夫，你帶我回家好不好？我姊姊她知道我不見了，現在肯定很擔心，所以，我們回去吧！」

馬府管家傻了眼。剛才這孩子分明不是這樣說的！

舒大壯眼前一黑。他才剛到手的銀子還沒捂熱，就要失去了！

「孩子，你好好想，想清楚了再做決定！」馬靖急了，不由得瞪了管家一眼。

說好的這孩子心中自有計較呢？這就是那孩子心中的計較？他嚴重懷疑管家在剛才的那段時間裡，沒跟這孩子展示完他們馬家的財富！

管家縮了縮脖子。這不能怪他，是這孩子在裡頭一套說辭，出來就是另一套說辭了，他怎麼知道這麼點大的孩子，心眼會那麼多？

舒盛抱著封景安大腿不放，但還是禮貌地回頭看向馬老爺，非常堅定地回答道：「多謝馬老爺抬愛，可我想得很清楚，我要回去。我的姊姊還在等我，我跟姊姊保證過會努力長大出息，給姊姊做靠山的，不可以食言。」

「你就算是留在我馬家，也一樣能給你姊姊做靠山啊，而且借助馬家，你這個姊姊的靠山會更強。」馬靖不甘心地循循善誘。

舒盛還是搖頭。「那不一樣，我聽這位管家說了，您要認的是兒子，我若是留在這裡，就得改名換姓，如此一來，我除了身上流的血跟姊姊是一樣外，就什麼都跟姊姊無關了。而且你說我留在這兒，同樣也能成為我姊姊的靠山，那根本就不可能，你在騙我這個小孩子！」

「怎麼會呢？我從不騙人的。」馬靖笑得有些勉強。

這孩子好像不用他明說，都差不多能猜中他心中的打算了。這怎麼可能呢？他就是個沒開蒙的小孩啊！

舒盛繼續搖頭。「說從來不騙人的人，其實騙人的時候可多了。馬老爺，也許您一開始會縱容我對我姊姊好，但是時間久了，您心裡肯定會不舒服，從而想法子叫我姊姊從這個世上消失。我就只有一個姊姊了，還望馬老爺不要為難我。」

馬靖被噎得無話可說，他知道，這個令他無比滿意的孩子，他留不住。

「不是我說，馬靖，你還沒一個孩子懂事。」薛榮非常樂見馬靖吃癟，還不留餘力地在馬靖臉上狠踩一腳，他幸災樂禍地笑道：「你啊，就放過這孩子吧。」

「用不著你來教我如何做！」馬靖沒好氣地白了薛榮一眼，他又不是那等不講理的人，還能讓自己認兒子，最後認出仇來了？

「來人，給我從他身上拿回二百兩銀子！你們要走就趕緊，省得我後悔了改變主意！」

封景安當即彎腰把小盛抱起來，大步流星往外走，當作沒聽到舒大壯想逃，卻被馬家的人抓回去，搜身奪回銀子的哀嚎。

第十四章　報應

熱鬧看完，薛榮自是帶著人滿意的離開了，在馬家門外應了封景安的道謝後，便匆匆回府，打算天亮後去找妹妹，把馬靖今夜裡鬧的笑話一一都跟妹妹說道說道。

舒大壯從馬家得的銀子被奪回去後，他還被盛怒之下的馬老爺命人狠揍了一頓，扔出馬府外。他緊閉著雙眼，像條死狗似的趴在地上，嘴裡還在念叨著自己被馬家下人搜回去的二百兩銀子。

身為中間人的楊金寶，儘管沒被揍，但也被扔了出來，並且被警告以後都不許登馬家的門，讓將將要到手的銀子就這麼飛了。

「真是倒楣到家了，沒用的東西！」楊金寶氣得不行，臨走前狠狠地啐了趴在地上不動彈的舒大壯一口。

舒大壯心心念念著被要回去的二百兩銀子，帶著交不出銀子給賭坊、自己的手腳就要不保的恐慌，壓根兒沒注意楊金寶的動作。

而，今夜屬於老舒家的災難還沒完。

舒勇領著舒芳草到達鎮門口時，守鎮人已經用今夜得來的銀子換了酒，都喝了個微醺。

在這個時候，他們眼前突然出現了被養得格外水靈的舒芳草。

舒勇笑著才剛要湊上去，對守鎮人報出薛家獨子的名號，讓守鎮人去找薛家獨子，再放他們進鎮，就迎面被兩個守鎮人拿住了。

「哎，你們幹麼？快放開我！」舒勇臉色一變，萬分不解為什麼自己還什麼都沒說，一個照面，這些守鎮人就將他拿住了。

守鎮人嘿嘿笑了笑。「幹麼？你這麼晚帶個姑娘到我們面前來，不就是給我們獻上人？」

「什麼給你們獻上姑娘？你們誤會了，那是我閨女，我帶她來，是要進鎮子裡去找薛家獨子幫忙的！」舒勇急了。可不能讓這些人誤會了，不能啊！

「就是！我們是來找薛公子的，我跟薛公子已經在議親了！」舒芳草慌亂地胡謅，議親一事不管有沒有，現在得必須有，否則她就完了！

守鎮人們相視了一眼，爾後不約而同地轟然大笑。「這是什麼新奇進獻美人的方式嗎？我們喜歡！」

「不！不是，我們真的是要找薛家獨子！」舒勇更急，他們都把話說得這麼清楚，為什麼這些人還是不相信？

守鎮人因著守鎮這個身分，每日被巴結的時候都不少，再加上現今喝了個微醺，哪裡還能分辨得清舒勇父女倆說的是真話還是假話？他們現在只認自己認為的，並且還嫌棄舒勇太吵很礙事。

「把他綁起來，再把嘴堵上，太吵了。」

「不……」舒勇抗拒的話還未完，嘴裡就被塞進一塊臭布，差點將他臭暈過去。

舒芳草心知不好，扭頭就要跑，不管她爹的死活。
「來都來了，還想逃？想得美！」守鎮人怎麼可能會讓送到自己眼前來的美人跑了？當即就搖搖晃晃地衝上去，將舒芳草圍了起來。
舒芳草嬌滴滴的，哪裡跑得過，只能恐懼地看著他們。「我、我是薛公子正在議親的姑娘，你們不能動我！」
「哎喲，這齣戲還沒過去啊？小美人，來，我來告訴妳，鎮子裡啊，壓根兒就沒有什麼薛公子，只有我們薛鎮長！」
「你知道薛鎮長今年貴庚了嗎？他跟誰議親，也不會是跟妳的，所以，小美人，妳就從了我們吧！」
說話的兩個守鎮人嬉笑著靠近舒芳草，而舒芳草被剛剛得知的消息驚得傻眼，沒來得及反應，雙手就被守鎮人一人一邊抓住了。
感受到自己手上傳來的陌生觸感，舒芳草恍然回神，尖叫。「不可能，一定是你們騙我的！你們放開我！」
「叫什麼叫，安靜點！」守鎮人不耐煩地給了舒芳草一巴掌。
舒芳草直接被打懵，頓時說不出話來，安靜了。
「你們兩個，把那老頭找個地方藏好，然後看著鎮門，等我們完事了，再來換你們。」
言罷，抓著舒芳草的守鎮人迫不及待地拉拽著舒芳草，往不遠處的草叢走去。
押著舒勇的兩個守鎮人儘管有些不滿，但還是聽話地找了個地方把舒勇藏起來，並避免舒勇不老實，直接把人打暈了。

很快，草叢裡傳來了窸窸窣窣的聲音，鬧得還得看鎮門的人血氣翻湧。

封景安抱著舒盛，跟薛鎮長道謝後還跟他要了出鎮門的文書。

守鎮人遠遠地看見抱著舒盛的封景安，正往鎮門而來，當即提高了音量質問，同時也是提醒草叢裡的人先不要動。

「這麼晚了，你怎麼還往鎮門而來？」

草叢裡的動靜瞬間安靜，封景安抱著舒盛加快了腳步，到了守鎮人面前，就將薛鎮長給的出鎮文書遞給守鎮人。

守鎮人看了一眼，就立刻給封景安放行。「既是鎮長讓你出鎮，那就趕緊走！」

「好的。」封景安二話不說，抱著舒盛就走，完全沒發現守鎮人的異樣，還以為是夜深了，他們卻因為守鎮不能睡，才略顯暴躁了些。

待封景安抱著舒盛走遠了，草叢裡的狂歡就又開始了。

封景安抱著舒盛緊趕慢趕，可還是在天邊泛起魚肚白的時候才趕回了小元村。

守著村口的林吉見到封景安懷裡的舒盛，眼睛登時一亮。「回來了好！大丫可以放心了！對了，大丫現在可不在家，而是在老舒家呢！她放狠話逼舒勇帶著舒芳草去尋大壯了，你們沒碰上？」

「沒有。」封景安擰眉。

舒燕不在家好好待著，卻跑到老舒家去盯著，簡直是胡鬧！

林吉不以為然地擺了擺手。「沒有就沒有吧，許是人家只是做了個樣子安撫大丫，根本就沒去尋，找了個地方躲起來了吧。等他們得到小盛已經回來的消息，自己就會回來了。」

這很符合舒勇父女倆的性子，封景安也就沒過多在意，抱著舒盛去老舒家接舒燕。

不一會兒，就到了老舒家。

「姊姊！」舒盛看見姊姊的那一剎那，立即掙扎著想要從封景安的懷抱中下來。

得虧封景安反應快，在舒盛掙扎的瞬間就順著他，把他放了下來，不然說不定得哪裡傷了不可。

舒燕欣喜回頭，看見舒盛完好無損地朝自己跑來，眼眶頓時忍不住一紅，在小盛跑到跟前來時，一把抱住了小盛。「可算是回來了，我都快擔心死了！」

「小盛找回來了，我家大壯呢？我家當家的跟芳草呢？」方芥藍沒在封景安身後看見想見到的人，心中原本隱隱的不安瞬間更加濃厚。

為什麼他們家的人，一個都沒回來呢？

天，徹底的大亮了。

初升的暖陽照耀在人身上，本該是要給人溫暖感，可方芥藍卻覺得渾身冰涼。

「小盛回來了，那我兒子大壯呢？」

「當然是還在鎮子裡了。」舒盛冷哼了聲。「他打暈我把我帶去鎮上馬家，想把我賣給馬家做兒子，事情敗露了，馬老爺心善放了我，卻不會饒了欺騙他的舒大壯！」

方芥藍臉色一白，目光盯緊了舒盛。「你說清楚點，馬老爺不會饒了大壯，那會將大壯如何？」

「拿回被騙走的銀子，再揍一頓扔出來。」封景安瞥了舒盛一眼。

舒盛吐了吐舌頭，把接下來想說的危言聳聽收了起來。

「妳讓舒勇跟舒芳草不要再藏著了，出來跟妳一起去鎮上把舒大壯接回來吧，否則晚了，後果便不知是如何了。」封景安言盡於此，上前打橫把舒燕抱起來欲離開。

舒燕異常乖巧，完全不見先前舒盛沒了蹤跡的張牙舞爪，於她而言，只要舒盛平安地回來，封景安要怎麼說她胡鬧、跟她生氣都可以。

不料，三人還沒能跨出老舒家的門，前方的路就被突然跑過來的方芥藍張開雙手攔住了。

她咬牙瞪著封景安，問：「什麼叫藏起來？舒勇跟芳草是真的往鎮上去找大壯了，你難道在鎮上就沒碰見他們父女倆嗎？」

「沒有。」封景安擰眉。

難道是他們都想錯了，舒勇跟舒芳草還真沒有找個地方藏起來？

方芥藍不信，逼近了封景安一步，目光死死盯著他。「不，你在說謊！你肯定碰見我們家舒勇跟芳草了，只是為了報復大壯將主意打到小盛的頭上，所以才故意說沒碰見，是不是？」

「我封景安所言句句屬實，若有半句假話，天打雷劈，不得好死！」封景安沒碰見就是沒碰見，還不屑撒謊報復舒大壯。

方芥藍整個人一怔，茫然了。

封景安連毒誓都敢發了，他真沒碰見舒勇跟芳草？那，舒勇跟芳草去哪兒了？

鎮門。

被綁縛了一晚上的舒勇剛從昏睡中醒來，就來了兩個守鎮人替他鬆綁。

緊接著，還不等他有所反應，就又有兩個守鎮人架著一個衣衫不整的人朝他而來，那人身上的衣衫很是眼熟。

下一刻，那兩個守鎮人就將手上架著的人朝他推了過來，他反射性地抬手接人，動作間，那人散落的長髮晃開，露出了一張臉色煞白的小臉。

這不是他的女兒芳草還能是誰？

舒勇瞪圓了雙眼，關於昨夜的記憶頓時清晰了起來，芳草如今這幅樣子，分明就是被糟蹋了啊！

「你！你們！還有沒有王法了?!」

「王法？你給我們兄弟送來的女人是個早就沒了清白之身的呢，我們兄弟幾個還沒跟你算帳，你倒是先跟我們喘上了，哪來這麼大臉呢？」

舒勇瞬間如遭雷劈。「你們說什麼？你們在胡說八道什麼？芳草，芳草，我的女兒，什麼時候失了清白，我這個當爹的怎麼不知道?!哦，我知道了，肯定是你們糟蹋了我女兒不想負責，所以故意誣衊我的女兒早就失了清白是不是！」

「誰吃飽了撐著誣衊她？你們不是說在跟什麼薛家獨子議親？這指不定啊，是你女兒覺得儘早生米煮成熟飯，好入薛家的門，所以還沒怎麼著，就先把身子交出去了！」

眾人登時哄然大笑，眼裡的譏誚濃郁得恍若能將舒勇壓進地縫中。

「不可能！你們胡說！」舒勇死死瞪著眾人，臉色一陣青一陣白。

他的女兒，怎麼可能會那麼蠢呢？

眾人完全不搭理舒勇的不相信，他們想起一事，頓時就笑得更歡了。

「哎，那什麼所謂的薛家獨子，咱們鎮上壓根兒就沒這個人，她也不知道是被誰騙了清白，真慘呢！」

「哈哈哈，誰說不是呢？」

「不！不是這樣的！怎麼會是這樣呢？」舒勇眼裡的精氣神全然黯淡，他想不明白事情為什麼會變成這樣。

明明他們父女倆是出來找大壯的，結果大壯沒找著不說，還搭上了女兒。這便也就罷了，最後竟牽扯出女兒早已不是清白之身的事！老天爺對他們為什麼這麼的不公平？

「別以為你們這麼說，就可以不用對我女兒負責了！即便我女兒清白早沒了，那也輪不到你們來羞辱！」

眾人笑容一沈。「滾！要不是你自己帶著她大半夜的出現在我們的面前，我們喝多了會錯認？這可是你們自己的錯！」

「就是！識相的話就趕緊帶著你女兒滾，不然可就別怪我們下手處理你們了，反正這亂葬崗裡頭啊，哪天多了兩具屍體，也是正常的！」

「你、你們……」舒勇還要據理力爭，下一刻卻是看見守鎮人腰間佩刀出鞘，作勢就要對他們動手。舒勇頓時怕了，別說單單一個人他就打不贏，哪還敢繼續糾纏要說法？他拖著女兒，立即用最快的速度離開鎮門。

守鎮人直到徹底看不見舒勇父女倆的身影，才收好腰間佩刀，回到他們應該站的位置上，開始新一天的守鎮。

進出鎮門的百姓逐漸增多，守鎮人面色如常，好似此前什麼都沒發生過。

離了守鎮人對小命宛若實質的威脅，舒勇才心有餘悸地鬆了口氣。

還好走得快，否則他的小命這會兒指定是沒了。

「芳草，妳醒醒！」舒勇緩過那口氣，越想越覺得憋悶，便狠了心要把還在昏迷中的女兒弄醒。

舒芳草擰著眉，緊閉著雙眼，未醒先掙扎地叫開。「不！不要！你們走開啊！」

「舒芳草！醒醒，這沒別人，妳告訴爹，妳的清白之身是不是早就沒了？」舒勇牢牢按著女兒，不讓她掙開，眼底似有若無地爬上了些許的癲狂。

舒芳草像是從噩夢中驚醒似的突然睜開眼，然後就對上了她爹眼底的癲狂，她想起自己迷迷糊糊間聽到的問題，本就煞白的臉色頓時以肉眼可見的速度灰敗了下來。

「妳說啊！」舒勇心道不妙。芳草這反應，難不成她清白早沒了的事是真的？

舒芳草嚇得未語先哭。她要怎麼說呢，為了能進薛家門，她早就被薛賈哄著把清白給了他？可薛賈，卻根本就不是什麼薛家獨子！

「愚蠢！」舒勇見女兒張不開口，便知事情果真如此，氣得他抬手就想要給女兒一巴掌。

舒芳草躲了躲。「不是我的錯，是娘跟我說的，要儘快抓住薛賈的心，然後風光嫁進薛家，讓小元村的人都好好睜大眼睛看清楚，我嫁得有多好！」

語速之快，似是怕慢了，她爹那抬起的巴掌就落到她臉上了。

舒勇愣是氣笑了。「薛賈就是個來歷不明的！現在可好，什麼都沒了！」

「我早就說了我不來我不來，是爹你跟娘硬逼著我來，否則我怎麼可能會變成現在這個樣子？」舒芳草心底悲恨，若是沒有這一齣，她還是好好的。薛賈即便不是薛家的人，可他能拿得出那些好東西，家境應是不差，她還是能嫁得風風光光！

舒勇的笑沒了，臉色難看得可怕。

「哎，你們看，那是不是舒勇跟芳草？」林吉指著不遠處一個站著，一個跌坐在地上的人，示意眾人看。

舒勇聞聲下意識想將女兒徹底擋在身後，第一個念頭就是絕對不能讓別人看見芳草現在的樣子。只要沒人看見，他們尚且還能瞞著；要是有人看見了，一眼就能看出芳草怎麼了，以後誰還會娶芳草？

方芥藍確認林吉所指的人就是舒勇跟舒芳草，當即就紅著眼眶朝兩人跑了過去，完全沒發現舒勇的異樣。「當家的，你怎麼在這兒不回家？還有芳草……芳草？天啊，芳草妳這是怎麼了？哪個天殺的把妳弄成這個樣子？」

老天爺啊，她這是看到了什麼啊！

第十五章　連翹

方芥藍只覺得自己眼前一黑，心中有什麼東西瞬間崩塌了。她讓舒勇陪著芳草一起，就是不想發生這樣的事情，可為什麼現在還是發生了呢？

「閉嘴！」舒勇臉色黑了黑。他還想著能有什麼辦法把人都弄走呢，結果方芥藍上來一嚷嚷，什麼都毀了！

果然，林吉，還有他身後的那一群人聞言都紛紛加快了腳步走來，舒芳草根本就避無可避。走得近了，眾人看清舒芳草現在的樣子，皆是一愣，傻眼了。

舒芳草這個樣子……

「轉過去，都轉過去不許看，不許看！」方芥藍總算是回過神來，臉色一變，就衝上去，一個挨著一個地把他們都轉過身去。

可該看見的，他們都看見了，即便現在轉過身去，也已經無事於補了。

舒芳草沒臉再待著不動，立即強撐著起身，邁開腿跌跌撞撞地繞過眾人跑開。「我不活了！」

「芳草！」方芥藍想也不想地拔腿追了過去，芳草就算是要死，也不該是這個時候。

「舒勇啊，你們這是遇著什麼事了？」林吉目光複雜，帶著同情。

舒勇一個大老爺們，當著這麼多人的面愣是紅了眼眶，悲憤地捶胸頓足。「我跟芳草本是要進鎮去尋我們家大壯的，結果那群天殺的守鎮人，他們、他們竟是二話不說把芳草……要是我們沒有為了儘快讓大壯把小盛送回來，半夜去鎮上，芳草就不會……我可憐的芳草啊！大壯沒找回來不算，還搭上了芳草，這讓我這個當爹的可怎麼活啊！」

「可若不是你們家大壯大半夜的把小盛打暈了帶走，人家大丫也沒理由非要逼著你們大半夜出來找大壯啊。」舒勇一連串下來，讓林吉瞬間覺得自己剛才生出的同情早了點。

雖然舒勇父女倆是沒躲起來，但是舒勇居然覺得他們一切的災難都是拜大丫所賜，這就不對。若舒大壯不動手打暈帶走小盛，哪有後頭這些事？

「林吉，你說的這是什麼話？我們老舒家都這樣了，你竟還替大丫說話！」舒勇忍不住怒瞪了林吉一眼，林吉是眼瞎了看不見他們家的慘狀嗎？

林吉實在是不知道該說什麼，其他人的臉色更是一言難盡的樣子。

這邊沈默無語，那邊方芥藍卻是追上了女兒，一把抱住了女兒，不讓她繼續往前跑。

舒芳草用盡全身力氣掙扎。「娘，妳放開我，我沒臉活著了！」

「妳冷靜點！」方芥藍忍無可忍地抬手給了女兒一巴掌。

事已至此，尋死有什麼用？沒出息！還不如多想想，怎麼能利用這事換點好處！

舒芳草捂著被打的臉頰不敢吭聲，無聲流淚。

「大壯這會兒還在鎮上哩，村長叫我們進鎮幫忙尋，舒勇你看你是要跟我們一起去，還是先帶著婆娘跟女兒回村？」

「讓她們自己回村！」舒勇抬手抹了一把淚，相比較一個已經差不多廢了的女兒，兒子的安危當然才是最重要的。

林吉頷首選了兩個人先送方芥藍跟舒芳草回村，剩下的人就陪舒勇一起去鎮上。

儘管人多，但過鎮門時，看見那些守鎮人，舒勇連個屁都沒敢放。

也是巧了，他們剛進鎮，迎面就遇上曾經到過老舒家要債的王大虎。

王大虎認得舒勇，抬手便讓手下人把舒大壯給舒勇送過去。「來得正好，省得爺再走一趟了。

「舒大壯在賭坊賭輸了，欠我們賭坊的一百兩還不上，爺只好按照規矩廢了他的手腳，你們識相的話可別鬧事，否則我們賭坊也不是好惹的。」

放完話，王大虎帶著人，瀟灑轉身離開。

「早就讓你不要賭，你怎麼死活就是不聽呢？」舒勇扶著昏迷不醒的兒子欲哭無淚。

他老舒家的後啊，莫不是要斷了？

眾人面面相覷，心中難免唏噓。

早說了，不要做那般無情、趕盡殺絕的事，老舒家上下全都不聽啊。這下好了，舒大壯被廢手腳，舒芳草也被糟蹋了，這算不算是老天爺給老舒家上下的報應？

老舒家的把主意打到舒盛頭上，結果卻落得了個一殘一毀的下場，在好長一段時間裡，成了整個小元村茶餘飯後的笑談。

也讓平日裡苛待親人的人家稍稍收斂了些，畢竟有現成受報應的例子在眼前，他們都不想成為第二個老舒家。

舒燕對老舒家的遭遇一點兒都不同情，但她擔心封景安心中會有愧。

「封景安，你進來一下，我有話跟你說。」耐心等了幾日都沒見封景安表現出絲毫的異樣，舒燕忍不住在第五天，封景安路過房門口時，開了口。

封景安尋思著，晾了舒燕這麼幾日，舒燕應該知道自己錯在哪兒了，便抬腳進屋，張嘴便問：「妳知道自己錯在哪兒了嗎？」

舒燕愣是給封景安噎住了，爾後陷入了沈思當中。

難道說，是她想岔了？封景安心中只惦記著她有沒有知錯，壓根兒沒把老舒家的事放在心上？

「你，沒覺得對舒芳草有那麼一點點的愧疚？畢竟那天你出鎮門的時候要是發現守鎮人的不對勁，或許就能救下她了。」

「事實是，我沒發現。」封景安面色如常。「別岔開問題，回答我，妳知道自己錯在哪裡了嗎？」

舒燕哭笑不得。繞不過去了是吧？

「知道了，我不該拖著傷讓蘇嬸揹去老舒家，下次不會了。」

封景安挑眉。「妳還想有下次？」

「不，你聽錯了，沒有下次。」舒燕從善如流地改口，眸光閃了閃。「我都回答你的問題了，你是不是也該回答我？」

「沒有。」封景安半點猶疑都沒有。

舒燕覺得奇怪。「你真不是為了讓我安心所以故意說沒有？」

「當然不是。」封景安本來不想拿老舒家那點破事來讓舒燕煩心，但是現在看舒燕的架勢，分明是他不說出個子丑寅卯來就不相信他。

也罷，反正她早晚會知道。

「這幾日妳在家裡未出門不知道，老舒家那邊還發生了別的事情。舒芳草早在鎮門之難前就已經把清白交給一個假冒鎮上薛家獨子的落魄商人，商人不知老舒家發生的事，三日前登門找舒芳草時，被老舒家扣下了，說是要讓他當老舒家的倒插門女婿。」

舒燕聽得目瞪口呆。竟還有這種事？

「那落魄商人假冒他人欺騙舒芳草圖什麼？」

封景安想到自己聽來的，不禁搖了搖頭。「聽說那商人是看上了方芥藍手裡握著的那五十兩銀子。」

「也不對啊，方芥藍可不像是會為了舒芳草的出嫁，把手裡握著的銀子都交出來的人。」舒燕腦筋一時轉不過彎來，還是怎麼想都想不明白。

封景安失笑。「如果商人的身分一直沒被守鎮人拆穿，憑商人家世顯赫，方芥藍為了面子，也為了舒芳草在婆家過得好，以後替她撈更多的好處，是不是要拿出銀子來替自己跟女兒掙足面子？」

這還真是失敬了，她不知道竟能有這樣的做法。

舒燕總算明白封景安為什麼半點愧疚都沒了。

舒芳草在秋天過去時，跟那個商人成親了。

老舒家為了面子，並未大辦，而舒芳草出嫁時，身上穿著本該是舒燕的嫁衣，大氣沒有，委屈倒是把心裝滿了。曾經希望自己出嫁時風風光光，把舒燕碾壓進地底下的念頭，徹底成為了曾經。

甚至，如果不是因為薛賈落魄，孤身一人、無權無勢，她連出嫁可能都成了一種奢望。畢竟，以她的情況，想嫁給更好的人，根本就沒有可能，低嫁她也不樂意。

蘇嬋過來封家，把老舒家的熱鬧跟舒燕說了一嘴，末了感嘆。「這人啊，真不能做那沒良心的事，不然總會有報應的。」

「嬸兒，您喝點水。」舒燕好笑地把舒盛剛才倒來的水端起，遞給蘇嬋。

蘇嬋接過水喝了一口，然後目光落在舒燕的雙腿上。「看我，跟妳說老舒家那些糟心事幹啥，不說這個了，妳的腿怎麼樣了？」

「已經能稍微下地走走了。」但是距離她想要正常行走還差得遠，說起這個，舒燕心裡就有些急，也不知道山裡那片連翹現在怎麼樣了。

如果還不能進山去把那片連翹採下來，隨著天氣越來越冷，可就要浪費那麼大一片的連翹了。

蘇嬋欣慰地點了點頭。「不錯，都能稍微下地走走了，看來景安把妳照顧得不錯。」

在此之前，誰要跟她說，封景安會照顧人，她鐵定是要說他在作夢，但是現在看來，凡是被逼的情況下，沒有什麼是做不到的。

「是照顧得不錯，不過飯菜都是小盛掌勺做的罷了，他還拘著我，這不許那不能的。」舒燕忍不住扶額，簡直不忍回想自己被拘束的那些日子。

蘇蟬失笑地搖了搖頭。「妳啊，要沒有景安拘著妳，妳的腿傷能好這般快？不過做飯這事，景安確實……咳、畢竟從小到大未曾碰過，妳多擔待著些。」

舒盛跟封景安的從小受寵不同，他是從懂事開始就必須要幫著舒燕做飯給老舒家一大家子吃的，所以即便他還沒灶臺高，只要在灶臺前墊張小椅子還是能做飯的。

「瞧嬸兒說的，我可沒嫌棄他不會做飯，只是不滿他總拘著我罷了。」舒燕想來想去，心裡還是不甘心放棄那片連翹。

「嬸兒，我跟妳商量件事成不？」

蘇蟬忍不住好奇。「啥事啊，妳直說就是。」

「嬸兒，您能不能幫我找幾個人，進後山去，到先前找到我的那個地方，把那裡長著的黃色果實採回來？」舒燕萬分期盼地看著蘇蟬。

這事找封景安，他肯定會把她臭罵一頓，可蘇嬸就不一樣了，就算蘇嬸不樂意，也不會罵她的。

果然，蘇蟬眉頭一皺。「那是什麼東西？值得妳傷還沒好也惦記著要將它採回來？不是嬸子不肯幫妳，而是這事要是讓景安知道了，景安一定會生氣。」

「就是因為他會生氣，我才會找嬸兒啊！」舒燕湊到蘇蟬耳邊，低聲跟蘇蟬耳語了幾句。

蘇蟬半信半疑。「那東西曬乾了能賣不少銀子？」

「當然，我騙您幹啥？」舒燕眸底劃過無奈。「嬸兒您也知道我們家的情況，這眼見著就要入冬了，要是我們手裡不能攢著點銀子，這凜冬我們可怎麼度過？而且，那東西再不採，就要過了最佳採摘期了，到時候不就白白浪費了嗎？」

「不是，妳怎麼知道那東西可以入藥，能賣錢的？」蘇蟬覺得奇怪，大丫分明大字不識一個，不可能會知道那些才對。

舒燕臉色一僵。「這個嘛，我是聽別人說的。」

「哪個別人？」蘇蟬追問。

舒燕哪裡能給蘇蟬找出個別人來？只好瞎掰。「就是之前，我遇上了個問路的藥商，他告訴我的，而且他還給我看了那東西的模樣，說它叫連翹。」

巧的是，在舒燕穿過來之前，小元村裡還真來過那麼幾個藥商，讓蘇蟬心裡的疑問登時散去不少，但還是覺得不可靠。

「妳只是瞧過連翹的模樣而已，萬一妳認錯了，那根本就不是連翹呢？」

「不可能認錯！我記性很好的！」舒燕假裝著急，心裡鬆了口氣，蘇蟬好像是信了她的說辭，那接下來就好辦了。「不管怎麼樣，我都想要將那些連翹收了，萬一我真的沒認錯，那就是一筆不少的銀子啊！」

蘇嬋也有些心動，可這事非同小可，她不能隨口就應了。「這事，孀子得跟妳周叔商量一下，這連翹值錢，若那些真是連翹，不宜讓太多人知曉。依孀子看，妳還是先把這事跟景安說說，多一個人也好辦事，咱們就甭找外人了。連翹是妳發現的，別到時候弄得人盡皆知，都跑來跟妳搶，妳就收不到多少連翹了。」

「還是孀兒妳想得周到，行，一會兒我跟封景安說說。」舒燕有些後怕，是她想得太簡單了，還好蘇孀沒有聽她說的去找人，不然照她那魯莽的主意，別人肯定會知道那些東西值錢，從而引起哄搶。

到時候，她這個先發現的，找誰說理去？

蘇嬋惦記著這事，便也就沒多留，囑咐了舒燕幾句後，就回家去了。

一刻鐘後，封景安端著舒燕要喝的藥進屋。

舒燕乖巧地從封景安手中接過藥，不同往日總想著要把藥倒了，她這回很是乾脆地乾了封景安送來的藥。

「今日這般乾脆，說吧，何事？」封景安挑眉，這事出反常即為妖，舒燕向來不會這般乖乖喝藥。

舒燕訕笑了一聲。「你能不能不要這麼敏銳？搞得我都有點不太敢開口了。」

「那就別說了。」封景安伸手從舒燕手中接過空碗，作勢就要離開。

舒燕趕忙伸手拉住封景安。「等等，我說、我說，你先別走。你可還記得那日你進後山找到我時，邊上那叢開著黃色花兒的植物？」

「記得又如何，妳莫不是還想去後山不成？」封景安臉色一沈。腿傷都沒好呢，就惦記著後山。要是她腿傷這會兒好了，早就再次瞞著他進後山了！

舒燕弱弱地替自己辯解。「不是我去後山，是你去。」

封景安更氣了。「這跟我有什麼關係？分明是問出那樣問題來的妳想去後山！」

「我倒是想去啊，這不是我腿傷還沒好嗎？」舒燕偷瞄了封景安一眼。「我剛剛說的那東西是連翹，它的果子可以入藥。所以，我想讓你跟蘇嬸還有周叔去後山把它們採摘回來，曬乾後能賣不少的銀子。」

封景安瞇眼問：「妳怎知那東西是連翹？」

第十六章　小偷

舒燕早料到封景安會問，當即把先前跟蘇蟬解釋的說法再說了一遍，末了慫恿。「那東西若能全採回來，賣了銀子，咱們這一整個冬天就不用愁了。而且來年開春，你還能去參加縣試跟府試，成為童生，然後接著考秀才。」

「先前妳急著讓岑大夫治好妳的腿，為的就是再度進後山，將妳說的連翹採回來是不是？」封景安臉色並未變得有多好。

怪不得一開始，她就那般迫不及待的想要自己的雙腿在短時間內好起來！

舒燕沒想到封景安會舊話重提，表情頓時僵了僵，她當初確實是這麼想的，但是眼下這個時候，不知道為什麼，總覺得點頭會發生很可怕的事情。

「咳，那都是過去的事情了，咱就別提了吧？往前看不好嗎？」

「哼！」封景安冷睨了舒燕一眼，抬腳離開。

舒燕懵了。不是，他「哼」是什麼意思？去還是不去？

不管是什麼，但凡能入藥的藥材，在藥商那裡都很值錢。

封景安明白舒燕惦記著後山裡的那片連翹，其實是想讓他們的生活能夠過得更好一些，也能補償他用了去考童生的盤纏把她從王大虎的手中贖回來。

他相信，如果舒燕沒有受傷，她肯定是會自己去，而不會告訴他分毫。

「罷了。」封景安到底是出門，去找村長商量怎麼去採連翹。

最後，三人決定每個人揹著一個背簍進山，這樣，採下來的連翹放在背簍裡，再拿塊布往上一蓋，別人就不知道他們背簍裡裝的是什麼東西了。

封景安還記得路，故而三人進山後沒花費太多力氣就找到那片連翹的所在，他們分散開來，小心地把連翹果實摘下來，放進背簍中。

足足兩個時辰，三人才將這片連翹結的果實採完，往回走。

出了後山，路遇村裡的其他人，果然沒人好奇他們背簍裡裝的是什麼東西，還以為他們是揹著背簍一起去採了野菜之類的東西。

雖然三個人一起有點奇怪，但其他人僅僅在心裡疑惑了那麼一瞬，並未多想。

他們採回來的連翹曬乾後，足足有五斤，且品相極好。

封景安親自將曬好的連翹揹去鎮上賣給藥材鋪子，換得了足足二十五兩銀子。

本來這事沒人知曉，奈何周富貴那貪杯的性子卻一不小心壞了事……

宿醉醒來，周富貴回想起自己醉後說出去的話，當即顧不得頭疼，拔腿就往封家跑。

敲開封家的門，進去後像做賊似的反身搶著把大門關了起來。

「叔，您這是怎麼了？」封景安愣是被周富貴此時的神態逗笑了。

周富貴臉色不太好，疾聲道：「哎呀你別笑，我有重要的事跟你說！這事呢，是我對不起你們，昨日我丈母娘家有喜，我吃多了酒，不小心把咱們採連翹去賣得了銀子的事說漏嘴了！

「你說我這貪杯的毛病多壞事？萬一要是因此給你們惹來了麻煩，我於心難安啊！」村裡誰不知道他丈母娘家有個懶漢蘇長冬，只會好吃懶做，三十好幾了還沒娶上媳婦兒，整日裡除了偷雞摸狗，就沒幹過正事。

封景安一怔，這確實是有點麻煩，不過麻煩不大。

「那片連翹就長在那裡，時間久了，總也會有人知道，現在說出去了也不妨事，叔你不必太自責。」反正連翹已經賣了，換成銀子，誰想來搞破壞都遲了。

至於惦記上他們家的銀子這事，也好辦，養條狗看家護院就是。

周富貴迷糊了。「我怎麼能不自責呢？不是，景安啊，你怎麼一點也不擔心？萬一哪個貪財的尋摸到你家來偷銀子可怎麼辦？」

「這就要煩勞叔給我找條狗養著了。」封景安笑了笑。「咱們這普通百姓人家裡，看家護院最合適的就是狗了。上次能讓舒大壯悄無聲息地摸進來帶走小盛，也都是因為院裡沒養狗，但凡是院裡有條狗，舒大壯連我家院牆都接近不了。」

「嘿！我怎麼沒想到？」周富貴眼睛一亮。「你等著，我這就去找條狗來給你！」言罷，轉身打開門就走，風風火火，腳步完全不帶停的。

這養了狗，有那不請自入之人，被狗咬了也活該！

「姊夫，我們要養狗的話，是不是該幫狗搭屋子？」舒盛從廚房中探出頭來，目光灼灼地看著封景安，他們剛才說的話他都聽見了。

封景安笑容一僵，強作鎮定地轉身背對著舒盛。「你想搭就搭，不必問我。」

舒盛眼睜睜看著自家姊夫抬腳進了屋，滿腦子疑問，他的話難道不是在跟姊夫說一起幫狗搭屋子？怎麼最後卻變成是他想搭就可以搭，姊夫甩手就進屋，啥也不幹？

哦，懂了，肯定是姊夫不會！

屋內，封景安瞥了眼自己的雙手。狗屋這東西怎麼做？他只會做桌椅板凳。

兩刻鐘後，周富貴送來一隻三個月大的小奶狗給封景安。

「再大的狗就不好認主了，三個月大的可以嗎？」

「可以了，叔您要是不放心，自己家裡也養一隻。」封景安伸手從周富貴手裡接過栓著狗子的繩。

周富貴擺了擺手拒絕。「不了不了，你嬸子她不喜歡狗。」

「那您夜裡警醒著些，萬一有壞心的從我這兒撈不著好處，跑去你家就不好了。」封景安也不強求，畢竟周叔是小元村的村長，一般人還沒那個膽子惦記上。

小狗到封家，舒盛喜歡得不行，親自為其取名來福。

要不是姊姊、姊夫都反對，夜裡睡覺的時候，舒盛甚至想把來福抱進他屋裡一起睡。

來福是一條適應能力非常強的狗，白日剛來封家時的不安和不適應，到了夜裡已經是差不多沒了，還非常安逸地趴在舒盛為牠搭的狗屋裡，顯然已經認為這是自己家了。

丑時剛過，封家院牆外就有道身影鬼鬼祟祟地靠近，正是出自蘇家村周富貴丈母娘家那個遠近聞名的懶漢蘇長冬。

蘇長冬想到自己翻過面前的這道牆，就能拿到十五兩銀子，便忍不住摩拳擦掌。

他表姊夫自己說漏嘴的事，肯定不會主動跑來跟封景安說，這會兒裡頭的人肯定不知道有人惦記上了他們的銀子。所以，他這個時候來是最合適的！

蘇長冬抱著美好幻想來到封家院牆外，起跳扒住牆就使力往上爬，好不容易跨上去，還沒來得及往下跳呢，耳邊突然就傳來了狗叫聲。

「汪汪汪！」

蘇長冬動作一滯，有些懷疑自己是不是聽錯了，他怎麼覺得這狗叫聲是從封家院裡傳出來的？可這不應該啊，封家沒養狗，退一步說，就算是養了，那也該是在他一開始靠近的時候就叫了才對啊。

「汪！」

在蘇長冬百思不得其解時，來福已經從狗屋裡衝出來，到了蘇長冬腳下，奮力地往上跳，企圖咬住蘇長冬懸掛在虛空中的腳。

蘇長冬嚇得把跨進封家院牆裡的腳縮了起來。「莫不是記錯了？封家什麼時候養狗了？」

「誰在外面？」封景安驚醒，隨手披了件衣裳，燈都沒點就推門而出。

蘇長冬做賊心虛，下意識地就想逃，卻忘了自己這會兒是跨坐在牆上，一動當即就坐不穩，直直地朝地上落去。

「哎喲，摔死我了！」蘇長冬抱著扭到的右腳，滿臉痛苦。

他這一聲哀嚎，音量不小，直接將鄰近封家的幾戶人家驚醒了，不多時，這幾家人的男主人們就舉著火把往封家而來。

封景安也將封家大門打開，在其他人到來之前站到了蘇長冬的面前，不善地看著他。「不該說的一句話都別說，否則你一定會後悔的。」

「景安啊，我們剛剛聽到了一聲哀嚎，怎麼回事？」問話的是鍾大嬸的男人。

封景安警告地瞪了蘇長冬一眼，才回頭答。「家裡的狗把一個過路的人嚇著了。」

「過路人？」眾人狐疑，這深更半夜的，這人是要去哪兒，才會路過景安家？

封景安點頭。「是啊，也不知道是要去哪的。你們回去歇著吧，沒啥大事。」

「那行，有事叫一聲。」眾人想不出個所以然，封景安又說沒啥大事，他們就準備打道回府了。

蘇長冬這個人蠢雖蠢，但在關鍵時刻，腦筋轉得還挺快，眼見著他們就要離開，他當即不再猶豫，大聲嚷嚷開來。

「哎，你們都別走啊，我才不是什麼過路人呢！我就是聽我表姊夫說，他們家偷偷採了一個叫什麼連翹的藥材去賣，足足得了二十五兩銀子，才大半夜過來看看能不能撈點好處的。」

蠢貨！

封景安眸底劃過一抹譏誚。他坑都還沒挖，這人就自己往下跳了，怎麼著？是想憑這三言兩語，就挑撥了他的鄰里關係不成？

蘇長冬沒發現封景安眼裡的譏誚，猶自還在高談闊論。

「這事你們肯定不知道吧？虧得你們小元村對外標榜全村人都互幫互助呢，人家封景安自己悶不吭聲地就發了財，沒見著把你們也給帶上啊！」

雖然這人爬牆想要偷東西不對，但是他說的，是不是真的？

「景安，這……他說的可是真的？」鍾叔有些為難，但他又實在想知道真假，到底還是問出了口。

畢竟，那個叫什麼連翹的藥材能賣那麼多銀子，他要是能採點兒去賣，家裡日子就不會一直過得緊巴巴了。

蘇長冬幸災樂禍地瞥了未開口的封景安一眼。「當然是真的，你們知道我表姊夫是誰嗎？就是你們的村長！這事可是他吃多了酒，不小心說漏嘴的，不可能有假。咱們都講究酒後吐真言，這酒後說的話肯定是真的，而且我表姊夫還說了，封景安給他分了十兩銀子！」

為什麼分銀子？唯一的解釋，就是那連翹，是村長跟封景安去採的！

眾人瞬間不約而同地想起，前段時間他們撞見封景安跟村長夫婦一同揹著背簍的事，難道連翹就是那個時候採的？

看你還有什麼話好說！蘇長冬沾沾自喜。他沒能把好處撈到手，也不能讓封景安好過，更何況他還摔傷了腳呢，他封景安說什麼都得給他賠點銀子！

「他說的是真的，但是我沒有悶聲發財不跟你們說。」封景安看一眼蘇長冬都覺得傷眼，索性不看，只說自己的。

「那連翹是大丫上次進後山時找到的，可她也不確定那就是連翹，我跟村長先去採了拿去賣，也是想證實大丫沒看錯。先前我跟村長還商量著，看怎麼樣能把那片連翹遷出來，讓咱們村每家每戶都能種上呢。」

「你胡說！」蘇長冬越聽越覺得不對，臉色頓時忍不住變了變。照封景安的說法，合著他是先幫大家探路，根本不是瞞著大家，自己悶聲發大財？這怎麼可能？

封景安面色不改。「我有沒有胡說，問你表姊夫就知道了，我想，村長也是過於高興，才會在吃多了酒後說漏了嘴。畢竟，我跟村長還未能找到能把那片連翹遷出來的法子，不跟大家說，是不想大家空歡喜一場。」

「不對！不是這樣啊！你肯定是在撒謊！」蘇長冬直覺不對，可愣是沒能找出破綻來，只能蒼白的指控，沒有一丁點說服力。

相較於蘇長冬這個半夜來爬牆偷東西的，眾人自是更相信封景安的說辭。何況還有村長作證呢，村長這麼多年來一直與人為善，可沒騙過他們。

「景安，我們相信你，你說吧，這人怎麼處置？」鍾叔嫌惡地看了蘇長冬一眼。一旦相信了封景安，再去想這人方才的言語，那可不就是在赤裸裸地企圖挑撥他們鄰里之間的關係嗎？

封景安笑了笑。「看在村長的面子上，將他丟出村子就好。」

「不！我腳傷了，你們不能這麼對我，我要見我表姊夫！」蘇長冬慌了，這麼晚了被扔出村，萬一遇見什麼，他不得完蛋？不行！絕對不行！

「你不是要見我嗎？現在見著了，有什麼想說的都給我憋回去！」周富貴黑著臉而來，恰好聽到了蘇長冬最後一句話，氣得上去朝他腦袋就一巴掌過去。

「這不成器的，我先帶回家去，明日一早就把他送回蘇家村。你們都回去睡吧，少不了你們的。」

翌日天剛亮，鍾叔等人就等在了村長周富貴家的門口。

「等我把他送走，回來就跟你們商議，你們別急。」周富貴深呼一口氣，壓了壓一大早看到這麼多人守在自家門口受到的驚嚇，扶著蘇長冬往外走。

蘇長冬不知在被帶回周家後的時間裡遇著了什麼，眾人再見他時，他整個人都蔫了，連話都不敢再說。

眾人心中雖急，卻也不好催村長快點，只能眼巴巴地目送著村長把蘇長冬往村外送。他是他們小元村的村長，不至於會因為這點小事就逃了吧？

「要不，我們派個人幫幫村長？看那蘇長冬走得挺費力。」

「你說的你去！」

「還是不了。」村長家還在這兒呢，他總不會拋家棄子的逃走吧？

蘇蟬聽不下去了，端了盆水出來，作勢要倒。「都讓讓，不然潑到誰了，我可不負責。一大早的，守在別人家門口，也不嫌難看！」

眾人尷尬地撓撓頭。

他們是知道不該急，可那是掙錢的事，他們怎麼能不急？

「你們家跟景安偷偷摸摸上山採連翹賣了銀子，還好意思嫌我們難看呢！」老許家仗著自己這一方人多，出面嗆了蘇蟬一句。

蘇蟬沒好氣地白了他一眼。「後山存在這麼多年，你們自己發現不了連翹，怪誰？按我說啊，就是景安家的走運，你們這麼多年都沒發現的東西，他們發現了，憑什麼就要分享？換我是景安，根本不會告訴你們那片連翹在哪兒！也就是景安心善，願意把那片連翹的所在告訴你們，否則你們就算是知道有這麼件事，你們誰有膽子自己去後山找？」

「我們……」

「別說是找了，你們認識連翹長什麼樣嗎？」

老許噎了噎，愣是無法反駁。

蘇蟬這張嘴一如既往的厲害，他們這些人根本就不是對手！

第十七章　再次進山

「哼！」蘇蟬將端著的水潑出去，活像潑的不是水，而是令她厭惡的髒東西。

眾人看了臉色變化萬千，心裡莫名就覺得，從蘇蟬手裡被潑出去的水是他們。

簡直，尷尬得不行。畢竟他們確實沒資格分景安家找到的東西，後山本來就是有本事者得利，素日獵人獵了東西，也沒非得跟大家分的往例。

「好了，我回來了，現在說說那片連翹的事。」正當眾人為要不要離開而猶豫不決時，去送蘇長冬的周富貴回來了。

眾人面面相覷，沒人敢吭聲。

周富貴覺得奇怪。「你們不都嚷著要我跟景安給你們一個交代？現在怎麼一個個突然都啞巴了？」

「心虛，覺得自己這樣做不占理了唄。」蘇蟬毫不客氣地嘲諷。

眾人臉色頓時一陣青一陣白。這個蘇蟬，怎麼就半點面子都不留給他們呢？

「村長，我們不說，是相信你定會給我們一個合情合理的交代。」鍾叔硬著頭皮站出來。「我們也不是非要來分好處。

「景安不是說了要想法子把連翹從後山裡遷出來，讓每家每戶都能種上嗎？我們拿到連翹種子，種下後全都看自己的，絕不會將手伸到景安那邊。」

「對，沒錯，我們都是這樣想的！」眾人忙不迭應和。

周富貴哭笑不得。「這連翹哪是這麼容易種成的？你們啊，太天真！我昨晚連夜去問了岑大夫，岑大夫說了，那連翹啊，還就得長在那個地方才能活，移栽出來是萬萬不可的。」

「那怎麼辦？」眾人急了，不能移栽，那他們豈不是什麼都沒有了？

周富貴抬手向下按了按，讓眾人冷靜下來。「那片連翹的所在我會帶你們去認認，以後就輪著去採，今年我跟景安已經採了，你們等明年連翹結果了，再商議出誰先採。

「我的意思是，誰家情況最難就先，也可三、五人一起，每人分一點，你們意下如何？」

「明年？這也太久了，而且到了明年還得輪流，這……」鍾叔愁得擰眉。這得啥時候才能輪到自己？

周富貴眼睛一瞪。「嫌久？那你們就誰也別要，都給景安！反正今年是已經沒有了，你們自己看著辦！」

「別別別，我們同意！」眾人沒別的法子，也不想就這麼放棄，只能應下來。

之後，周富貴領著他們去認了連翹的位置，便不再管。

漫長的冬日，在他們對連翹的期盼中漸漸過去，蘇長冬被蘇家人看著，也未再有機會來找麻煩。

待春暖花開，封景安也將踏上前去考取童生的路途。

並不是所有習舉業的讀書人都會被稱為童生，只有通過了縣試、府試兩場考核的學子才能被稱為童生，而成為童生，才能參加院試。
在院試中，成績佼佼者才能成為秀才。
封景安本以為自己拿出他全部的積蓄，從王大虎手中贖了舒燕，是趕不上今年這兩年一次的童生考了，結果沒想到，舒燕的任性給了他別樣的驚喜。
雖然銀子比二十兩少了十兩，但省著點用，也能讓他將童生試考完。
「東西都收拾完了嗎？你確定沒漏了什麼？」舒燕也不知道這考童生需要什麼東西，只能一遍一遍地向封景安確認。
封景安看了眼明顯好像又被添了點東西進去的包袱，忍不住哭笑不得道：「我確定什麼都沒漏，但妳要是再往包袱裡塞東西，這包袱怕是要裝不下了。」
「……我這不是怕少了什麼東西，你路上麻煩嗎？」舒燕小聲嘀咕。
封景安沒聽清。「妳說什麼？」
「沒什麼，既然你確定沒漏什麼，那就一路順風，我跟小盛在家裡等你的好消息。」舒燕忙不迭地矢口否認，故作期待。
封景安挑眉好奇地問：「妳怎知是好消息而不是壞消息？這天下讀書人不知凡幾，很多都卡在了這童生試上不得往前進一步，可想而知童生有多難考。」
「你會卡在這童生試上嗎？」舒燕不答反問。
「……不會。」
封景安絕不允許自己止步於童生試。

「那不就是了？」舒燕笑了笑。「你有信心，結果即便不是好的，那也不會壞太多。」何況考試嘛，一次過當然是好事，但再次考也不見得是件壞事。畢竟第二次的時候有了第一次的經驗，心中會更有把握啊。

封景安神色一頓，莫名鬆了口氣。深思片刻，他許是怕舒燕對他的期望太高，最後自己卻沒能達到她的期望令她失望，故而才會因她如今這樣的輕鬆態度感到心安。

「我走後，不許偷偷一人去後山。」

舒燕笑容一僵。這人是怎麼回事？為什麼她想什麼他都知道？

「我會讓周叔和蘇嬸看著妳。」封景安扶額，一看舒燕的臉色，他就知道他走後，舒燕絕對不會安分地待在家裡頭。

舒燕面色訕訕。「倒也不必如此，我聽你的就是。」

「我不信。」封景安打定主意，還是要拜託一下周叔和蘇嬸，不然他不能放心。

舒燕一惱，轉身往外走。「不信算了，隨你！」

她就不信了，封景安離家後還能管得著！

封景安失笑地搖了搖頭，抬腳也往外走，卻並不是要去追舒燕，而是往周富貴家去。他說到做到。

見狀，偷偷摸摸注意著封景安的舒燕更惱了。

哼！說就說。到時候他不在家，她也能說服他們跟她一起進山！

翌日一早，封景安挎著備好的包袱踏上去童生考的路，舒燕因著心裡還惱封景安，就只給他做了吃的，並未露面送他出村。

「村長，昨日拜託您和嬏兒的事，您多費心，待我考完歸來，定會好好謝您。」封景安對著周富貴拱手作揖，滿臉鄭重。

周富貴頷首。「你放心，我們會看好大丫的，時候不早，你趕緊出發吧。」

「多謝。」封景安轉身往村外走，腳步非常乾脆，並未有任何留戀，因為考完了他就回來了。

「讓妳給我倒杯水，妳給我倒的是什麼水？想燙死我嗎？」舒大壯陰著臉瞪著舒芳草，身上滿是被他用腦袋撞灑的水。

舒芳草冷著臉把杯子往地上一摔。「這就是普通溫水，你非要找麻煩是吧？行啊，有本事自己起來找水喝！」

「妳！」舒大壯想撕了舒芳草這個妹妹的心都有了，他說燙就是燙，舒芳草是眼瞎了看不見他手腳都被廢了、動彈不得嗎？

「我什麼？要不是因為去找你，我會是現在這個樣子嗎？你還好意思跟我陰陽怪氣！」舒芳草越想越氣，轉身大步往外衝了出去。

結果剛出門，迎面就撞上了薛賈，她更氣了。

「你不長眼嗎？」

薛賈臉色一黑。「什麼叫我不長眼，難道不是妳自己往我身上撞的？」

「放屁！你要不擋在我面前，我能撞上你？」舒芳草抬手就要給薛賈一巴掌。

薛賈本就不是個好性子，哪能讓女人打了，他眸光一冷，一手擋開舒芳草抬起的手，再反手給了舒芳草一巴掌。

「啪」的一聲響，舒芳草整個人都懵了，她萬萬沒想到薛賈敢對她動手。

「你敢打我女兒？」方芥藍抬眼看見女兒被打，當即隨手抄起掃帚往薛賈身上打。

薛賈一驚，忙不迭地上躥下跳躲著掃帚，還不忘破口大罵。「妳這個老虔婆憑什麼打我？明明是妳女兒想要打我，我才還擊的！」

「你這騙子還有理了？別說是我女兒想要打你，就算是打了，那也是你活該，你就該好好受著！」方芥藍手上的掃帚舞得更加用力。

薛賈千躲萬躲，還是沒能全程躲過方芥藍手中揮舞的掃帚，身上生生挨了好幾下，疼得他不禁眼露凶光。

這個冬日，他早就受夠這家人了！正好，現在舒勇不在，他……

「妳真以為我會讓妳一直拿捏著嗎？作夢！」薛賈一手搶過方芥藍手中的掃帚，往回神正想要過來幫忙的舒芳草身上一扔，就掐住了方芥藍的脖子，狠狠用力。

瞬間，方芥藍就翻起了白眼，明顯是無法呼吸了。

舒芳草臉色一白，扭身就往外跑。「殺人了！快來人啊！薛賈要殺人了！」

「哼！」薛賈不屑地鬆手，抬腳離開老舒家，殺方芥藍？他還嫌髒了自己的手呢，不過是臨走前，給她一個教訓罷了。

方芥藍捂著心口，貪婪地呼吸，壓根兒就顧不上薛賈的離開，她剛才，離死只差了一步！

「該……該死的、東西！」

舒芳草帶著人回來，在院中就只見她娘，沒了薛賈的身影，她登時就傻了。「娘，薛賈呢？」

「逃了！你們快去把他給我追回來！」方芥藍眸底劃過陰狠。

等把薛賈找回來，她非得讓他知道知道，對她下殺手是什麼後果不可！

林吉等人心裡不太舒服，方芥藍這發號施令的樣子，活像將他們當成她的下人似的。

「你們愣著幹麼？快去找啊！」舒芳草急了。他們杵著不動幹麼？

林吉沒好氣地翻了個白眼，轉身離開。「既然妳娘沒事，那我們就先回了，至於人，那是你們家的，你們自己找。」

「就是，誰家還沒事了？」其他人忙不迭附和，紛紛轉身離開。

這方芥藍母女也真是，求人辦事，態度也不好點，誰樂意被她當成下人一樣使喚了？

「回來！你們別走！」

「我不活了！」舒芳草叫嚷著，衝著牆撞了過去。

上門的夫君就這麼逃了，她還活著幹麼？給人在背後對她指指點點嗎？

這一撞突然，沒人來得及阻止，舒芳草一頭撞於牆上，昏厥過去，老舒家又亂了起來。

舒燕聽著村裡人說關於老舒家的八卦，含笑不語，腳下往後山去的步子半點沒慢下來。趁著這會兒他們的注意力都在老舒家上，她趕緊進山看看，上次她發現的那個蜂窩還在不在，順便再找找後山裡有沒有什麼未被人發現的好東西。

八卦著老舒家那些事的人們，果真是沒一個注意到舒燕往後山去了。

舒燕到了後山，剛要進去，下一刻，手就被人拉住了。

「大丫，景安交代過妳的話，妳都忘了？」蘇蟬極為不贊同地看著舒燕搖頭，得虧她一直注意著，不然還真叫舒燕再次跑進後山中了。

舒燕傻了。現在不是都在八卦老舒家那點事嗎？為什麼蘇嬸會出現在後山？簡直像是一早就守在這裡似的。

「瞧嬸兒說的，景安是我夫君，他說的話，我怎麼可能會忘記呢？」舒燕臉色訕訕。她現在還沒踏上後山的地盤，不算進了後山，忘了封景安臨走前說過的話吧？

蘇蟬沒好氣地抬手點了點舒燕的額頭。「妳敢說，要不是我拉住了妳，妳這會兒沒進後山？」

「我……是！我是想進後山，嬸兒，要不妳跟我一起進去怎麼樣？」舒燕眸光閃了閃，既然不管她說什麼，都站不住腳，不如拋出誘餌。「這後山裡說不定還有很多好東西呢！咱們結伴進去找找怎麼樣？」

蘇蟬堅守住了稍微有點動搖的心，拉著舒燕往回走。「想都別想，妳也不用多費口舌，我不會答應妳的。在景安回來之前，妳就給我安生地待在封家！」

「嬸兒，一直待在封家啥也不幹，在景安回來之前，我跟小盛都會餓死的。」舒燕不甘心地試圖還要再遊說。

蘇蟬不管舒燕說什麼，都只有一句話。「有我跟妳周叔在，妳跟小盛怎麼著，都不會餓死。」

看來進後山是徹底沒戲了，舒燕失望地耷拉著腦袋，由著蘇蟬把自己往封家拉，不想拐了個彎，卻是迎來了改變。

「大丫想進後山就讓她進便是，蘇蟬妳要是擔心，我們這些人陪大丫去！」鍾叔和其他幾個叔伯目光灼熱地看著舒燕。

他們等不及每年輪著去採連翹了。大丫有眼光，只要跟著大丫進入後山中，尋到好東西，賣了換成銀子，什麼危險他們都樂意去！

蘇蟬拒絕的話還未出口，手裡拉著的舒燕就被鍾岩搶了過去，而其他人像是早就商量好了似的，有意無意地擋著她，不讓她有機會把舒燕搶回來。

眨眼的工夫，舒燕就被鍾岩等人簇擁著往後山而去了。

蘇蟬臉色一沈，氣惱地原地跺了跺腳，這會兒跑回去通知當家的，再回來找，鍾岩等人跟大丫肯定是要走遠了，屆時找都不好找。

「這些人真是窮瘋了！」蘇蟬咬牙抬腳追了上去。

一行人到了後山，蘇蟬張開雙手攔在幾人面前，不讓他們繼續往後山深處走。

「你們不要再往裡走了！」

若真出了事，景安童生考回來，他們無法跟景安交代。

鍾岩幾人面面相覷，而後不約而同地轉眸看向舒燕。

「大丫，妳來決定我們還要不要繼續往裡走，我們聽妳的。」

他們都想發財，改善家裡的生活，但他們同時也是淳樸之人，絕不會大丫不願，他們還要硬逼。

「大丫，景安說過不讓妳再進後山的，妳忘了嗎？」蘇蟬看向舒燕。

舒燕抱歉地搖頭。「嬸兒，景安說的是不許我獨自一人進後山，現在那麼多人一起呢，不會出事的，您放寬心。」

這意思，是要接著往裡走了。

鍾岩幾人心中一喜，紛紛對蘇蟬承諾。「大丫說得沒錯，我們這麼多人呢，妳放心，就是我們出事，我們也不會讓大丫出事的。」

「可是……」

「沒啥可是的，嬸兒，這大白天的呢，哪有那麼多危險？」舒燕笑著上前挽住蘇蟬的手，帶著她往後山深處走。「不是有句話說，富貴險中求嗎？想要富起來，為此冒點險算什麼？只要命不丟，就什麼都好說。」

幾人忙不迭地點頭贊同。「沒錯沒錯，只要小命不丟，那就沒什麼好怕的。」

「你們！我……罷了，我說不過你們。」蘇蟬無奈地放棄勸說。

的？

也不知道大丫是從哪兒聽來的這話，說起來一套一套的。莫不是，她從景安那裡聽來

舒燕笑意更深了幾分。「嬸兒的好心我們都懂，要不這樣，我們就進去一刻鐘，一刻鐘之內找不到什麼好東西，我們就離開後山。」

「這可是妳自己說的，別一會兒一刻鐘到了，妳還不肯離開。」蘇蟬狐疑地打量了舒燕一眼，萬一這話只是她為了寬慰自己才說的，根本沒打算要實踐呢？

舒燕看見蘇蟬眼底的狐疑，哭笑不得，她的信用得多差？說實話都沒人信了。

「嬸兒放心，一言既出駟馬難追，我不會反悔的。」

「如此最好，不然一刻鐘一到，我就是用拖的，也要將妳拖出後山。」蘇蟬嚴肅認真地警告。

第十八章　花梨瘿

一行人說話間終於進了後山深處的範圍，後山裡的東西在鍾岩幾人眼中都很普通常見，他們壓根兒不知道其中什麼值錢。

「散開找找，不要走遠，看見什麼東西比較奇怪的，就叫我過去看看。」舒燕扶額，這一個個滿臉茫然的模樣，她不指望他們能真的找到什麼。

鍾岩幾人頓時像是找到了主意似的，點頭依言散開來，開始找自己覺得奇怪的東西。

而蘇蟬死守在舒燕的身邊不動，她得把舒燕看好了。

舒燕隨蘇蟬跟著，抬腳就直奔記憶中那顆蜂窩的所在而去。

不多時，先前發現的那顆蜂窩就出現在了舒燕的眼前。

「嗯？」舒燕眼睛一亮，上次她發現這顆蜂窩的時候，蜂窩外頭還有很多蜜蜂環繞著飛，今天怎麼一隻都沒了？

「大丫，妳快來看看，這棵樹長得好奇怪啊！」這時，不遠處也傳來了鍾叔的驚詫。

舒燕暫且放下疑問，轉身往鍾叔的方向走。

後山中生長的樹能有什麼奇怪的呢？

「大丫妳看，這棵樹長了那麼大一顆瘤子，居然還能活得好好的，真是好生奇怪，妳說，在這棵樹下是不是藏著什麼寶貝？」見舒燕過來，鍾岩當即指著自己身邊的大樹，眼睛發亮地盯著舒燕。

舒燕看清鍾岩身邊大樹上長出的瘤子，忍不住吃驚地倒抽了一口冷氣。「這是……

「叔，這棵樹，是花梨木，我沒認錯吧？」

花梨癭啊！而且是足足有兩人合抱的大小，很是珍貴的！

鍾岩不明白舒燕為什麼要確認，但還是點了點頭。「沒認錯，這確實是花梨木，咱們小元村這個後山裡頭長著不少的花梨木，景安做的家具，絕大部分的木材都是從後山取用的。只不過，那都是在周邊砍，並未進到這深處來。怎麼了？我怎麼看著妳更吃驚這是花梨木，而不是它長了那麼大一顆瘤子呢？」

「叔，我也不瞞您，這花梨木樹上長的瘤子，做成家具，價格可是要再往上翻一倍的！」舒燕上前，激動地伸手去撫摸花梨木上的大瘤子。

鍾岩傻眼。「這大瘤子，不僅能做成家具，還、還能讓價格往上翻一倍？」是他聽錯了，還是大丫在說胡話？

「沒錯！當然，不是將這一整顆瘤子這麼賣出去，而是要經過處理才行。」舒燕依依不捨地收回手。「它是叔你發現的，處置權在叔您的手裡。您可以將這瘤子砍回家，叫人來處理了，然後賣出去。」

鍾岩想也不想的搖頭。「不不不，我從來就沒見過用樹瘤子做成的家具，想必也是沒人會處理，這瘤子長得好好的，還是讓它繼續留在這裡吧。」

舒燕傻眼了。難道，這裡的人壓根兒就不知道癭木的價值，一直將樹瘤當成普通樹瘤看待？

「我再去找找，看能不能找到什麼好東西。」鍾岩失望地轉身要走。

他本以為這棵樹長了那麼大一顆瘤子還能活得好好的，樹根下興許藏著什麼寶貝。可大丫除了那顆瘤子，其他什麼都沒說，他得再抓緊時間找找別的。

舒燕攔下鍾岩，咬了咬牙。「叔，我剛剛在那邊發現了一顆已經沒有蜜蜂的蜂窩，我拿它跟您換這顆樹瘤子怎麼樣？」

「這樹瘤妳想要就要，不必拿妳找到的東西跟我換，它本來就是長在這裡，就算我不發現，妳也會發現的。」鍾岩雖對蜂窩很是心動，但讓他以這顆樹瘤來跟大丫交換，卻是萬萬不可的。

樹瘤嘛，只是他先發現了而已，並不能就此便將它歸於他，而他沒資格跟大丫做這樣的交換，如此交換根本就是他占便宜。

事關重大，舒燕哪肯白要。「叔你不答應的話，我也只能放棄這顆樹瘤。」

「你就應了吧，大丫也是不想之後因著這瘤子，起了什麼不必要的爭端。」一直未插話的蘇蟬忍不住插了嘴。

大丫意思都擺得這麼明顯了，鍾岩怎麼像塊木頭似的不懂變通呢？

蘇蟬這樣一說，鍾岩慢慢理解了意思，眉頭一皺。「大丫，妳是想拿妳發現的蜂窩跟我換了這顆樹瘤，之後樹瘤不管怎麼樣，都與我無關？」

「就是這個意思，叔你意下如何？」舒燕頷首，那麼大一棵癭木，如果可以，她不想放棄。

「可以是可以，但是我要先看看妳發現的蜂窩是什麼樣。」要是蜂窩裡空空，什麼都沒有，那就不值得換了。

既是大丫自己提的，鍾岩覺得自己的態度必須擺出來，不然以後這樹瘤真賣出了一個好價，他心裡縱然知道那是他自己的選擇，也會覺得不舒服的。

舒燕頷首，把鍾岩往蜂窩所在的方向帶。「這蜂窩很大，裡頭能有的蜂蜜應該不少，喏，就在那顆樹上，叔您看。」

「哦喲，還真是挺大的呢。」鍾岩順著舒燕所指的方向看去，眼睛頓時一亮。再往旁邊周圍看了看，他才發現這顆蜂窩，其實離那片連翹不遠，可先前他們竟然是無一人發現蜂窩的存在。

他哪裡知道，周富貴給他們帶路認連翹的時候，蜂窩裡頭還有許多蜜蜂呢，周富貴本就是特意繞過了這顆蜂窩，以免驚擾了蜂群，被叮得滿頭包。

舒燕鬆了口氣，鍾叔這個反應，交換的問題應該不大。

「大丫啊，妳真要為了那顆樹瘤，把妳發現的這顆蜂窩給我了？」鍾叔不是很確定地看著舒燕，這蜂窩可是取下來就有蜂蜜可以拿去賣或做吃的，大丫居然為了那麼一顆不知道能處理成啥樣的樹瘤子就放棄了？

舒燕毫不猶豫地點頭。「是，叔你要是沒意見，咱們就直接換了？」

「行！」鍾岩咬了咬牙，蜂窩比那顆於他而言沒用的樹瘤子好多了，他一定不會後悔今日的選擇。

「既然如此，那我去把大家都叫過來，給你們做個見證。」蘇蟬挑眉，抬腳就要去叫人。免得事後，樹瘤賣出高價，鍾岩又反口說他沒有同意交換。

「嬸兒，這就不用了吧？」舒燕趕忙伸手攔下蘇蟬。萬一鍾叔覺得她們這樣是不信任他，生氣了不跟她交換怎麼辦？

蘇蟬瞪了舒燕一眼。「什麼不用？用的！」

「對對對，大丫，妳別攔著，有他們的見證，叔以後，才不會走偏。」鍾岩連連點頭，自己什麼性子自己清楚，還是有人做見證才好。

鍾岩自己都同意了，舒燕也不好再多說。很快，蘇蟬便將其他幾位叔伯叫了回來，簡單的說了來龍去脈，讓他們對此事做了見證。

「一刻鐘早已經過去了，大丫，那顆樹瘤妳是要現在砍回去，還是等景安回來再砍？」蘇蟬問。

舒燕當然是想現在就砍回去。不然若有人聞風來砍，她可不就虧了？

正好，進山的這幾位叔伯手上都帶了砍刀一類的工具，幾人合力，應該用不了多長時間。

「現在砍，幾位叔伯，幫我砍下那顆樹瘤抬回去，我給你們每人十個銅板當作酬謝，你們意下如何？」

幾人面面相覷，十個銅板雖然少了點，但他們這會兒也沒能尋到什麼好東西，有十個銅板總好過空手而歸。

「行，大丫妳說，怎麼砍？」

方才聽蘇蟬說，這顆樹瘤經過處理後能賣上好價錢，他們可不敢隨便砍，萬一砍壞了，大丫讓他們賠怎麼辦？

倒也不是他們不覬覦，而是他們都和鍾岩一樣，無法想像出樹瘤能處理成什麼樣子，也沒那本事處理，想搶的慾望自然就很淡薄。

即便他們不問，舒燕也是要交代的，畢竟是好不容易找到的好東西，不能毀了。

於是，舒燕帶著幾位手中有砍刀的叔伯過去花梨癭那裡，指導他們怎麼砍，鍾岩則是想法子上樹，去把那顆蜂窩採下來。

小半個時辰後，蜂窩被鍾岩甚是完整地摘了下來。緊接著，花梨癭也被完整地砍了下來，一行人抬著花梨癭往山外走，鍾岩把蜂窩藏進帶去的背簍裡，才抬腳跟上前頭的人。

除了一同進山的知道他鍾岩得了一顆蜂窩之外，外邊的人絕對不會有人知曉，到了村裡，他們的注意力一定會在大瘤子上，不會有人注意到他揹了什麼東西。

「哎喲，你們抬的是什麼東西？」村裡遊手好閒的賴子發現他們抬著東西，目光頓時黏在那東西上，這玩意兒他怎麼瞅著像是木頭？

眾人不搭理他，繞過他後，目不斜視地往封家走。

「什麼東西？回答我一下是會少塊肉還是會死？」賴子臉色難看，不甘就這樣被無視，抬腳追了上去。「不行，我非得弄清楚，他們抬著這麼大一塊像是木頭的東西回來，到底是做什麼用的！」

蘇蟬回頭看了眼亦步亦趨跟著的賴子，眉頭忍不住一皺。「大丫，那賴子還跟著，若叫他知道這瘤子有價值，保不齊他會動什麼歪心思，妳得想個法子才行。」

「嬸兒放心，我心中有數呢。」舒燕笑了笑，這個簡單。

花梨癭在未經過加工之前就是一顆醜陋的樹瘤，她只需要賦予它一個普通得不能再普通的用處，外行的人就不會對它生出什麼心思來。

既然大丫心中有數，蘇蟬便也就不再多說。

不多時，封家到了，抬著花梨癭的幾人在舒燕的指示下，把花梨癭放進了封景安做家具的工具房。

「小盛，姊姊給你找了顆樹瘤玩！」舒燕邊給幫忙的叔伯發先前應允下的銅板，邊揚聲把屋裡的小盛喊了出來。

賴子不可思議地瞪圓了雙眼，一顆破樹瘤而已，大丫居然花銅板讓人弄回來，送給舒盛玩？她怕不是銀子多得沒處使？

「那我們就先走了。」領了銅板的幾人笑咪咪的離開，也不知道是在笑大丫傻，還是開心自己賺了銅板。

蘇蟬跟舒燕擠眉弄眼。「我也走了，有啥要幫忙的，來我家喊聲。」

「好的。」舒燕乖巧地點頭，便是不明所以被喊出來的舒盛，都沒在臉上表現出絲毫的異樣來。

等人都走完了，賴子自覺沒啥好看的，也就晃晃悠悠、失望地離開了。

「姊姊，這樹瘤？」舒盛壓低了音量，生怕隔牆有耳。

舒燕一臉神秘。「等你姊夫回來，你就知道它的妙用了。」

舒盛一言難盡地看著自家姊姊，所以給他玩只是一個藉口，這顆樹瘤真正要送的人是他姊夫？

半個月後，童生的兩場考試考完，封景安踏出考場的那一刻，才徹底鬆了口氣。

還好，沒人再給他使絆子。

許是那人覺得他家逢劇變，短時間內不可能振作起來考童生，故而沒把他當回事。

當然，比起這個可能，封景安其實更相信那人是覺得時隔這麼久，自己即便是考了童生，也追趕不上他，再遇之時，自己仍是他可以肆意踩在腳底下侮辱的人。

但，未來還未可知，誰會被誰踩在腳底下，還不一定呢。

「封景安！」齊球球顛著一身的肥肉，圓潤地來到封景安面前，直勾勾看著封景安。

「他們說，終於考完了，想請你吃頓飯！」

他們，說的是他曾經的那些同窗。

封景安目光越過齊球球，看向齊球球身後那五、六個躊躇不前的人，勾唇一笑，拒絕。

「不了，家中娘子在等。」

「娘子？」齊球球先是茫然，後反應過來封景安說了啥，登時驚愕地瞪圓了雙眼。「你成親了？什麼時候的事？為什麼沒有通知我？」

「娘子？成親？」躊躇不前的五、六人面面相覷，都懷疑他們是不是耳朵出問題，聽錯了。

封景安在書院裡，學識上是佼佼者般的存在，容貌上更是碾壓他們所有人，要不然宋子辰也不會處處針對他，甚至一手主導了封景安家的劇變，逼得封景安只能窩在小元村三年不出。而，這樣的人，居然悄無聲息地就成親了？那，他娶的是誰？

「你回答我啊！我們明明說好，你成親的話要叫我的！」齊球球急了。景安一直沈默著不回答他的問題，是什麼意思？

封景安從那幾人身上收回目光。「此事說來話長，以後有機會我再跟你細說。」言罷，不給齊球球反對的機會，抬腳就走。

見狀，齊球球哪還顧得上其他人，當即拔腿追了上去。「等等，你等等我！不用以後有機會，你現在就可以跟我細說！」

至於那幾個想請封景安吃飯、意圖向封景安表示愧疚的人，他管都不想管。先前會替他們問，純粹就是他不知道該怎麼向封景安開口，找個理由來搭話而已。

幾人你推我我推你，最後愣是沒有一個人真的追上去，轉眼間，封景安和齊球球的身影就從他們的視線中消失了。

別看齊球球胖，但他這個人非常執著，即便是追在封景安身後，已經讓他一百六十斤的身體超出了負荷，他也沒有半點要放棄的意思。

「封……封景安！你、你要，累死我嗎？還、還不快給我停下來！」

封景安聽出齊球球語氣中的勉強，怕齊球球出事，不得不停下腳步，回頭無奈地看著齊球球。「你這又是何必呢？」

「景安，你是不是在怪我當年沒有幫你，所以現在不想見、也不想搭理我？」齊球球呼哧呼哧地喘，像是拉風箱似的。他停在封景安面前，肉嘟嘟的臉白得不像話，也不知道是因為肥胖的身體超出負荷，還是想起了當年發生的事。

「不是，我沒有怪你。」封景安嘆了聲，到底是不忍看到這樣的齊球球，上前抬手在齊球球肩上安撫地拍了拍。

當年，封父經人介紹，接下了一個大戶人家的家具單子。只要將這戶人家要的家具都如約打造出來，送到他們府上，封父藏在心底多年的願望就能實現，他當然無法拒絕。他太想陪著兒子一步一步考出小元村，奪下狀元之名，當上父母官了。

可，那根本就是專門針對他們家設下的陷阱！

等封景安後知後覺地從宋子辰的種種得意中察覺出不對，封父交去的家具已經被指出了問題，人也被打傷，一切都已經無法挽回了。

什麼接到了這樣大的家具單子為何不跟他說一聲的質問，在奄奄一息的父親面前，都沒有意義了。事情已經發生，不可逆轉，他除了眼睜睜看著重傷的父親熬不過去，嚥氣時眼睛都沒能閉上外，什麼都做不了。

他要去找宋子辰算帳，母親哭著拉住了他，不讓他去，說雞蛋碰石頭是沒有好下場的。

「你爹已經去了，要是你再出什麼事，你讓為娘怎麼活？」

但，他聽話沒去，母親卻仍經受不住父親離世的打擊，沒多久就染病跟著去了。

那段日子，是他過得最黑暗的時候。

齊球球身為他最好的朋友，那時，卻從始至終都沒有露過面。

第十九章　歸家

「你說的肯定不是實話！」齊球球不信地搖頭。「你心中肯定在怪我，怪我在你最艱難的時候為什麼沒有露面，更怪我這麼多年為何都沒去小元村找過你！」

「不是這樣，以宋子辰的家世，你爹拘著你，不讓你摻和進來是為了你好，我真沒有怪過你。」封景安失笑地搖頭否認。

趨利避害，是每個當家做主之人的本能，齊球球身為人子，根本就不能按著自己心裡怎麼想便怎麼來，所以他是真不怪齊球球。

齊球球面色忽而古怪。「誰告訴你，是我爹不許我摻和的？」

「你爹親口說的，難道不是？」封景安擰眉，從齊球球面上的古怪看出了不對。

「當然不是！」齊球球不明白他爹為什麼要這麼跟景安說。「我爹那樣的人，怎麼可能因為宋子辰的家世就不許我幫你？明明是那個時候我被人綁走，還被打折了腿不能動彈！」

封景安沈下臉。

「知道是誰幹的嗎？」齊球球出事的時機也太巧了，巧得他不得不懷疑，是宋子辰不想讓齊家幫他，故意找人做的，意在威懾整個齊家。

齊球球擺了擺手，憋屈道：「別提了，那些人都蒙著面，我爹帶著護院找到我時，他們就一窩蜂逃了，我們一個都沒能抓住。我那傷，相當於白受！不說這個了，過去的事拎出來說也沒意思，說你成親的事！你成親為什麼不通知我？就這樣，你還好意思說不怪我？」

繞不過了是吧？怎麼沒通知就是怪他了呢？

封景安哭笑不得。「說了不怪你就是不怪，你不信就算了，至於成親，當時情況特殊，我忘了。」

「能把忘了說得這般理直氣壯的人，這世上也就只有你一個了。」齊球球無語，卻不好過多苛責。

不管事情怎麼樣，這些年他都沒能去找封景安，就是他這個做朋友的不對。

「既然你不肯說，那我一會兒跟著你回小元村，見見你媳婦兒、我大嫂，你不許拒絕！」齊球球突然凶巴巴地瞪著封景安，但凡封景安敢搖頭，他就敢當街直接抱大腿耍賴。

封景安無可奈何地扶額。罷了，跟著便跟著吧。

又十天過去，封景安終於回到了小元村，只是身後多了個跟屁蟲。

「景安啊，你可快回家看看吧，再不回去，大丫就將你留下的銀子敗光了！」賴子眼睛發亮地湊到封景安的面前。

「我跟你說啊，大丫居然花了好幾十個銅板讓人抬回來一顆巨大的樹瘤子，說是給小盛玩！」

封景安眸光微沈。樹瘤子？

「我們走！」舒燕果然又進後山了！

齊球球忙抬腳追了上去。「哎，景安，你慢點，等等我！」

賴子搓了搓手，腳下也不慢地追了上去。

很快，封景安就到了自家門前，身後落了幾步的是齊球球，再往後就是賴子。

舒盛在封家門口數門邊爬過的螞蟻，太過專心以至於完全沒發現封景安等人。

「小盛，你姊姊呢？」封景安壓抑著心底的怒氣。

舒盛數螞蟻的手一顫，瞬間忘了自己數到多少，整個人都不好了，蔫蔫地開口。「在裡面。」說完才抬眸看向出聲打斷他數數的人，結果看到自家姊夫，眼睛頓時一亮。「姊夫，你回來了啊！」

「是啊，你姊夫回來了，你姊姊要遭殃了。」賴子不懷好意地捂嘴笑。

舒盛看到賴子，想到姊姊當著這賴子的面說過的話，眼皮子一跳。

這好事的賴子，肯定已經把姊姊花了幾十個銅板讓人抬了顆樹瘤子回來的事跟他姊夫說了！

「我姊姊遭不遭殃跟你有什麼關係？你給我滾，我們家不歡迎你！」舒盛不高興地瞪了賴子一眼。

賴子臉色一變。這個臭小子！

「你姓舒，這裡是封家，什麼變成你家了？」賴子不屑地上下掃了舒盛一眼。「你也不照照鏡子，看看你配不配！」

「你！」舒盛氣紅了雙眼，怎麼就有這麼不要臉的人呢？

封景安不想搭理賴子，也不想舒盛跟他過多的糾纏，索性直接俯身把舒盛抱了起來，往院裡走。

「球球，關門！」他封家的熱鬧，可不是誰都能看的！

「好嘞！」齊球球半點不介意自己被使喚，眼疾手快地在賴子要跟著進院門前，把院門關了起來。

賴子反應不及，鼻子直接撞上了封家院門的門板，疼得他不禁抬手捂住受傷的鼻子，還不忘對關門的齊球球破口大罵。

「混蛋，你沒長眼睛是不是？你給我等著！」

「呸！誰理你！」門後，齊球球不屑地翻了個白眼。

舒盛在封景安懷裡有些不安。「姊夫，你別聽賴子胡說，姊姊那顆樹瘤子是要送你，不是給我玩的。姊姊說，那顆樹瘤子的用處，等你回來，我就知道了。我們先去看樹瘤子，再去找姊姊好不好？姊夫你別生姊姊的氣。」

「我沒生氣。」封景安面色平靜地把舒盛放下，並向齊球球招了招手。「你帶這個哥哥參觀一下咱們家，姊夫去跟你姊姊談談。」

齊球球極為有眼力見地上前，伸手牽住了舒盛的小手。「我第一次來，你帶我看看。」

「我……」舒盛想拒絕，可拒絕的話還未能說完，他就被齊球球拉走了，只能眼睜睜看著姊夫抬腳進屋。

屋裡，舒燕早就聽見了外頭的動靜，但她沒動。

直到封景安進屋來，她才先發制人地開口。「我先說好，我不是一個人進的後山，一起進後山的有鍾叔他們，還有蘇嬸也去了！所以，我不算沒聽你的話，你可以生氣，但你不能罵我！」

封景安愣是被舒燕的邏輯氣笑了。可以生氣但不能罵她，那不就相當於是不能生她氣的意思？否則，生氣的人有哪個是不罵人的？

「不管妳怎麼狡辯，妳又進後山了是事實，跟隨同妳一起入後山的人有多少個沒關係。」她必須得明白，像後山那樣的地方，不是每次都能讓她有好運氣，避開所有危險。

舒燕噘嘴。合著她先發制人說的話都白說了，她心中突然有些不安。

「我知錯了。」瞧封景安的架勢，她還是識相地先認錯吧。

封景安看她的表情，忍不住扶額。「知錯了，然後下次還敢？」

「咳，這話是你說的，不是我。」舒燕心虛地不敢對上封景安的目光。

畢竟，她有前車之鑑。

封景安突然就不知道該怎麼說舒燕好了。他說的那些話，舒燕總是左耳進右耳出，再重複還有意義？

等了一會兒，沒等到封景安說話，舒燕擰眉，忍不住開口打破沈默。

「那什麼，後山這事咱們先放一邊，你跟我說說你的童生試考得怎麼樣吧？」

「童生考的結果還要半個月才會公布，屆時會有人來通知，並給考上童生的人一張證明身分的通行證。」封景安倒是沒拿這個跟舒燕置氣，故意不答，瞞著她。

舒燕面色忽而變得有些古怪。「我是問，你覺得自己考得怎麼樣？」外頭不知道多少雙眼睛，盯著封景安的童生考，要是封景安沒有考上童生，她怕封景安會受不住那些人的陰陽怪氣跟冷嘲熱諷。

「很好。」封景安一眼就看穿了舒燕藏在眸底的擔憂，到了嘴邊的話鬼使神差地愣是換成了能讓舒燕安心的。

舒燕面上古怪散去，取而代之的，是難以形容的興奮。

封景安說很好，那就一定能成為童生！

「你跟我來，我帶你去看一樣東西！」說著，舒燕上手抓住封景安的手往外走。童生考放心了，還有別的需要封景安解決呢！

兩人出了門，不遠處正相互較勁的舒盛跟齊球球，當即就將目光落到了兩人身上。

齊球球第一次見到舒燕，眼睛登時一亮。「景安，這就是你媳婦兒、我大嫂？」長得不錯，就是有點太瘦了，感覺他一手就能把她捏死。

「他是？」舒燕愣了愣，一時不知道該擺出什麼態度來應對這個應該是封景安好友的男人。

封景安簡略地為兩人介紹。「他叫齊球球，是我的同窗好友。球球，這是舒燕，我娘子。」

「嫂子好！」齊球球鬆開抓著舒盛的手，下意識地規矩問好。

訴。

舒燕尷尬地點了點頭，被一個瞧著年紀應該比她大的男人叫嫂子，實在是有點羞恥。

「姊姊，他不許我去找妳！」舒盛小跑到舒燕身邊，伸出小手攥住姊姊的衣袖，委屈控訴。

齊球球驚了驚，然後被舒盛這小孩氣笑了。「我不讓你去找，是為你好，你姊姊和姊夫談事情，你進去幹麼？」

「哼！」舒盛傲嬌地瞪了齊球球一眼。這麼簡單的道理，他需要這個胖子來教？

齊球球一噎。這小屁孩，他早晚得好好教教他，什麼叫尊重比自己大的哥哥！

「好了，小盛，來者是客，你不可以這麼沒禮貌。」舒燕嗔怪地瞪了舒盛一眼。「還不快給人家道歉？」

舒盛不情不願地撇嘴。「對不起。」

「沒事，我大人有大量，不跟你計較。」齊球球擺了擺手，一副自己非常大度的樣子。

舒盛從齊球球身上移開目光，完全不信。他要是真大度，剛才就不會那個樣子了。

「小盛，你帶這位哥哥去村裡玩會兒。」舒燕不確定這個齊球球能不能信任，封景安也沒開口，她索性先將人支開再說。

齊球球敏銳地察覺出舒燕對他的提防，臉色頓時就有些不好看。

「景安？」

封景安看了齊球球一眼。「小元村的風景還不錯，你可以去看看。」

外邊沒動靜了，想來看熱鬧的應該已經走了，況且有齊球球跟小盛出去，不會有任何的麻煩。

「行吧，既然你都這樣說了，那我就勉為其難地跟這個小屁孩出去看看吧。」齊球球心裡不舒服，卻也不好多說什麼。

舒盛沒好氣地翻了個白眼。「你勉為其難，我還不想帶你呢！」

「小盛！」舒燕警告地瞪了舒盛一眼。人好不容易應下了，他說話這般不客氣，萬一這人改變主意怎麼辦？

舒盛撇了撇嘴。「知道了，我會帶他去村裡好好玩的。」

「你跟我來吧。」言罷，主動走向齊球球，伸出小手，牽住齊球球肥厚的大掌，將人往外帶。

齊球球也配合沒掙扎，抬腳跟著去了。

待兩人出了門，身影消失在視線中，舒燕才拉著封景安繼續往他的工具房走。

到了工具房，封景安一眼就看見了擺在其中的巨大樹瘤子。

「不知你有沒有聽說過癭木？」舒燕鬆開封景安的手，抬腳走到花梨癭邊上，伸手稀罕地摸了摸花梨癭。「你有祖傳的手藝，應該是聽說過的吧？」

封景安點頭。「癭木並不是任何一種樹木，而是泛指所有長有結疤的樹木，小者在樹身，大者通常在樹根，它可以做成各種觀賞品，以及裝飾品。如此大的癭木實屬罕見，聽小盛說，你要將它送給我？」

「是。」舒燕毫不猶豫地點頭。「我只知道它的價值，卻不懂如何去處理它，自然是把它交給懂的人了。」

封景安深深看了舒燕一眼。「這東西我在後山周邊從來就沒見過，所以，妳不僅是又進了後山，還又往後山深處走了。」

「呃，這不重要，重要的是這顆樹瘤做好了，能賣上好價錢。」舒燕訕笑著擺了擺手，只求別再提她又進後山的事情。

封景安扶額，語氣不悅。「對我而言，沒什麼能比妳的小命重要！舒燕，妳給我聽好了，事不過三，此次之後，妳再敢不經我同意就去後山，我們就和離，妳帶著小盛想去哪裡就去哪裡，我絕對不會再管！」

和離？舒燕一怔。這怎麼就扯上和離了呢？雖然一開始跟他成親是在種種考慮之下，但現在……

「我說的，妳聽明白了嗎？」封景安不許舒燕躲避。

舒燕下意識地點頭。「聽明白了。」

再敢不經過他的同意進後山，他們就和離。

每個字都很清楚，組合在一起也很清楚，絕無聽不明白的可能。

「明白了就給我放在心上，再有下次，妳可別怪我跟妳翻臉。」封景安姑且揭過了這個話題，轉而提起了齊球球的身分。「齊球球家跟那些走南闖北的商人有相交，瘿木製成的東西，一般人不會掏錢買，只有那些見過大世面的商人會收。」

「你的意思是，我剛才攴開他的做法錯了？」舒燕臉色變了變。

不是吧？可能提供銷路的人，被她提防地支走了，現在心底指不定有多生氣她的作為呢，這怎麼辦？

小元村依山傍水，風景確實不錯。

齊球球一開始對舒燕特意支開自己的行為有些不快，看什麼都不順眼，後來被好風景所吸引，心中的鬱悶才漸漸消了，陷入小元村的美景中不可自拔。到了最後，他就不明白了，擁有這麼美麗風景的村子，為什麼村子裡的人普遍窮呢？

「喂！小鬼頭，你姊姊是怎麼嫁給封景安的？」齊球球想不明白，索性就不想了，轉而想從舒盛的嘴裡套話，誰讓每次他問景安這個問題時，景安總是左顧而言他呢？

不想，舒盛卻完全不想搭理他，向他翻了個白眼後，拔腿就往封家跑。

「關你什麼事！」舒盛往封家跑的同時還不忘回頭，對齊球球做鬼臉。

第二十章　生意合作

齊球球登時就氣樂了。「你給爺等著！爺早晚會知道，你便是再瞞著也沒用！」

「哼！」舒盛才不信呢。齊球球若是能知道，剛才就不會開口，試圖想要套他話了，當他是傻子嗎？

「姊姊，我回來了！」

話落，舒盛推門而進，就見自家姊姊滿臉愁容地坐在院子裡，好似是被什麼煩心事纏上身了。他思緒一轉，小臉一變。「怎麼了？是不是姊夫？」

「不是。」舒燕搖頭，繼續滿臉愁容，目光不著痕跡地看向舒盛身後。

「怎麼就只有你回來了？齊公子呢？」

舒盛撇了撇嘴。「在後頭呢，他體格大，腿還短，就走得慢了些。」

恰好追上來的齊球球聽見了，差點沒氣出好歹。

他體格大？腿短？

「小子，你知不知道就你這樣的，爺一隻手就能把你捏死了？」齊球球氣得冷笑，大步流星朝舒盛走去，大有要動手的架勢。敢隱晦嘲笑他胖還腿短的人還沒出世呢！

舒盛趕忙往姊姊身後躲，還不肯示弱地探出頭，道：「我又沒有說錯。」

「呵，有本事你別躲在你姊後頭，站到我面前來說！」齊球球囂張地向舒盛勾了勾手，但凡舒盛敢過來，看他不叫這小子好好長長記性。

舒盛小下巴一抬。「我又不傻，才不出去呢！」

「膽小！」齊球球不屑地挑眉。

舒燕眼皮子一跳，兩人出去的這段時間到底是發生了什麼，讓他們這麼針尖對麥芒的？

「小盛，你先進屋，姊姊有些話要跟齊公子單獨說說。」

「喔。」舒盛聽話地往屋裡走，卻在舒燕不注意的時候，回頭瞪了齊球球一眼。

齊球球可不會替舒盛隱瞞，當即就冷笑著威脅。「你再瞪？再瞪，信不信我戳瞎你眼？」

「你若不看我，怎知我在瞪你？」舒盛最後對齊球球做了個鬼臉，才徹底進屋，把屋門關起來。

齊球球本想罵回去的話，就這麼被一扇關起來的屋門堵了回去，圓潤的臉上忍不住劃過一抹氣惱。「說完就跑，算什麼本事？」

「咳，齊公子，我弟弟年紀小、玩心重，言語間有何不妥的地方，我這個當姊姊的，替他向你道歉。」舒燕真心實意地向齊球球鞠躬。

齊球球驚了驚。他怎麼覺得這個舒燕對他的態度，好像跟方才不一樣了呢？

「無礙，嫂子妳不用替他跟我道歉，我還不至於跟小盛一個孩子認真計較。」齊球球謹慎地上下打量舒燕。

奇怪，真的是太奇怪了！明明他出去之前，舒燕還一副不信任、提防他的模樣，怎麼他出去一趟回來，舒燕對他的態度就這麼古怪了呢？莫非，是景安跟她說什麼了？

「我……」

「景安呢？」

兩人同時開口，舒燕想說的話沒能說完，齊球球便直勾勾看著她，等她給答案。

舒燕嘴張了又閉，本想說的話愣是無法出口，最後實在是憋不下去了，只能抬手指了指工具房的方向。「他在裡面。」

算了，說不出口就別勉強了，之後再找機會吧。

畢竟道歉這種事情，還是需要一點「真心實意」才能成的。

「我去找他！」齊球球忙不迭地抬腳朝舒燕所指的方向而去，他再繼續跟舒燕面對面，就要繃不住了。

不行，他必須得問問景安，他媳婦兒是怎麼回事？

「唉……」舒燕眼睜睜看著齊球球進了工具房，整個人立即忍不住惆悵了起來，也不知道封景安會不會把她的後悔告訴齊球球。

要怎麼表達「真心實意」呢？她現在去給齊球球弄點好吃的，也不知能不能挽救一下她先前的有眼不識泰山？

「景安，你媳婦兒怎麼回事？為何我出去一趟回來，她對我的態度就變得古怪了？」齊球球找到封景安的當下，就湊到了他的面前，將一連串的問題問出來，都不帶喘的。

封景安好笑地停了手上的動作。「她對你的態度變好了，難道不好嗎？」

「倒也不是不好，就是覺得你媳婦兒的態度突然間就變了，有點讓我心裡發毛，總覺得她是不是背地裡想算計我。」齊球球越說越覺得是這麼一回事，他從小到大的直覺，從沒讓他失望過。

封景安沈默。果然齊球球那令人髮指的直覺，依舊是沒讓他失望。

「嗯？景安你沈默是什麼意思？」齊球球發現封景安不說話，臉色登時就是一變。「不、不會吧？你媳婦兒真的背地裡想算計我？」

封景安斟酌著語句。「唔……不是什麼壞事，真的。」

「都想在背地裡算計我了，到你嘴裡就成了不是壞事？」齊球球瞬間有種自己交友不慎之感。「封景安，我還是不是你朋友？」

封景安毫不猶豫地點頭。「自然是的，否則我怎會搭理你？」

「那你怎麼縱容你媳婦兒算計我，還對我說不是壞事？」齊球球滿腦子不解，這兩者之間不就相互矛盾了嗎？

封景安賣了個關子。「一會兒你就知道了，放心，我不會害你的。」

「為什麼還要一會兒才能知道？難道你不能現在就告訴我？」齊球球不滿地瞪了封景安一眼。賣關子什麼的最討厭了！

封景安抬手指了指巨大的花梨癭，卻沒說話。

正當齊球球看著封景安所指的東西摸不著頭腦時，舒燕手上端著東西走了進來。

屋子裡，好似從舒燕進來後，飄出了一股甜香味。

齊球球愛吃，鼻子也靈，當即就被勾起了興致，目光直勾勾地盯著舒燕手上的東西，問：「妳手上拿的是什麼？」

「自然是好吃的。」舒燕眼睛一亮，齊球球這個反應，她的美食收買計畫或許可行？「這是糙豌豆黃兒，我昨天就做好了，用東西包好沈入井水中冰過，你要不要嚐嚐？」說著，舒燕殷勤地將手上端著的糙豌豆黃兒往齊球球面前遞。

齊球球頓時心生警惕地往後退了兩步。他怎麼突然有種直覺裡的算計就在眼前了的感覺？

「不用了，我不是很餓。」

齊球球擺手拒絕，雖說這昨日就做好了的東西，應該是不能再添什麼東西進去，但舒燕對他的這個殷勤態度實在是太令人懷疑了。謹慎起見，他就算對舒燕手上的東西感興趣，也不能輕易入口。

舒燕臉上的殷勤一僵，求救地看向封景安。「是我做的東西不好吃嗎？為何你朋友像是避洪水猛獸一樣避著？」

封景安無言失笑。

舒燕不敢置信地瞪圓了雙眼。「你居然笑了？這很好笑嗎？」

「妳方才還一副不信任他的模樣把他支開，這會兒突然就端著糙豌豆黃兒殷勤地請他吃，他能接過才怪了。」封景安努力把笑意憋了回去，意有所指地提醒舒燕應該先解釋。

舒燕登時不好意思地輕咳了一聲。「咳，我不是故意的，是景安他沒說清楚，我以為……」

「以為，我若是聽到你們說是好東西，會起了貪念，對景安不利？」齊球球突然靈光乍現，莫名聽懂了舒燕這話的意思，臉色一時間有些一言難盡。

舒燕尷尬地點頭，卻仍是掙扎著替自己辯解。「實在是這樣的事太多了，我不得不防著點，不信你問景安！」

什麼叫這樣的事太多了？齊球球擰眉。「景安你這些年……」

他突然就有些問不下去，就算這些年總是發生這樣的事情，如今的他又能如何？

「別聽你嫂子瞎說。」封景安面色如常。

舒燕訕訕地眼神亂飄。「什麼叫我瞎說？明明就有過。」

比如老舒家、比如賴子，那一個個的誰不惦記著他們手裡的好東西呢？

「既是如此，那妳為何突然間改變主意，不提防著我了？」齊球球看出封景安不想對此事詳說，識趣地轉移話題。

舒燕眼神飄得更厲害了。「這個……咳，聽景安說，你結識很多商人，賣東西不愁銷路。」

「哦，合著是因為我有用，嫂子做人可真是純粹得很呢。」齊球球實在是不知道該擺出什麼臉色，索性板著臉，渾身上下透著不爽。

舒燕尬笑了幾聲。「那當然，我很純粹的。」

雖然我聽出來你可能是在罵我，但只要我沒表現出聽懂了，那我就是沒聽懂。

臉皮真厚！齊球球呵呵冷笑兩聲。這要不是看在景安的面子上，他早就扭頭離開，跟舒燕這樣的人老死不相往來了！

封景安抬手在齊球球肩上輕拍了拍。「你嫂子的純粹，可比某些人的當面一套背後一套好多了。」

「是呀是呀！而且我是要跟你合作，又不是要坑你，我比其他人可好太多了！」舒燕接話，非常真誠地看著齊球球。

齊球球不可能因為舒燕這麼一句話就相信舒燕不會坑他，他好歹從小到大都被他爹帶在身邊長見識，若這麼輕易就被騙了，那也太糗了。

「妳說要跟我合作，怎麼合作？賣什麼東西？我先聲明，我可不會因為景安就對妳的胡說八道信服，所以妳嘴裡說出來的東西必須保證有用。」

「你放心，保證你滿意。」舒燕一點兒也不生氣自己被看輕了，就當是還了先前她對齊球球提防的氣了，她興奮地邁步走到花梨癭前。「景安說，用癭木做出來的東西比較貴，尋常人家不會買，只有那些走南闖北的商人會願意收，而你們齊家正好跟那些商人交好，我就想讓你介紹一、兩個可靠的商人來收這由癭木做出來的東西。」

舒燕拍拍身邊的花梨癭。

「至於分成，就你二我八怎麼樣？畢竟料子是我找到的，東西是景安做的，你就負責牽個線，拿兩成已經很好了。」言罷，舒燕直勾勾地盯住齊球球。

齊球球登時有些哭笑不得。「妳這算得過分了，我怎麼只能拿兩成呢？要知道，沒有我牽線，妳可找不到可靠的商人來收景安做出來的東西。」

「……那、那你說你要幾成？」舒燕一臉肉痛，活像是即將要交出什麼寶貝的東西似的。

想到好友家的景況，齊球球再看她的神情，心中一軟。「本來應該是要六四分才合理，但看在景安的面子上，我就退一步，七三分吧。」

「好！成交！君子一言駟馬難追，你不能反悔！」舒燕臉上一掃先前的肉痛，高高興興地走向齊球球，把手上端著的糙豌豆黃兒塞到了齊球球的手上。

「這東西好吃，你嚐嚐，沒毒的。」說完，她踩著輕飄飄的步子往外走，一看就是心情很好。

齊球球端著香甜的糙豌豆黃兒，有些懷疑自己是不是不小心被算計了，他猶豫了兩個呼吸的時間，還是沒忍住問：「景安啊，我怎麼突然有種自己虧了的感覺呢？」

「本來能六四分，你自己說了七三分，你說你虧了嗎？」封景安笑出了聲，半點不擔心齊球球得知了真相之後，會反悔不跟他們合作。

果然，齊球球想做個西子捧心來表示自己的心痛，卻發現自己手上端著糙豌豆黃兒不好做後，嘴上只嚷著虧了虧了，卻半句未曾提及要他們之間的合作作罷。

封景安知道，齊球球這麼好說話，都是因為他。

「球球，謝了。」

「哎，你別跟我道謝，謝得我心裡怪虛的。」齊球球一手端著糙豌豆黃兒，一手不自在地撓了撓後脖頸。「不過是給你們找個商人罷了，算不得什麼，比起你這幾年的獨自支撐，我如今幫的，不過就是小忙，即便是沒有我，以景安你的能力也能找到合適的商人。我啊，就是錦上添花。」

這錦上添花易，雪中送炭難，他已經錯過了給景安雪中送炭的機會，如今能給景安錦上添花，得還要謝謝景安。

封景安知道齊球球的脾氣，當即將感謝放進心裡，不再宣之於口。

「小元村還有很多好玩的事物，你可多留一段時間再走，找商人的事不急，畢竟我要將這攰木做出成品來，得半個月到一個月呢。」

齊球球足足在小元村待了七天，在小盛邊嫌棄邊帶他玩的情況下，把小元村好玩的都玩了個遍，才心滿意足地離開。

「景安你放心，我回去後立刻就讓我爹找可靠的商人，保證在童生試結果出來的時候將人帶來見你！」

封景安還沒來得及問為什麼，齊球球風風火火地就登上齊家來接人的馬車離開了。

晚間吃飯時，封景安想起這事，便盯住舒盛問：「這七天都是你在帶齊哥哥玩，是不是有什麼人在你們面前說了什麼風涼話？」

「姊夫你怎麼這麼問？沒人說風涼話啊。」舒盛挾菜的動作一頓，很快就又恢復正常。

封景安微眯了眯眼。「真的？」

他怎麼會信呢？別以為小盛剛才動作快，他就沒看到！如果不是有事瞞著，小盛如何會是那副似是心虛的樣子？

舒盛眼神躲閃，生怕被姊夫看出任何端倪來，連忙猛地扒了一大口飯，然後起身含糊不清道：「我吃飽了，去練字！」

言罷，拔腿就往外跑，速度之快，封景安都沒來得及攔。

舒燕好笑地給封景安挾了一筷子他喜歡吃的青菜。「左右會說風涼話的也就那幾家，我都能想得出來他們在齊公子面前說了什麼，你又何必問呢？齊公子跟小盛不想跟你說，就是在卯足了勁想要替你出口氣，你啊，得給他們這個機會。」

那筷子她剛才用過呢。

封景安看了眼舒燕挾給他的青菜，理智上讓他別吃，但，最後他還是吃了。

舒燕全然沒察覺不對，見封景安不再言語，還以為封景安是贊同她的話了。

之後封景安沒再提及那個話題，只是把自己關在工具房裡的時間越來越長了些。

轉眼，半月之期到，童生試的結果該出來了。

這日一大早，封家門口就聚集了三三兩兩的好事者，方芥藍赫然也在其中，賊眉鼠眼的。

眾人都是從齊球球的嘴裡得知，童生試的結果是在今日公布。

隨著日頭越來越大，還是什麼消息都沒有，等著的人就有些不耐煩了。

這浮躁的場面，偏偏舒燕還搬了個小馬札，坐在陰涼的屋簷下，吃著她自己炒的米、喝著她自己泡的不知名野茶，優哉游哉，恍若半點沒將他們這些人放在眼裡！

甚至連封景安都避在屋裡，不肯出來見人。

第二十一章 討價還價

眾人時不時地聞到大米炒過之後的香味，再加上那淡淡的清香，定力不太足的，在這段時間都不知道往舒燕身上看了多少回。

這時候真正關心的都在家裡等著呢，他們這些聚集在這裡的人，想看的根本就只是景安家的笑話。

眾人覺得面子有些掛不住，想走，又不甘心沒看到封景安到底有沒有考上童生。糾結了兩刻鐘，村外來人了。

「這裡是封景安家嗎？我們是來送通行證的。」兩位身穿衙役服的人笑容滿面而來。

「這是封景安家，你們稍等，我這就去叫他。」舒燕拍了拍手，轉身去喊封景安。

這時有膽子比較大的村人就問了。「二位口中的通行證是怎麼回事啊？是我們景安考上童生了嗎？」

「你們說的景安是叫封景安的話，那就是考上了。」一衙役笑臉不變的答。

眾人登時忍不住驚呼。「景安真考上童生啦?!」

方芥藍臉色難看。封景安考上了？這怎麼可能呢？

「辛苦二位走一趟了。」封景安從屋中走出，圓滑地塞給兩個衙役一人十枚銅板，看都沒看臉色難看的方芥藍。

兩人笑著把銅板收好，轉手把屬於封景安的通行證交給他。「通行證已給你送到，記得準時去州學報到。」

「是，學生送二位。」封景安抬手讓兩人先走，同時心中鬆了口氣，還好他們不嫌棄銅板少，否則就不好收場了。

兩人頷首抬腳而走，當著這麼多人的面，他們不好意思開口要水喝。

「等等！」舒燕手中拿著兩個竹筒追出來，熱情地把兩個竹筒分別塞給兩人。「這是我泡好的茶，二位帶著路上解渴喝！」

兩人呆了呆，下意識地打開竹筒看了眼，竹筒打開的瞬間，茶香飄了出來。

「這，多謝。」

「不用不用，慢走啊二位！」舒燕笑咪咪地擺手。

眾人不解地看著舒燕，他們一大早就來了，也沒見舒燕準備啊，那竹筒裝茶是什麼時候弄的？

很快，送通行證的衙役走了，封景安送完人回來，就被眾人圍住。

「恭喜啊景安！」

「是啊是啊，恭喜！」

「呵，還恭喜呢，他連打賞來送通行證的人都只能拿出寒酸的二十個銅板，你們難道還指望他真的能去州學不成？」方芥藍酸溜溜地看了看眾人。「還是說，你們打算每家湊一點，送他去州學考取秀才老爺嗎？」

眾人臉色瞬間僵硬，他們就是攀關係的恭喜一下，可沒想著要掏銀子送封景安去什麼州學。那又不是他們親兒子，就是親兒子，得掏這麼多錢都還得掂量呢！

突然，一陣馬蹄聲傳來，眾人聞聲當即裝作什麼都沒發生的樣子，抬眸循聲看去。

這時候的馬蹄聲，會是誰來了？

不遠處，有兩人騎著高頭大馬而來，其中一人的身形瞧著有點眼熟。

待兩人騎著馬兒來到面前，下了馬，眾人才想起那身形看起來眼熟的人，是曾經在他們村玩了七天的齊球球。

齊球球一見封家門前的陣仗就明白是怎麼回事，眸底瞬間劃過一絲冷意，他故意大聲道：「景安，你要的商人我帶來了！他說了，只要你做的東西好，價錢好商量！」

齊球球一把將商人推到封景安面前。「來，給你介紹，這是閻老闆閻宣霆。」

閻宣霆沒料到齊球球會突然動手，左腳絆右腳，差點丟人地摔了，好在最後關頭，封景安伸手扶住了他。他甚至懷疑齊球球故意報復，因為自己讓他騎馬來這個村子，而不是坐舒服的馬車。

「你沒事吧？」封景安瞥了齊球球一眼。

齊球球訕訕地摸了摸鼻尖，抬眸望天。咳！他確實有那麼一點故意的成分在裡頭。

「沒事。」閻宣霆搖了搖頭，鬆開封景安的手，往後退了兩步，得體地站直後，雙眼直勾勾看著封景安。「齊公子說，你用癭木做出了精美的觀賞品，是不是真的？我能不能先看看成品？」

這麼直接？封景安愣了愣。

「瓔木，是什麼東西？」方芥藍心中莫名湧起了不詳的預感。這些日子裡，入了封家的東西，就只有那顆巨大樹瘤子。難道，這個商人嘴裡說的瓔木，就是那顆樹瘤子？

「封公子？」閻宣霆眸底劃過疑惑，他怎麼不言語也不動？還是說，他不想讓自己先看成品？

封景安回神，笑了笑。「當然可以，閻公子請隨在下來。」言罷，抬手先走，為閻宣霆帶路，完美無視方芥藍方才發出的疑問。

閻宣霆就更不用說了，他走南闖北的賣貨，見過的人多了，哪裡看不出來方芥藍的態度不對？既然主人家沒有搭理她的意思，他這個做客人的，更不會搭理，抬腳就跟上了封景安。

「哎，我們也跟上去看看，那什麼瓔木，做的觀賞品長什麼樣子吧？」眾人說著抬腳就要跟上去。

齊球球皮笑肉不笑地往眾人前一站，擋住他們的去路。「不好意思，這是景安的家事，諸位看完了熱鬧，該回了。」

「你！」眾人一怒。「景安都沒說什麼呢，你不過是景安的一個朋友罷了，有什麼資格攔著，不讓我們跟上去瞧？」

「就是！景安都沒說不讓，你憑什麼攔著？要臉嗎你？」

齊球球臉色一冷，他的本意是告訴這些人，景安的本事足以讓商人自動上門尋求合作，可不是讓這些人看清楚了過程，進而眼紅景安的東西，給景安添麻煩。

「隨你們怎麼說，爺就是要攔著你們，怎麼著？你們要敢對我動手，到時我磕著、碰著了，不讓你們都脫下一層皮，我就不姓齊！」

眾人面面相覷，一時間倒還真不敢動。見此景，舒燕放心將外面的人交給齊球球，轉身跟了進去，她得看著點那個商人，不能讓他把封景安騙了。

雖說人是齊球球帶來的，但防人之心不可無嘛！

若是沒事最好，有事就當場解決，不給隱患留下來的機會。

屋內，閻宣霆驚嘆地看著面前的東西——几案。

這不是尋常的几案，檯面上花紋自成規則，細看其中似乎還暗含了花鳥樹木一般。

閻宣霆愛不釋手地撫過几案。「球球與我說你做的是觀賞品，沒想到不是觀賞品，反而還是具有實用價值的几案。瞧瞧這包邊，做得多好，你是怎麼辦到的？」

「球球也沒說錯，確實還有一些觀賞品，這几案只是其中之一罷了。」封景安岔開話題，轉身在几案邊上的箱子裡小心翼翼地取出兩個大小不一的木雕。

閻宣霆眼睛一亮，忙不迭地向封景安伸手索要。「快，給我瞧瞧！」

封景安沒拒絕，先將他覺得閻宣霆更感興趣的龜殼雕遞給閻宣霆，另一個葫蘆狀的木雕則還是自己拿著。

「妙啊妙啊！」閻宣霆邊看邊讚嘆，非常喜愛的模樣。

舒燕進來剛巧聽到，走到一旁笑咪咪地看向閻宣霆。「現在你可以估價了。」

「這張几案跟這兩個木雕我都要了，一口價八十兩，如何？」閻宣霆自認這個價格已經很公道了。

舒燕眉頭一皺，上前就從閻宣霆手中搶回了龜雕。

「哎，輕點，妳小心，別把它摔了！」閻宣霆一顆心提到了嗓子眼，就怕舒燕一個不小心，把她手裡的龜雕給摔壞了。

同時暗惱自己方才為什麼沒防著舒燕，輕易鬆手讓龜雕落到舒燕的手上。

舒燕白了閻宣霆一眼。「不用你提醒，這是景安辛苦做出來的東西，我便是摔你，也不會將它摔了。」

閻宣霆唇角一抽。我可真是謝謝妳啊，讓我知道了我還不如一個龜雕重要。

「八十兩，難道妳還覺得不夠？」閻宣霆決定不跟舒燕繼續關於小心別摔了的話題，尋思著如果舒燕真的不滿意八十兩，他可以再往上加點。

舒燕不否認地點頭。「自然是不夠，光是那張几案，就不止值八十兩，你別想只用八十兩就把我們的三樣東西都買下。」

「但是，妳得需要明白一點，如果沒有我，你們的東西可沒法子賣出去。」閻宣霆危險地瞇了瞇眼，聽舒燕的口氣，他總有種舒燕會喊出天價來的預感。

不管預感是不是真的，天價都必須得扼殺在搖籃中！

舒燕一點也不意外閻宣霆會這樣說，但她沒耐性跟閻宣霆就價格的問題扯皮個不停，索性直接給閻宣霆下一劑猛藥，朝外揚聲道：「球球啊，他不行，你另外再找個商人來吧！」

齊球球處理完外頭的人，聞聲踏進屋，點頭配合道：「成，既然你們談不攏，那我再讓人去找別的商人就是。」

「齊公子！」閻宣霆傻眼。

做生意的哪有不討價還價？結果他才剛開始，討價還價就要死在腹中了？天下商人千千萬，他可沒那麼大的自信，認為齊球球無法找到一個可以替換他的商人。

「封公子，這東西是你做的，你就不說點什麼嗎？」閻宣霆期盼地看向封景安，希望封景安能拿出主人的姿態，制止舒燕跟齊球球想找別人替換他的危險想法。

封景安不為所動，只答：「東西是我做的不假，但原料卻是燕兒找到並帶回來的。」言外之意，他聽舒燕的。

閻宣霆臉色瞬間綠了。

就這樣，還讓他怎麼愉快的討價還價？再討價還價，東西很可能就不是屬於他的了！經商這麼多年，他還是第一次見到這麼優秀的瓔木製品，若是錯過，他一定會後悔！

齊球球心下暗笑，面上卻一本正經，作勢要離開。「閻兄既然不肯拿出更高的價格，那就隨我先離開吧，離開後我還得重新再找能給得起價的商人前來收這幾樣東西呢。」

「等等。」閻宣霆無力地瞪了齊球球一眼，爾後一副被宰了的肉疼樣看向舒燕問：「妳先說，妳想要多少？」

若是舒燕想要的價格在他的承受範圍內，他可以考慮接受，畢竟他是真的捨不得那三樣出色的癭木製品。當然了，若是價格超出預期太多，他再喜歡，也只能忍痛放棄。

舒燕眸底劃過一抹狡黠。「一百二十兩，几案八十兩，龜雕與葫蘆雕各二十兩，如何？」

閻宣霆震驚得無言以對。

不是，為什麼舒燕能把價格卡得那般剛好？莫非，她還是內行的不成？也不對啊……這個村子看起來就很窮，自小在這兒長大的舒燕，哪會真的懂門道？說不定只是她想要的價格剛好就是這樣而已？

「能不能行，你快些決定，別浪費彼此時間。」見閻宣霆不開口，舒燕眉頭一皺，滿臉都是對浪費時間的不悅。

閻宣霆看向齊球球，齊球球連忙抬頭看橫梁，明擺著是不會幫他的意思，他看封景安更是沒用，畢竟封景安又不傻，怎麼看，封景安也不會站在他一個外人這邊，去駁自己媳婦兒的面子。

他只能試圖嘗試掙扎一下。「也不是不行，就是這個價吧，能不能少點？龜雕跟葫蘆雕大小不一樣，不能以同等價格論。」

「那還是讓球球重新再給我們找個願意接受這個價格的商人吧。」舒燕擺了擺手，徑直走過去，將龜雕收好，一副沒得商量的樣子。

「閻兄，這一百二十兩於你而言也不算貴，但錯過了我們景安親手做的東西，你可是要抱憾終生的哦，所以，你考慮清楚了再決定啊。」齊球球看熱鬧又不嫌事大地笑得很開心。

閻宣霆瞬間就很有一種想暴打齊球球的衝動，他幽怨地盯著齊球球。「齊公子，在下沒得罪過您吧？」

「呃？沒、沒有吧？」齊球球還真開始認真回想起曾經，閻宣霆有沒有得罪過自己。

見狀，閻宣霆臉色一變。「絕對沒有，齊公子你不要繼續往下想了，那什麼，一百二十兩，我要了！」

言罷，他乾脆俐落地掏出一張一百兩的銀票，再數出二十兩的碎銀遞給舒燕，速度之快，就怕齊球球想起什麼，然後為了報復他，幫舒燕起哄再抬價。

齊球球一臉遺憾。「這就銀貨兩訖了？我還想著一百二十兩有點少了。」

「不少不少，齊公子你可不能公報私仇！」閻宣霆怕了齊球球，當年相識時，嘲笑過齊球球是胖子的事是他的錯，但他也受到來自齊球球的報復了，現在他一點也不想舊事重提。

齊球球臉上的遺憾之色更濃郁了幾分。「真是可惜了，我倒也不是想公報私仇，就是想起了點不太愉快的事情，心裡有點不舒服呢。」

「……我的人就在後頭，一會兒等他們來了，東西我就今天帶走。」閻宣霆聰明地無視齊球球的話，當作什麼都沒聽見。

什麼不愉快，什麼心裡有點不舒服，他什麼都不知道！

「哼！」齊球球瞪了閻宣霆一眼。

姑且就看在他不嘰嘰歪歪、乾脆給銀子的分上，不跟他計較了。當年仇當年報，可一點兒也不妨礙他日後拿來威脅閻宣霆。
他這個人忘性大，尤其是小事，不然今天閻宣霆也不會跟他一起出現在封家。
一炷香後，閻宣霆口中的人駕著簡易馬車而來。
許是覺得東西不太多，馬車就只有一輛，然後是一個車夫和兩個小廝。
即便他們的馬車是專用來拉貨的，但村裡難得見著馬車這種稀罕物，所以當他們一路來封家，也就一路一直被圍觀。
不過，這裡的人只是看看，並未做其他事，他們便沒說什麼，任憑他們瞧。
到了封家門前，小廝之一的立冬跳下馬車，上前敲門。
「是我的人來了。」閻宣霆起身忙不迭地往外走，雖然封家那個奇怪的茶還挺好喝，但為了避免夜長夢多，他還是趕緊把東西運走的好。
舒燕忍不住笑了，跟著起身往外走。「我們也出去看看吧。」
封景安沒意見，齊球球更是無所謂，於是三人很快就追上先出來的閻宣霆。
「給公子請安！」立冬雙膝下跪行禮，還在車上的立秋當即也下車，緊跟著跪下行禮。
馬夫還要看顧著拉車的馬兒，便沒有行此大禮，但也彎了腰。

第二十二章　進學

閻宣霆見慣了自然沒覺得哪兒不對，徑直擺手讓三人免禮。「免了，你們二人進去把東西拿出來，小心些。」

「是！」立冬、立秋麻溜地起身，往封家裡頭走。

眾圍觀村民為此大受震驚，看閻宣霆的目光都不對了。

舒燕覺得有點不適，但這時代的規矩就是如此，她一個外來客沒有說嘴的立場。

齊球球怕他們不知道要拿的東西是哪些，非常熱情地跟了進去，給兩人指明他們能拿的東西。

不多時，兩人便率先將約莫有他們手臂長的几案抬了出來。

檯面上帶有癭木獨特花紋的几案，在陽光下漂亮得不行，眾人忍不住都看呆了。尤其是當初為了十枚銅板，幫舒燕把那顆樹瘤子從後山搬回來的那些人，心中更是生出了些許的微妙感。

他們不知道這東西賣了多少銀子，但光是這麼看著，他們也知道這東西的價格不低。

鍾岩心中悵然，有羡慕嫉妒，卻沒有一絲要鬧著把東西要回來的意思。

怪不得當初舒燕堅持要用蜂窩跟他換，言明了不管日後如何，他都不得反悔。畢竟，樹瘤子在他手裡就只是一顆樹瘤，他可沒本事把醜陋的樹瘤變成這般漂亮的几案。反正他也白得了一顆蜂窩了不是？
如果說几案的漂亮讓眾人驚嘆，那後頭他們一人捧著一個木雕出來時，木雕的模樣就讓他們更加吹捧封景安的手藝。
封景安不好制止他們，但耳根卻悄悄泛紅了。
「你們帶著東西先回，路上小心著些，別把東西給本公子磕著、碰著了。」閻宣霆說完還是不放心，索性決定不管齊球球。「算了，本公子還是跟你們一起回吧。齊公子、封公子，有緣再會！」
閻宣霆迫不及待地上馬車，打算回去這一路上他得盯著他花了一百二十兩買來的寶貝。
「哎，景安，你想去哪個州學啊？」沒一息的時間，齊球球就滿血復活，興奮地盯著封景安。
封景安像看傻子一樣白了齊球球一眼，答道：「自然是合泰州。」
齊球球臉色一僵，登時有些欲言又止。「那不是……」宋子辰上州學的地方嗎？
聽說宋子辰在合泰州混得挺好，雖然至今還未取得秀才老爺的功名，但也差不遠了，景安不說避著他的風頭，怎麼還想兜頭迎上去呢？
「景安啊，離咱們比較近的州學不只合泰，要不換一個？」齊球球小心翼翼地試探。
他是最不想見到景安受宋子辰羞辱的人，自然希望景安能三思。畢竟他們去合泰州的州學，那無異於是送上門去讓宋子辰羞辱。他用腳趾頭想也知道，在合泰州學早已積攢下人脈的宋子辰，要是看見他以為已經踩進泥地裡的景安，會怎麼聯合其他人欺辱景安。

封景安哪裡會不知道齊球球在擔心什麼？但他仍是移開目光，邁步往屋裡走，沒有改變主意的意思。

「近一點的州學不只合泰，但只有合泰有聞子珩。」

聞子珩？齊球球扶額。是了，他怎麼把這件事忘了？合泰州不是只有宋子辰，還有告老還鄉後閒不住想教書育人的內閣大學士聞子珩。

「合泰州，有什麼問題嗎？」舒燕確認封景安走遠了聽不見後，盯著齊球球就開門見山的問，她總覺得兩人方才的對話有點古怪。

齊球球眼珠子一轉，她這麼問，顯然景安沒跟她說過，他索性裝傻。「沒什麼問題啊，我只是覺得我們可以去比合泰州更好的地方上州學，僅此而已。」

他說完就趕緊腳底抹油溜了，完全不給舒燕追問的機會。

舒燕眼睜睜看著齊球球跑了，氣得忍不住原地跺腳。「我信你才有鬼了！」

如果真是這樣他跑什麼？方才兩人的交談為何那麼古怪？這裡頭一定有事！

「沒關係，你不說，我還有封景安，他總不會瞞我。」舒燕信誓旦旦地抬腳去找封景安，結果剛到了封景安面前，對上封景安的眼神，她莫名地就孬了。

封景安挑眉率先發問道：「怎麼了？球球回去了？」

「呃，應該，回去了吧？反正他跑了，我也不知道他去哪兒。」舒燕腳下不自覺想往後退。她現在後悔還來得及嗎？

「過來。」封景安抬手向舒燕招了招，當作沒發現她想離開。

舒燕有些不安，乾笑了幾聲沒動。「有什麼話就這麼說也挺好的，你儘管說，我聽著。」

「過來。」封景安固執地看著舒燕。

「……到底啥話非得我過來，你才能說啊？」兩息後，舒燕敗下陣來，一步三挪地走向封景安。

封景安耐心地等舒燕走到自己身前，方才從懷中掏出一根木簪，遞給她。「送給妳。」

木簪約有一掌展開後，拇指到中指直線那般長，簪尾鏤空做了別緻的圖案，讓舒燕難掩喜愛地伸手接過木簪，興奮地問：「怎麼突然想起來送簪子？」

「想送就送了，沒有為什麼。」封景安看了舒燕一眼，轉身去倒騰自己的東西，不搭理舒燕了。

舒燕茫然不解，她有說錯什麼嗎？怎麼突然就不搭理她，甚至舉手投足間好似對她還有點怨念？

「你怎麼了？」

「無事。」封景安頭也不抬，明顯根本就不是他所說的那般真的無事。

舒燕挪動腳步靠近封景安。「真的沒事？」

「嗯。」封景安還是沒抬頭。

舒燕沒轍，只好問起別的。「那個，你去州學，我跟小盛是跟著你一起還是？」

「一起吧，小盛在合泰州可以學到更多的東西。」封景安決定下得毫不猶豫。

瞧著，就不太像是有什麼問題的樣子。

舒燕不明白，索性直白地問：「可我看球球似乎不太希望你去合泰州的樣子，我們跟著一起去，不會給你添更多的麻煩嗎？」

「不會。」封景安想了想，還是沒有把宋子辰的事情告訴舒燕。

反正只要舒燕不往州學去，她就碰不上宋子辰，她知不知道都無所謂。到了合泰州，她這閒不下的性子，應該會想做些小生意吧。

「可是……」舒燕還想再說點什麼，門外卻突然傳來了周富貴跟蘇蟬的聲音。

「大丫、景安，我們給你們送來一隻雞，恭賀景安考上童生。」

舒燕只能把想說的話先嚥了回去，抬腳迎了出去。

在小元村，雞這種東西還挺珍貴的，舒燕自是不願收，然而不管她好說歹說，周富貴跟蘇蟬就沒想著把送給她的雞給收回去。反而，因為她一直勸，兩人生怕最後她會把雞直接塞給他們帶回去，索性簡單的對封景安表達了他考上童生的恭喜後，就匆匆離開了。

「我把雞送回去！」舒燕作勢要追出去。

封景安卻突然伸手拉住她，對著她搖頭道：「不必，這是他們的一片心意，妳上趕著還回去反倒是不好。」

「可是……」

「我們離開前，給他們做點什麼事報答便是。」封景安打斷舒燕的可是，直勾勾看著舒燕。

舒燕仔細一想，封景安所言也沒錯，便打消了把雞重新給周富貴夫妻倆送回去的念頭。

「今晚就宰了，一半留著我們吃，一半送還給他們，就說讓他們沾沾喜氣怎麼樣？」

「可。」封景安頷首表示沒意見，想來村長家也會很高興。

周富貴跟其他人是不同的，即便只是一個虛無縹緲的沾沾喜氣，他也會覺得，沾了喜氣，他們周家只要努力，或許也能培養出一個讀書人來。讀書一事無外乎花錢培養，周家有能力，給了盼頭他便會行動。

這樣，周家的下一代，興許就不用沿襲上一輩的辛苦，終生都在地裡刨食。

半個月之後，封景安將適合啟蒙的書送給周富貴一家後，在所有人的目送中帶著舒燕和舒盛坐上了齊球球非要來接他們一起去合泰州的馬車。

「不是，景安，你去合泰州，怎麼還把狗帶上了？」齊球球警惕地看著來福，生怕來福一言不合往他身上撲。

「來福很乖，不會輕易襲人，我到了州學是要住在裡頭的，有來福守著他們，我也能安心些。」封景安伸手溫柔地摸了摸來福的狗頭。

齊球球抿唇。話是這麼說，但他為什麼莫名有種景安帶上來福，是在防著宋子辰找舒燕姊弟麻煩的感覺呢？

「景安你，哎呀，帶都帶了，也不能半道上將牠扔下，就這麼著吧。」

如果宋子辰真的找舒燕姊弟麻煩，被狗追、被狗咬，那也是他活該！

從小元村到合泰州需得搭乘馬車兩個時辰，齊球球經常搭馬車出行，這點時間對他來說並不算什麼，但舒燕姊弟二人就不行了。

一個時辰過去後，原本還精神抖擻的舒盛就蔫了，趴在來福的背上，動都不想動，連舒燕看著似乎也有點反胃不舒服的樣子。

封景安皺了皺眉。「球球，讓車夫就近找個地方停車，歇一會兒再啟程。」

「小裡，找地方停車。」齊球球當即下令。

小裡聞言，目光四下梭巡了一番，發現前頭不遠處有個湖，便加快速度往湖邊趕去。

半刻鐘後，馬車停了下來，舒燕第一個下馬車，她貪婪地呼吸了一口新鮮空氣，這才感覺到自己又活過來了。

封景安等人緊跟著也下了馬車，舒盛牽著狗繩，帶來福到湖邊喝水，他也順便洗把臉，讓自己清醒清醒。

「小盛，別太靠近水邊，小心滑進去。」舒燕有些擔心地叮囑。

舒盛當即聽話地退回來一點，畢竟當初被舒大壯扔進河裡的陰影還在，他其實也不太敢獨自在太靠近水邊的地方待久。

見狀，舒燕才放心地從舒盛的身上收回目光。

下一刻，她面前突然就出現了一個竹筒。

「喝點水。」封景安遞了遞手中竹筒，示意舒燕接。

舒燕下意識地抬手接過竹筒。「你、你喝過了嗎？」

「臭老頭你往哪兒跑！那邊就是個深湖，再跑，你老命不保！」封景安還未來得及回答舒燕，就看到在湖的對岸有個人毫不猶豫地往湖中跳了下去。

「噗通」一聲，湖中濺起了巨大的浪花，水面上的漣漪一層一層的蕩開來。

「老大，他往湖中跳了！」五、六個衣著似是劫匪的男人臉色難看地看著湖中掙扎的老人。

為首的男人抬手呼了離自己最近的小弟一巴掌。「他跳了，你們不會下去撈啊？老頭力氣小，又不會游泳，在水中更容易被抓住。

「都愣著幹麼？沒聽到我說的話嗎？往下跳啊！」

「是，老大！」幾人應聲紛紛往湖中跳。

舒燕隨手把竹筒往封景安手中一塞，就拔腿跑向舒盛，用最快的速度解開來福，並在來福的臀上拍了一下，下令。「來福，去，咬他們！」

「汪！」來福見水本來就很興奮，這一得到指令，當即兜頭便往湖中跳，飛快地往對岸跳下的人游去。

與此同時，舒燕下水，盡最快的速度跟上來福。

齊球球抬腿踹了小裡一腳。「你不是會泅水？別傻站著，去幫忙！」

「是！」小裡捂著被踹的屁股，忙不迭地下水跟上。

對岸劫匪這會兒才注意到對岸有人，不僅有人，那人還下水想要救老頭兒，他們臉色瞬間就是一綠。

「你們最好不要多管閒事！」

「路見不平拔刀相助，怎能算是多管閒事？」封景安反駁了一句，便不再搭理對岸劫匪，一雙眼黏在舒燕身上，時刻注意著舒燕的狀況。

對岸劫匪還想張嘴恐嚇，不想左側突然又冒出一波人來，人數足足有他們一倍之多。

劫匪毫不猶豫地轉身逃離。「撤！」

水裡的劫匪眼睜睜看著自家老大扭頭就跑了，不由得心裡罵娘，但也不敢多耽擱，忙不迭地上岸，緊跟著也逃。

有動作比較慢的，還被來福咬住了褲腿，一時不能脫身。

舒燕沒管逃走的那些人，她游到老人身邊，使出全身氣力，拽著他的一條胳膊往岸上拖。可老人再如何，那也是個成年男人，光是憑舒燕一人，想將他拽上岸，根本就很難，幸好在她快要堅持不住時，小裡趕到，搭了把手。

兩人合力，總算是將老人成功的拽上了岸。

他雙眼緊閉，似是沒了意識，舒燕氣息都未喘勻，轉手就開始壓老人的胸膛進行急救。

自然，只是幫忙老人將水吐出，沒用上「渡氣」。

「死狗！鬆開！」劫匪不想老頭兒被救回來後，自己落得個被捕的下場，當即咬牙，蹲下隨手撈了一塊石頭，狠狠地朝咬著他不放的狗腦袋砸了過去。

來福發出痛苦的慘叫，吃痛地鬆開了劫匪，劫匪乘機拔腿就跑。

宋子辰作夢都沒想到，自己以為非常周全的計畫竟然會出現紕漏！這到底是從哪裡冒出來搶功的玩意兒？

「咳咳！」聞子珩猛地咳了幾聲，把先前灌進去的水吐了出來，爾後睜開了雙眼。入目就是一個冷著小臉的小姑娘，思及方才發生的事情，即便小姑娘現在冷著臉，可聞子珩卻是覺得心中一暖。

「多謝妳救了老夫。」如果沒有這個小姑娘，他現在肯定是落在那些人的手裡，被折磨得生不如死了。

舒燕鬆了口氣，脫力地癱坐在地，擺了擺手。「不用謝，救你不是我一個人的功勞。」

「不管是不是，妳都當得起老夫的一聲謝。」聞子珩心中清楚，他們其實可以不管他的死活，但他們沒有，這就值得他感謝。更何況，他是真的因為她撿回了一條命。

「聞先生，您沒事吧？」宋子辰看著聞子珩，眼中是真情意切的擔憂，他伸手想要將聞子珩從地上扶起來。

聞子珩眉頭一皺，避開了宋子辰伸過來的手。「老夫若是有事，你還能有機會問老夫這個問題嗎？」

「學生只是擔心先生。」宋子辰臉色一僵，落空的手不得不尷尬地收回。

聞子珩冷哼了聲，對宋子辰口中所言的擔憂不予置評，反而和善地對小姑娘問：「小姑娘，妳叫什麼名字？」

「舒燕。」舒燕眨了眨眼。那人方才叫這老人聞先生？他難道跟景安曾經說過的聞子珩有什麼關係不成？

聞子珩昧著良心誇獎。「燕者，益鳥也，好名字！」

舒燕的表情僵硬。他大可不必硬要誇，她知道自己的名字真的談不上好聽，更談不上是好名字。

宋子辰笑著看向舒燕。「要沒有舒姑娘搭救，聞先生就危險了，真是多謝姑娘了。」

第二十三章　竹籃打水

「我又不是救你，你為什麼要跟我道謝？」舒燕疑惑地歪了歪頭，目光古怪地看著宋子辰。她怎麼覺得這人臉上的笑這麼的不舒服呢？

宋子辰笑意有那麼一瞬間停滯，不過很快他就調整了過來，擺手對隨侍小廝下令道：「全陽，去取塊毯子來，別讓舒姑娘著涼了。」

「誒！」全陽領命轉身欲走。

「不用了，宋大少爺的東西，我們可消受不起。」封景安說著，將自己手上捧著的毯子往舒燕的身上一裹，便將舒燕打橫抱了起來。

舒燕反射性地抬手摟住封景安的脖子，滿臉迷糊。

眾人的目光一下子就全都落到了封景安的身上，他們方才注意力都在聞先生的身上，倒是未曾注意到除了他們之外還有旁人。

「我們走。」封景安抱著舒燕轉身就走，從頭到尾都沒多看聞子珩一眼，彷彿這裡沒有聞子珩的存在似的。

齊球球傻傻地跟上，走出幾步後才堪堪反應過來不對。

那可是聞子珩！景安不說乘機跟他套交情，怎麼還說走就走呢？

「景安！」

「哎，你別走那麼快，等等老夫！」聞子珩拖著自己的老骨頭，一步三挪艱難地要跟上封景安。

齊球球本來想勸封景安別走的話瞬間噓了回去。

他好像有那麼一點兒理解封景安如此作為的用意了？這當世的大學士，即便他如今不在朝堂中，但脾性等等方面卻也不會因此而有任何的改變，這就意味著他們不能以常理來看他。

如果景安以舒燕對聞子珩的救命之恩來跟聞子珩拉關係，定會直接惹聞子珩對景安產生厭惡感，那麼聞子珩對舒燕的救命之恩便不會再是全心全意的感激。

偷雞不成蝕把米，正是這個道理。

「聞先生，他都不搭理您，還是讓學生送您回去吧？」宋子辰心中暗恨，面上卻一副擔心地追上了聞子珩，伸手作勢要扶住聞子珩。

聞子珩不耐煩地一掌拍開宋子辰伸過來的手。「讓開！」

這人對他這樣的態度所圖為何他很清楚，而恰好他最討厭的就是宋子辰這樣虛偽的人。

「哎喲！」眼見著自己追不上前頭的人，他索性故作撐不住，一屁股摔坐在地上。

宋子辰伸出的手，再次落空，臉上的神情瞬間繃不住，爬上了幾分羞惱。

該死！

舒燕伸手戳了戳封景安。「那什麼，我好不容易救上來的人，他還是個歲數大了的老人，咱們要懂得尊老愛幼。」

「好。」封景安垂眸看了懷裡的舒燕一眼，二話不說立即聽話地轉身往回走。

見狀，齊球球懷疑景安就在等著舒燕這句話，好讓自己有臺階往回走，並且有證據。

聞子珩看見封景安抱著舒燕走了回來，眸中登時閃過幾分欣慰。嗯，他果然沒看錯人，那就是個嘴硬心軟的小子！

「我一把年紀落水，腿腳發軟，怕是不能自己走了。」言罷，聞子珩希冀地看著封景安。

他什麼意思已經擺得很明顯了，其他人看封景安的目光頓時變得微妙了起來，而站在一旁的宋子辰則是直接綠了臉。

這算什麼？自己剛才所獻的殷勤，聞子珩都眼瞎了沒看見嗎？

「景安，你放我下來，我可以自己走，你揹老人家吧。」舒燕聞弦知雅意，微微掙扎示意封景安把她放下。

封景安抿唇，收緊了抱著舒燕的雙手，警告。「別亂動！」

不是，她不下來，誰管聞子珩？

舒燕沒搞懂他是什麼意思，盯著他的臉直瞧。

「球球，你去扶著。」封景安繃著臉，使了個眼色給齊球球。

齊球球傻眼，不由自主地反手指了指自己，發出來自靈魂的質問。「我？」

「嗯，就是你，小胖子，你愣著幹麼？還不快過來把老夫扶起來。」聞子珩笑咪咪地向齊球球伸手，態度不知比對宋子辰好多少。

宋子辰臉色更加不好了。聞子珩是不是瘋了？

「是是是！」齊球球受寵若驚，忙不迭地抬腳過去，小心翼翼地伸手將聞子珩扶了起來。

「姊姊，來福、來福牠沒了。」舒盛哭喪著臉，終於忍不住出聲。他是個懂事的孩子，知道此時此刻不該開口，可是他眼睜睜看著來福沒了動靜，實在是接受不了。

舒燕一怔，這才想起來福方才為了拖住劫匪，被劫匪一石頭砸了狗頭，臉色瞬間一變，早在她解開來福繩子的那一刻，她就知道來福對上那些心狠手辣的劫匪，可能會有危險。

如今果然出事，她一時間也不知道該怎麼安慰舒盛好。

「來福是隻好狗，牠不是沒了，只是去了另外一個更好的地方生活。」聞子珩慈愛地看著舒盛。「我們挖坑埋了牠，讓牠入土為安可好？」

舒盛想了想，雖然還是很傷心，但他覺得這個老爺爺說得沒錯，便點頭答應。「好。」

「聞先生，挖坑一事交給我們，您還是趕緊將身上的濕衣裳換下吧，別著涼染上風寒了。」其他人聰明地說完就開始動手，絲毫不給聞子珩拒絕的機會。

聞子珩心安理得地接受了他們的好意，並不悅地看了宋子辰一眼。「你不去幫忙嗎？」

讓他堂堂宋家大少爺，去幫一隻畜生挖坑？是聞子珩瘋了，還是他瘋了？

宋子辰極為勉強地笑了笑，委婉拒絕。「聞先生，只是挖一個坑罷了，用不著那麼多人。」

「你無非就是覺得一隻狗而已，當不得你宋大少爺屈尊去給牠挖坑安葬罷了，何必推說挖個坑用不著那麼多人呢？」聞子珩抬手指了指其他挖坑挖得正起勁的學生。「你看他們，可曾輕賤過牠只是一隻狗？有時候有些人，還不如一隻狗。」

這話說的，明裡暗裡可不都是在隱隱罵他連狗都不如？

宋子辰臉上那點本就勉強的笑意徹底掛不住了，卻還是忍著火氣解釋。「聞先生，我從未輕賤牠是一隻狗，您誤會了。」

要不是礙著他曾經是內閣大學士的身分，他宋子辰會明明心中惱怒得不行，還要忍著、壓著自己的脾氣嗎？等著吧，總有一天，他會站在比聞子珩更高的位置，將他死死踩在腳底下！

「隨你怎麼說，老夫只相信眼前所看到的。」聞子珩收回手，不再搭理宋子辰，轉而殷切地看向封景安問：「老夫此番遭難實屬意外，沒有準備合適的換洗衣物，不知你可否借老夫一身衣裳，姑且穿著？」

封景安眉梢一動，還未開口，齊球球就看出他的不願，當即搶先開口，替封景安應下來。「可以可以，他非常樂意，聞先生，我扶您去換！」

慘遭被答應的封景安只能保持沈默。

「老人家身上的濕衣裳確實是得換，呵呵，沒事，咱們以後再做新的。」舒燕拚命給封景安使眼色，就怕封景安說出什麼得罪人的話來。

封景安抿唇不言，算是無聲答應了這件事情。

舒燕與齊球球二人不約而同地鬆了口氣，還好沒說出反對，或者是別的不該說的話。

見四人越走越遠，很快就到了對岸停著的馬車旁。

宋子辰攥緊雙拳，冷哼了聲，拂袖轉身加入挖坑隊伍中去。

能屈能伸，忍一時屈辱，總有一天他能得到自己想要的，再把今日屈辱悉數奉還！

「呃，宋兄，你大可不必……」素日與宋子辰關係較好的林陌玨想勸，不想話還未說完，他就被宋子辰的一記冰冷瞪視驚得斷了話語。

這個宋子辰，怎麼跟他平日裡認識的不太一樣了？

宋子辰看出林陌玨似乎有點被自己嚇著，才想到這個人對自己還有用，趕忙將眼中冰冷收斂，故作頭疼地扶額。「抱歉，陌玨，我就是有點被氣著了。聞先生他……算了，聞先生說得對，我不該跟他頂嘴。」

林陌玨擰眉，總覺得這話哪兒不太對，可細想又想不出來，只好暫且放下疑惑，繼續挖坑。

然而，他們身邊本就沒有趁手的工具，即便是努力加速了，實際速度其實也沒快到哪裡去。兩刻鐘過去，眾人才總算是使用自己手中的簡陋工具，類似折斷的樹枝等，挖出了一個差不多能裝下來福的坑。

與此同時，舒燕和聞子珩也各自換好了衣裳，不放心地返回來查看。

「坑挖好了，可以把來福抱過來了。」舒盛忙不迭地拔腿跑到來福身邊，將來福吃力地抱了起來。

了。

其他人見舒盛實在是抱得吃力，就走過去想要幫忙，可他們卻全都被舒盛禮貌的拒絕了。

舒盛足足花了半刻鐘的時間，才將來福成功地從本就離坑不遠的地方抱到坑中安放好，完了也不讓其他人插手，自己親自給來福放上土。

聞子珩一直耐心看著沒開口，眾人即便是看得著急，也不敢造次。

又一刻鐘過去，舒盛終於靠自己的雙手將來福入土，原先的平地鼓起了一個小包。

舒燕這才走過去，蹲在舒盛身邊，抬手撫了撫舒盛的腦袋。「好啦，有小盛的真心，來福在另一個世界肯定會過得很好的。」

「真的嗎？」舒盛雖然知道這是姊姊在安慰自己，但他還是忍不住想要相信。

舒燕毫不猶豫地點頭。「當然是真的，姊姊什麼時候騙過你？」

「……姊姊，上次後山。」舒盛為難地對手指，剛剛營造出來的溫馨氛圍瞬間消失無蹤。

舒燕唇角一抽，面上登時有些掛不住，只能強撐著勸慰。「咳，那不重要，連老爺爺都說來福會在另一個地方過得很好，那就是真的。

「差不多了，你也去換身衣裳，來福可不喜歡你髒兮兮的樣子。」

「好的。」舒盛乖巧地點頭，最後叨叨著跟來福道別後，轉身往馬車所在跑過去。

舒燕起身對著方才幫忙挖坑的眾人福身。「多謝諸位的善心之舉，煩勞了。」

「不用謝，應該的。」眾人連連擺手，避開舒燕福身的方向。

他們的注意力都在舒燕的身上，也就沒注意到舒燕福身的方向其實有所講究，唯有當事人宋子辰敏銳的發現了其中端倪。

這女人福身的方向看似囊括了所有人，可實際上，根本就沒將他算在內！

宋子辰垂眸，掩蓋起他眼中不由自主爬上的陰鷙。

「時辰不早了，大家也都準備準備回程吧。」聞子珩瞥了宋子辰一眼。「別多耽擱也別落單，省得被盯上了，那可不像老夫這麼好運，還能遇上好心人搭救。」

眾人面面相覷，思及方才凶險，皆是不約而同地打了個寒顫，哪還會拒絕，自是乖乖地點頭應了。

見他們聽話，聞子珩滿意地點了點頭，緊接著就不再管他們，慈愛地看向舒燕，發出離開邀請。「燕丫頭啊，咱們也走吧？」

「……您不跟他們一起嗎？」

「不跟，他們哪有你們好！難道，妳不願捎上我這個老頭子？」聞子珩臉色一變，一副失望難過的樣子，變臉之快堪稱飛速。

被嫌棄的眾人一句話都不敢說，宋子辰更是明智的沒有插話，以免讓聞子珩對他更有厭惡感。

舒燕扶額頭疼。「我沒有那個意思，但是……」

「沒有那個意思就對了，『但是』就不需要了，走！」聞子珩徑直伸手拉住舒燕的手，帶著她往馬車方向走。

舒燕未說完的話只能夭折，她甚至都可以想像得到，封景安看見聞子珩又回去了的臉色。

果然，等他們走到馬車邊上，封景安看見聞子珩的瞬間，臉色就是一沈。

齊球球訕笑著拉住封景安，低聲提醒。「聞子珩，聞子珩，那是聞子珩！」

封景安白了齊球球一眼，率先上了馬車。

「呵呵，那什麼，聞先生，您請。」齊球球上前扶住聞子珩。

聞子珩讚賞地對齊球球笑了笑，借著他的力，麻溜地上了馬車。

隨後，舒燕把舒盛抱上馬車，跟了進去。

齊球球自覺在外頭跟車夫一人占據一邊，並在心中暗暗下決定，下次他準備馬車，定要準備一輛比這個大的。

車夫將馬車趕了起來，不多時便行駛出了一段距離。

眾人收回遙望馬車的目光，結伴往回走，宋子辰沒動，他們竟也裝作沒發現。

「子辰，我們也走吧。」林陌玨無法解釋他們不管宋子辰的行為，只能自己顧及宋子辰。

宋子辰勉強笑了笑，拒絕。「林兄你先走吧，我想自己一個人待會兒，放心，我帶了小廝，不會有事的。」

「這，好吧……那你也別待太久了。」林陌玨本還想勸，只是思及方才的事，到底還是壓住了相勸的心思。

也許此時此刻，讓宋子辰一人單獨想想會好一些。

很快，湖邊就只剩下宋子辰跟他的小廝。

宋子辰沒動靜，全陽不由得屏住了呼吸，他總覺得接下來會發生什麼可怕的事情。

半個時辰過去，確定不會有人返回查看了，差點站成一根木樁子的宋子辰動了。

「挖了，一隻畜生罷了，不配入土為安這個詞。」

合泰州。

封景安等人的馬車駛入，眾人耳邊瞬間響起了各種熱鬧的聲音，舒盛也許是想轉移來福過世的哀傷，加上年紀小、好奇心重，掀開簾子往外看。

青石街兩旁很多擺攤的小攤販，他們努力向所有人推銷著自己攤位上賣的東西，一派熱鬧繁華的樣子。

舒盛哪裡見過此等景象，很快就被吸引住目光，若不是這會兒身在馬車上，他都想湊過去看看了。

「呵呵，這還不是最熱鬧的時候呢，你們來得巧，再過幾日，就是花燈節，屆時整條街都會擺上各家各戶做出來的、他們認為最好看的花燈。在這些花燈上，你可以選擇自己喜歡的，然後在上頭寫下自己的願望，傳言寫下的願望會被實現，至於是不是真的，老夫就不知道了。」

聞子珩笑呵呵，半點不在意舒盛如此撩簾往外看不合規矩，甚至言語間，竟還有點向舒盛推薦幾日後花燈節的意思。整個人和善得彷彿不是傳聞中最刻板重規矩的內閣大學士，而是一個想向自家小孫子展示好東西以求誇獎的老人家。

小孩子心性的舒盛果然立刻被吸引了注意，扭頭眼睛發亮地盯住聞子珩。「老爺爺，你說的都是真的嗎？」

第二十四章 小乞丐

「當然是真的，我從不騙人。」聞子珩自覺鋪墊得差不多，正想要接著說出自己真正的目的，不想馬車突然間就是一個顛簸，他想說的話便沒能說出口。

一時間，惱意上來，他極為不悅地質問道：「怎麼回事？」

差一點，就差一點，他就可以順著提出自己的目的了，哪個不長眼的壞他好事？

齊球球看著突然就出現、擋在馬車前進方向上的乞丐傻了眼，他也想問怎麼回事，這人莫名其妙地就冒出來擋路，圖什麼呢？

「這人慘了慘了，要被那小乞丐訛上了！」路上的行人議論紛紛著。

小乞丐抿了抿唇，往地上一躺，隨便捂了處地方，哼哼唧唧地開始嚎。「哎喲，疼死我了，你要賠！」

齊球球氣笑了。「我們的馬車可沒碰到你，這麼多人都看見了，你竟然還想訛我們？」

「我不管，我說你們撞到我，那就是撞到了，你要是不賠我銀子，我就去找聞老先生告狀，聞老先生最是公正了，相信他一定會替我做主！」

「聞老先生？」齊球球面色古怪。哦喲，大水沖了龍王廟，這要告狀的人，難道聽不出方才最先出現的聲音就是聞子珩？

小乞丐以為他是怕了，頓時得意地挑眉。「怕了吧？怕了就趕緊掏銀子！」

「如此熟練的威脅，看來平日裡沒少借著聞老先生的名頭，你這樣做，聞老先生知道嗎？」齊球球沒別的意思，純粹就是好奇。

小乞丐髒兮兮的小臉瞬間一變，咬牙切齒。「要你管！趕緊把銀子賠給我！」

「不給，我就不給，我告訴你，聞老先生此時……」可就坐在我的馬車上！

「球球，拿五塊碎銀子給他。」封景安開口打斷了他的話。

齊球球一臉茫然。不是，這是為什麼？

「聽到了嗎？你家主子都說給了，快點，掏銀子！」小乞丐眼睛一亮，想也不想地把胖子那未完的半句話拋到腦後，朝胖子伸出了手，滿心就只有銀子。

齊球球見他那財迷的樣子，唇角一抽。「主子？那是我朋友！」

「這跟我又沒有關係，快點，銀子，給我！」小乞丐要不是怕被打，早就耐不住性子衝上去，直接從齊球球的身上搜刮他想要的銀子了。

齊球球沒好氣地翻了個白眼，雖然他不明白封景安為什麼突然打斷他，還說出這樣的話來。但他相信封景安，即便心中不願，也肉疼地從身上摸出了五塊碎銀，扔給小乞丐。

碎銀落到地上，小乞丐一數。確實有五塊！

「你要的已經給你了，現在快點給爺讓開！」齊球球抬手指了指旁邊。

小乞丐沒好氣地翻了個白眼，伸手將五塊碎銀收好之後，才風兒似地轉身跑走。只見他兩條小短腿倒騰得飛快，轉眼間就跑出了眾人的視線之外，再也不見蹤影。

「景安是怎麼想的，為什麼要給那小乞丐五塊碎銀那麼多？」齊球球嘀嘀咕咕，聲音不大不小，就剛好是自己能聽見的大小。

這個問題，不只齊球球好奇，給銀子並不是自己本意的封景安和舒家姊弟也很好奇。

聞子珩長嘆了聲，道：「那是個苦命的孩子，我能幫就儘量幫吧，他不是每天都會這般出來攔人要銀子，只有實在撐不住的時候出來。」

「三五不時的就撐不住的那種撐不住嗎？」封景安不是想抬槓，是聽路人的反應，那小乞丐出現攔人要銀子的行為顯然已經司空見慣，根本就不像是偶爾撐不住才出來這樣做的樣子。

聞子珩一噎，他仔細想了想，驚詫地發現還真就是這樣，登時無言以對。

「他還是借著你的名頭威脅他人必須給他足夠的銀子，恕我直言，長此以往下去，但凡他犯事，聞老先生您也別想獨善其身。」封景安一點兒也不希望，好好的一代內閣大學士，晚年名聲不保。

他們來合泰州，就是為了聞子珩這個人來的，聞子珩要是染上了污名，那他們冒著被宋子辰針對的風險來合泰州還有什麼意義？

聞子珩否認不了封景安言之有理，第一次開始反思，自己對那孩子的縱容是不是太過了。

「好了好了，那小孩這不是還沒犯什麼事嗎？從今天起，不再縱容他就好。」氣氛過於僵持，舒燕忙不迭打圓場，將話題引到其他地方上去。「聞老先生，你家在何處？我們先送你回去。」

聞子珩回神，想起自己剛才被打斷的意圖，又一次蠢蠢欲動想開口，但又怕自己過於熱情，被他們懷疑用心，便久久沒有回答。

「聞老先生？」舒燕不解地看著聞子珩。

他不回答，是什麼意思？難道蹭他們的馬車回到合泰州不算，還要跟著他們回去？問題是，他們在合泰州的落腳處，是齊球球早前先一步過來租下的便宜小院，簡陋著呢，連整理都沒整理，哪好意思讓聞子珩這般人物跟過去？

「聞老先生若是不方便告知，那就讓球球尋個地方停車，您自己回去便是。」封景安說著作勢就要讓齊球球找地方停車。

「不必，老夫家在何處，沒什麼不能見人的，你讓車夫往南邊走，盡頭那幢最不起眼的院子就是了。丫頭，我這條老命，是被妳所救，無論如何，請妳務必賞臉，給我一個跟妳正式道謝的機會。」

他想來想去，還是覺得搬出救命之恩來最合適。有這個救命之恩在，他想邀請他們過府，理由就很正當，也不會惹來任何的懷疑。

舒燕眸光閃了閃，半開玩笑半認真地問：「聞老先生打算怎麼跟我道謝？瞧先前那群學子對您的恭敬，想來您一定是學識過人，不如您收小盛為學生怎麼樣？」

「不成不成。」聞子珩想都不想地擺手拒絕。「老夫收學生，那可是有講究的，哪能隨便？換一個，老夫親自下廚給妳做一桌子美味佳餚感謝妳好不好？」

舒燕滿眼遺憾。「您真的不再考慮一下嗎？小盛很聰明的。」

「聰明靠嘴說是沒有可信度的。」聞子珩雖然還挺喜歡舒盛這個小孩，但原則上的問題，他還是很堅持。當然，他也沒有把話說死。「要不這樣，小盛若能通過老夫給出的考驗，老夫就收下他這個學生。」

舒燕沒想到聞子珩還真會給機會，登時就厚著臉皮，忍不住得寸進尺。「一個也是考，兩個也是考，您看，不如三個一起考了怎麼樣？」

馬車內瞬間迎來了此起彼伏的咳嗽聲，皆是被舒燕大膽的言論嚇出來的。

封景安錯愕不已地瞪眼瞧舒燕，他萬萬沒想到這事，舒燕還捎帶上了自己跟球球，聞子珩堂堂大學士，卻因為一個救命之恩，被迫給三個人出題考驗……挾恩以求，將聞子珩惹惱了，他們全得被趕出合泰州！

「不可胡鬧！」封景安出言阻止。

舒燕無辜眨了眨眼。「我哪兒胡鬧了？不是聞老先生自己說，可以給小盛出一個考驗，小盛過了就收他為學生？聞老先生覺得如何？」

「哼！小丫頭的胃口倒是不小，就不怕吃不下嗎？」聞子珩被舒燕的厚臉皮氣笑了。這麼多年來，還從沒人敢這麼對他說呢！諸如宋子辰之流，到了他的面前，也都得夾著尾巴做人。小丫頭以為憑藉對他的救命之恩，就可以對他獅子大開口嗎？

「老夫不是那等知恩不報的白眼狼，但也不是可以任妳宰割的冤大頭，成為老夫的學生只能有一個名額，你們自己選一個來接受老夫的考驗。」

聞子珩說完，馬車剛好停下，他立即抬腳下馬車，不給幾人出言挽留的機會。

「哎，他怎麼看著氣呼呼的走了？」齊球球茫然地眨了眨眼，他們在馬車裡到底是說了什麼？他只聽到了什麼一個、兩個，旁的沒聽太清楚。

封景安閉了閉眼，未答，舒燕如此獅子大開口一提，倒也不全是壞處。

若是燕兒手裡握著對聞子珩的救命之恩，卻始終不向聞子珩索要任何實際的好處，聞子珩怕是會覺得她一直不提，是想要以後圖謀更大的東西！如此一來，舒燕對聞子珩的救命之恩，就猶如一把懸在聞子珩頭上的刀，隨時可以落下來要了聞子珩的小命。聞子珩要還能心無芥蒂地收他們幾個為學生才怪了，只怕是今後都恨不得繞著他們走！

相反的，舒燕一開始就把圖謀明明白白地向聞子珩展現出來，聞子珩反倒不會覺得他們不懷好意。聞子珩方才雖然看著生氣，但最後也沒有收回給出的可以收他們其中一個為學生的承諾，就是最好的證明。

久等不來封景安回答，齊球球心大地把疑問拋到一邊，決定之後再找機會問。

兩刻鐘後，馬車停在了一間看起來有些破舊的小院前。

「我們到了，都下車吧！」齊球球率先跳下馬車，掏出鑰匙上前，打開院門上的鎖，將門推開。

下一刻，猝不及防地，就跟院子裡頭正拿著一隻燒雞在啃的小乞丐對上了眼。

小乞丐兩眼發懵地瞪著齊球球那熟悉的龐大身軀，連燒雞都忘了啃。

這人怎麼會出現在這裡？

「你怎麼進來的？」齊球球回神的第一時間，便是大步流星地衝進去，動手將本不該出現在這裡的小乞丐提了起來。動作間，小乞丐手上剛啃了一半的燒雞不慎脫手，落到了地上，不能再吃了。

「我的燒雞！」小乞丐心疼得紅了眼。「你賠我的燒雞！」

齊球球冷笑。「賠？你還沒回答小爺，你是怎麼進來這個地方的呢，哪來的臉叫嚷著讓小爺賠？爺告訴你，這兒是我的地盤，未經允許闖入，我是可以將你送官的！」

「你有什麼證據證明這是你的地盤？我來這裡的時候，這裡根本就沒人！」小乞丐面上理直氣壯地瞪著齊球球，實則心裡慌得恨不得自己今天沒來過這裡。

他一向是討要到了銀子，就找一個相對安全的地方躲起來好好享受，畢竟他還是小孩，爭不過別的大乞丐。他們要是想搶他手裡的銀子，他是一點辦法都沒有的。以前他都沒出過意外，哪承想這次就碰上鐵板，陰溝裡翻船了？

「你快點放我下來！」

「你叫什麼名字？家在何處？為何會淪為乞丐，你的家人們都不管你的嗎？」舒燕邁步靠近，這些是她感到好奇的所有問題，聞子珩沒告訴他們，她只能直接問這個孩子了。

小乞丐似是被勾起了什麼不美好的記憶，他色厲內荏地瞪了舒燕一眼。「關妳什麼事！說這麼多，你們不就是想要回銀子嗎？我還給你們就是！」

說罷，他從懷裡掏出銀子往舒燕的腳下扔了過去，隨後扭頭一口咬在了齊球球手上。

齊球球吃痛地鬆了些力道，小乞丐乘機掙扎著從齊球球手中掙脫，一溜煙往離他最近的圍牆跑去，一看就是想翻牆逃走的架勢。

小院的圍牆不算很高，但對小乞丐而言，絕對算是高的，所以當著舒燕等人的面就往牆上爬，是很冒險的一件事情。

但凡他們有人過來阻止，他就沒可能翻出去。

可他更不想就此受制於人，與其被他們困在這裡問東問西，還不如冒險。

他使出渾身解數，跳起來企圖扒住牆頭，然後翻出去。

「球球，把他弄下來，綁了。」舒燕一手扶額，一手擺了擺。

齊球球齜牙咧嘴地甩了甩被咬的手，立即大步走過去，將一心往牆上爬的小乞丐拉了下來。

這時，舒盛迎著齊球球跑了過去，將他趁著他們說話時找出來的繩子遞給齊球球。「喏，給你。」

齊球球接過繩子，麻利地將小乞丐綁了。

「啊，混蛋，你怎麼能綁我？快給我解開繩子！」小乞丐猙獰著小臉咆哮。

他差一點就可以翻上去了！都是這個死胖子的錯，他都這麼胖了，為什麼速度還是這麼快？

齊球球沒好氣地白了小乞丐一眼。「我剛給你綁上，你就要求我給你解開，是傻子才給你解開呢！」

「你！」小乞丐用力掙扎了一下，結果發現自己身上的繩子綁得非常緊，他的掙扎只會讓自己受罪，而不能讓繩子鬆開，登時心中更氣了。

齊球球極為欠揍地抬手在小乞丐髒兮兮的臉上輕拍了拍。「你啊，不把我們想知道的事告訴我們，這繩子是永遠都不會給你解開的。」

小乞丐氣得綠了臉色，目光不善地瞪著幾人。「我不過是訛了你們點銀子罷了，你們幹麼非得執著知道我是誰？反正我的事與你們無關，不管你們怎麼問，我都不會告訴你們的！」

「成，那你就先這樣待著吧。哦對了，你叫什麼名字，這總可以告訴我們吧？不然我們可就一直小乞丐、小乞丐的喊你了。」舒燕也不逼他。

只要名字說了，她還怕這小子不把其他的說出來嗎？

雖然他現在是個乞丐樣，但讓人張口閉口就喊自己小乞丐，他還是不樂意的，可要說出名字吧，他又覺得先前的拒絕都白費了，索性直接閉嘴不言。

舒燕久等不來小乞丐開口，無可奈何地嘀咕。「名字也不肯說，要不乾脆讓景安替你取個字姑且叫著算了，一直叫小乞丐也不好聽。」

「我不要！」小乞丐看幾人的目光更加不善了。這些人強行將他綁了，竟還妄想替他取字？

舒燕挑眉逗他。「為什麼不要？取個字姑且叫著，可比一直叫你小乞丐好聽多了，我家景安還從沒……」

「砰！」突然一聲巨響，打斷了舒燕，引得眾人不由得抬眸循聲望去。

只見，原先好好關起來的院門被人從外面踹開來，門板掛在門框上搖搖欲墜，巨響正是由此發出。

宋子辰帶著家僕，趾高氣揚地走進來，目光極為不屑地掃了圈眼前這個不大的小院。

「我說封景安，到底是誰給了你勇氣，讓你膽敢來到我也在的地方？還有，胖子，你斷腿的滋味難道是還沒嘗夠嗎？時隔多年，你又好了傷疤忘了疼地跟在封景安身邊，就不怕哪天把你整個齊家搭進去？」

第二十五章 來得巧

「宋子辰，你這些年吃的都是屎吧？不然為何出口就是一股臭不可聞的味道呢？」齊球球眸光一冷。

他那個時候受傷，果然有宋子辰的手筆！

宋子辰！小乞丐忙不迭地垂眸，掩去自己眼中無法藏住的怨恨。

「滾！」封景安不需要告訴宋子辰他為什麼有勇氣，更不需要給宋子辰留任何的面子，這裡是合泰州，不是他們那個無人可幫他伸冤的小鎮。

宋子辰接連被兩人下面子，頓時黑了臉，眸底劃過一絲陰鷙。「好，很好，既然你們不要我大發慈悲給你們留生路，那就怪不得我對你們不客氣了！」

言罷，他抬手揮了揮，示意家僕上前拿人。無論如何，在合泰州，他絕對不允許封景安有任何能爬到他頭上的機會！

「誰再敢上前一步，我就一掃帚送誰！」舒燕冷著臉，將手上拿著的掃帚狠狠地揮向最先衝上來的人。

宋家家僕未曾想到這裡會有人膽敢跟他們對著幹，一時不防，被舒燕手中掃帚打了個正著。

「啊！」被打中的人只覺臉上一疼，忍不住吃痛地慘叫了一聲。

其他人見狀，登時一怒，紛紛目光不善地鎖定舒燕。「妳、找、死！」

「呵！你們敢動我一下試試！」舒燕毫不畏懼地瞪了回去，緊接著越過他們，盯住在他們身後的宋子辰。「我可是聞老先生的救命恩人，你不會忘了自己的親眼所見吧！」

這話一出，讓宋子辰臉色一綠。

原本只要他成了聞子珩的救命恩人，聞子珩即便是再不喜他，為了報恩，他也只能收自己為學生，可這一切，都被這個女人毀了！如今，她竟還敢拿這個身分來壓他？

「哼！那又如何？他現在可不在這裡，救不了你們！還不快給本公子上！」宋子辰眸底劃過一絲瘋狂，等聞子珩知道的時候，人死都死了，沒人有證據證明是他做的。

眾家僕聽令，頓時凶神惡煞地逼近他們。

封景安下意識地上前，想要將舒燕擋在自己的身後，跟宋子辰有仇怨的是他，他不能讓舒燕因為自己而受傷。

「聞老先生可是說，要在今日於聞家府上開宴，答謝我對他的救命之恩，你猜你現在對我們動手，之後會發生什麼事？」舒燕一步不退，笑看著宋子辰，等他變臉。

封景安邁出去的步子遲疑了一瞬，最後還是收了回來。他發現，舒燕在對待這些無理之人，總會有她的一套法子。對老舒家時是，現在對宋子辰亦是。

宋子辰臉色果然變得更加難看了。「妳少騙本公子，聞老先生是什麼人，妳又是什麼人？不過是運氣好救了聞老先生一次罷了，何至於讓聞老先生這般急切地特意為妳開宴席道謝？」

如果她說的是真的，那他就徹底成為一個笑話了！

「你不信也成啊，儘管動手，看看之後，你會被聞老先生怎麼樣就知道了，敢賭嗎？」舒燕撒謊眼睛都不眨，說得跟真的似的。

齊球球若不是定力好，怕是早就忍不住笑出聲來了。這宋子辰是從小被捧著長大的，何時有人敢像舒燕這般戲耍過他？

恰好，這時門外來了一人。

當宋子辰看到來人的裝束，認出他是聞府的管家時，那張臉啊，簡直是讓人沒眼看。

聞管家目不斜視地走過宋子辰，恍若什麼也沒看到似的在舒燕面前站定。

「您是？」舒燕茫然地眨了眨眼。這人怎麼一來就往她面前湊？

聞管家笑意不變。「舒姑娘，我家老爺在府上設宴，意在答謝姑娘的救命之恩，還望姑娘賞光，隨我走一趟。」

「這樣啊，我倒是想去，不過眼下我有點麻煩沒處理好，不如煩勞您回去稟告聞老先生一聲，改日？」舒燕反應過來，登時幸災樂禍地瞥了宋子辰一眼。

沒想到聞子珩回去之後，竟然還惦記著這事，並且，他派人前來邀請的時機真的是太好了！

宋子辰簡直不知道該怎麼形容自己此時此刻的心情，偏偏聞管家的目光直接就順著舒燕的目光看過來了。

「咦，這不是宋公子嗎？您這帶著家僕前來，莫不是也要請舒姑娘過府一敘？」聞管家沒拆穿宋子辰，還給了他一個臺階下，至於宋子辰會不會領他這個情，那就隨緣了。

宋子辰控制不住自己的表情，有那麼一瞬間的猙獰，他恨不得弄死舒燕、封景安幾個人，哪會那麼好心來請他們過府一敘？

可說這話的人是聞府的管家，明眼人都能看出來這是怎麼回事，他要是不順著聞管家給的臺階下，一旦傳到聞子珩的耳朵裡，他在聞子珩那裡就徹底地失去機會了。

「聞管家說得是，不過既然聞老先生想請他們，那在下就改日再請，告辭！」宋子辰滿心憋屈不甘，面上卻還要裝作一副遺憾的模樣來，差點沒把他自己嘔死。

以至於剛一離開他們的視線之外，宋子辰就壓不住自己心中的憤怒，狠狠地朝離自己最近的家僕踹了一腳。

「該死！全都該死！」

宋子辰臉上的瘋狂令其他家僕們心中一驚，連呼吸都忍不住放輕了許多，生怕自己成為下一個被踹的倒楣鬼。

「舒姑娘，您現在應該是無事了。」聞管家笑咪咪地抬手做了個請的姿態。

舒燕眉頭皺了皺。「就我一人？」

「正是。」聞管家頷首，他家老爺確實是只讓他請舒燕一人，可半句沒提及過其他人。

舒燕下意識地抬眸看向封景安，聞子珩不應該把他們全請了嗎？救他可不是她一個人的功勞。

「聞老先生請妳，妳就去，不用擔心我，球球會安排妥當的。」封景安對舒燕笑了笑，他明白舒燕想讓他多在聞子珩面前露臉，但現在已經明確只讓舒燕一人前去的情況下，他還跟上的話，就不免讓人覺得厭惡了。

齊球球忙不迭地點頭附和。「嫂子妳放心，我一定會照顧好景安！」

「我不是那個意思……」舒燕扶額。她的意思，明明是讓大家一起去，景安也真是的，怎麼不會開口說不放心她一人前去，他必須得跟著呢？

聞管家當作沒看出來舒燕是什麼意思，只溫聲出言催促。「舒姑娘，我們不能再耽擱了，不然我們老爺該等急了。」

「那就讓他急著吧。」舒燕沒好氣地翻了個白眼。

不是她想拿喬，實在是聞子珩這事辦得不太地道。退一步說，他們都平安將他送回家了，他要感謝的話，難道不應該將他們所有人都感謝了嗎？他可倒好，單單讓管家請她一人過去，這是什麼意思？

聞管家臉色僵了僵，甚至有些懷疑自己是不是聽錯了。「舒姑娘妳……」

「行了行了，走吧。」舒燕擺手打斷聞管家，徑直抬腳往外走，她算是看出來了，只要這個管家沒鬆口說聞子珩也請了其他人，她把嘴皮子說破都沒用。

既然如此，那她還浪費那個口舌幹啥？自己去看看聞子珩的道謝是怎麼回事，免得繼續在這兒浪費時間。

見狀，聞管家也只能把未說完的話憋回去，抬腳跟上前頭的舒燕。

門外，聞府還貼心地給舒燕準備了馬車代步，舒燕自是不客氣地上去坐著了。

畢竟從這兒到聞府可遠著，兩刻鐘呢，走路多累啊？

聞管家看著馬車簾子被放下，車廂裡頭就再也沒傳出任何動靜，唇角忍不住抽了抽，他們家老爺不會是跳進誰的局裡不自知了吧？瞧這姑娘的身板，怎麼著都不像是能將老爺從水裡撈上岸的感覺。

算了，老爺這樣做自有他的道理，他只需要負責將人送到就行。

「出發吧。」

馬車緩緩動了起來，兩刻鐘後，舒燕感覺馬車停了下來，緊接著車簾就被人撩開，聞管家那張臉頓時出現在她的視線中。

「舒姑娘，我們到了，請下、小少爺，您怎麼來了？」

舒燕還沒來得及說話，一道聲音響起。

「聞叔，那個救了爺爺的姑娘接到了嗎？」來人是聞子珩的孫子聞杭，他不疾不徐地自聞府中走出來，臉上帶著和煦的笑容，似是很期待看到自家爺爺的救命恩人。

聞管家笑答。「回小少爺，接到了，人就在車上呢！」

舒燕突然間就不是那麼想下車了，不知道為什麼，她莫名覺得這位小少爺親自出門相迎的作為裡透著古怪。

「是嗎？那還不快請她下車？爺爺已經在正院裡等著她了。」聞杭走到離馬車還有三步之遙的地方停下，沒有再上前。

聞管家頷首，扭頭回去繼續邀請。「舒姑娘，請下車。」

「……好的。」舒燕無奈地打消不下車的念頭，動身下車，到都到了，她不下去也不合適。

不多時，舒燕便下馬車站到了實地上，看見了聞管家口中的那位小少爺。

聞小少爺看著跟封景安差不多一般的年紀，他身姿挺拔，長得還不錯。

這就是爺爺口中所說的那位救了他一命的小姑娘？

聞杭不動聲色地打量了舒燕一眼，並認為自己先前的猜想並沒有錯，爺爺一定是出外的時候，被人算計了。瞧她的身板，哪能是將爺爺從水裡拖上岸的樣子？

「聞叔，你先下去吧，本少爺帶舒姑娘去見爺爺就好。」聞杭示意舒燕跟自己走，完全不給聞管家反對的機會。

聞管家沒意見，還對舒燕再次做了個請的姿態。「舒姑娘請。」

舒燕一時間簡直不知道該怎麼表達內心的情緒，只好板著小臉，抬腳跟上前頭的聞杭。

雖是不知道這位聞小少爺特意要求給她帶路是何居心，但她也不能就此心虛而不敢跟上去，她救了聞子珩，那是實打實的事實，誰來都不能推翻。

行至半路，聞杭突然停下腳步，轉身目光直勾勾地看著舒燕，問：「我爺爺被歹人追著，不得不跳下湖泊自救這件事情，是不是妳一手謀劃的？」

「你說什麼？我沒聽清，你再說一遍。」舒燕抬手掏了掏耳朵。

她是不是聽錯這個人開口說的話了？她一手謀劃？是在說她自導自演嗎？在此之前，她連聞子珩是誰都不知道，她是得多有毛病，才會去算計一個跟她毫不相干的老人家？

聞杭卻以為舒燕這樣的反應就是心虛了，頓時眸光一冷，想要找理由準備把她唬住。「我知道妳聽清了，麻煩妳不要裝傻。我不是我爺爺，沒有那麼好騙。」

「呵呵，看來今日這答謝宴，本姑娘在小少爺的眼裡是沒資格吃上了，也罷，本姑娘本來就不想來，告辭！」舒燕說罷，立即轉身往外走。

聞杭相信這只是舒燕一個欲擒故縱的小把戲，故而繼續冷眼看著，並沒有出言挽留，更沒有讓人攔著舒燕，不用多久，她就會自己回來。

三，二，一！舒燕果然在大門口停住了腳步，回頭看他。

「妳……」

「差點忘了說，回去告訴你爺爺，本姑娘救他的那一命，就當是本姑娘行俠仗義了，讓他就不要再惦記著什麼報恩，省得旁人誤會我是個別有居心的人。」舒燕一口氣說完，回頭踏出了聞府大門，往自家走。

早知是這樣的結果，她剛才還不如一直堅定的拒絕聞管家呢，現在倒好，坐著來，走著回，還說要報恩，這不是故意折騰她嗎？嘖！算了，那會兒她也不知道聞子珩還有這麼個孫子不是？

算了，就當是提前逛逛這合泰州吧，方才來的時候，她似乎看到不少的好東西。

聞杭眼見著舒燕的身影徹底消失在自己的視線之中，到了嘴邊卻未能說完的嘲諷哽在喉間，嚥下去不是，吐出來也不是。

她就是那麼乾脆的離開了，半點不含糊。難道，他真的把人想錯了？

正院裡，聞子珩伸長了脖子，盼啊盼啊，就在他的耐性快要耗完時，終於盼來了人，只是來人是自己的小孫子。

「你來這裡做什麼？今日的功課都做完了？」聞子珩不悅地瞪眼瞧小孫子，屬於一代大學士的氣勢毫不客氣地往小孫子的身上碾壓。

聞杭呼吸登時忍不住一滯，冷汗一下子就冒了出來，卻還不得不開口回答。「功課都做完了，但是……」

「但是什麼？」聞子珩瞧小孫子的目光爬上了幾分危險。這小子以前一做了什麼虧心事，心虛了就眼神飄忽不敢看他，莫非……

「爺爺對不起，你讓聞叔去請的人被我給說走了！」聞杭咬牙不敢停頓地把來龍去脈說了一遍，說完就垂眸等著爺爺發火。

聞子珩反應過來就被小孫子的作為氣笑了，他怒而叱罵道：「愚蠢！看事只看表面不看實質，我就是這麼教你的？」

「爺爺息怒，孫兒只是覺得事情太巧了，才想詐她一詐，誰知道她二話不說就走了。」聞杭心中這會兒雖是怕得慌，但他還是壯著膽替自己辯解。

錯了那也不能怪他啊，他只是單純地不希望爺爺上當受騙而已。

聞子珩氣得都不知道該說自己這個傻孫子什麼好了。人家本就是問心無愧面對你的質疑，難道還要浪費時間留下來跟你瞎掰扯不成？

「你給老夫回你院裡閉門思過！」足足半刻鐘後，聞子珩嫌棄地擺了擺手。「想不出來你哪兒錯了，就別出來！」

聞杭心裡的不服瞬間戰勝懼意，他委屈地看著爺爺。「孫兒也是怕爺爺你被騙了，才做此舉動，孫兒哪兒錯了？況且不是爺爺您說的，這世上沒誰會不計代價的對誰好嗎？那個姑娘的身板一看就不是能將您拖上岸的人！」

「誰跟你說救你爺爺我的，只有舒燕一人了？」聞子珩皺眉，總算是知道問題在哪兒了。難道他剛才被舒燕的獅子大開口氣得團團轉，怎麼都壓不下衝動地想要給舒燕一個小小教訓的嘀咕，叫小孫子聽到了？

聞杭傻眼。「不是爺爺你自己說的嗎？難道其中還有別人？」

「當然！不只有別人，還有一條狗呢！」聞子珩沒好氣地白了孫子一眼。「是我的錯，讓你對舒燕起了那樣的誤會。但你的那般作為，還是你的錯，明日你給我去向她道歉！」

這會兒，舒燕應當不想看到這小子，先讓舒燕緩一晚上，明日過去，她的氣應該也消得差不多了。

第二十六章 再遇

聞杭抿了抿唇。「道歉可以，但爺爺你要把事情完完整整地告訴我。」

「人被你氣走，可惜這一桌子我親自做的佳餚了，你先把這些都吃了吧，別浪費了，我會看著你吃的。」聞子珩言罷徑直動手將小孫子往桌邊摁坐下。

聞杭臉色一綠，眾所周知，他爺爺什麼都好，就是一手的廚藝能吃死人。

別看眼前這些佳餚一道道看起來非常美味，實則是真的吃進嘴裡，那就是真正的災難！他現在懷疑，爺爺讓聞叔去把那位舒姑娘請來，又自己親自下廚，是想給那位舒姑娘一個「終身難忘」的答謝宴。

哪有人感謝別人對自己的救命之恩，是在明知道自己廚藝不好的情況下，還親自動手下廚的？爺爺根本就是故意的吧？

「爺爺，請您正視您自己的廚藝好嗎？別逼你孫兒享用它們，孫兒沒這個福氣，真的。」聞杭起身想跑，吃他爺爺親手做的東西，比面對爺爺的怒火更可怕。

聞子珩臉色一冷。「敢跑出這個門，你就抄三百遍《四書》。」

三百遍《四書》？

「爺爺，您這不是要孫兒小命嗎？」聞杭哭喪著臉，不得不停下往外跑的腳步。

一個吃壞肚子，一個抄斷手，爺爺可真狠！

聞子珩不為所動。「只是難吃了些罷了，又吃不死人，你怕什麼？」

「吃不死就難吃也得吃，爺爺你這是強人所難！何況、何況……」聞杭大腦極速轉動，終於在最短的時間內靈光一閃，想到了最合適的藉口。「何況您不是讓我明日去跟舒姑娘道歉嗎？我要是吃了這些菜，明日恐怕就起不了身，連路都無法走了！」

「……好像是有那麼點道理？」

「不是好像，就是這個道理！」所以，爺爺你就放棄讓我吃這些宛若毒藥一般的菜餚吧？聞杭期盼地看著自家爺爺。

「行吧，那就每一樣吃一口。」聞子珩再三考慮之下，覺得每道菜只吃一口，對小孫子的身子應該起不到太大的影響。畢竟年輕啊，恢復得也快不是？

聞杭臉上的希冀一垮。「爺爺，你就不能死了讓我吃這些菜的心嗎？」

「不能，老夫要讓你牢牢地記住今日，往後不許再聽風就是雨！」聞子珩親自動手將筷子塞到孫子手裡。「快點吃！」

聞杭完全拿自家爺爺沒法子，只能含淚執筷開吃，一刻鐘後，儘管他已經儘量每一口都只挾了一點點，但爺爺親手做的菜，果然是沒辜負他的期望。最後一口吃完，立刻發作，他連開口抱怨的機會都沒有，就必須起身用最快的速度往茅廁而去。

聞子珩慈愛地目送小孫子離開，然後叫來管家，讓管家去請大夫備著，一個時辰後給小孫子看診。

當聞杭快拉虛脫了的時候，看見聞叔帶來的大夫，頓時忍不住紅著眼抓住聞叔的手。

「我爺爺他不是人！」

「小少爺，你若不惹老爺子，也不會落得這般下場，這大夫啊，可是老爺子讓請的。」聞叔笑呵呵地掰開小少爺的手，示意大夫上前給小少爺看診。

聞杭苦著臉，認命了。

得，都是他自作自受，若不是他將人氣走，受到這番待遇的，就將是那個誰了！

可惜，悔之晚矣。

翌日一早，聞子珩便帶著即便是吃過大夫開的藥卻臉色依舊不太好的聞杭，前去找舒燕道歉。

舒燕打開院門，看見站在門外的爺孫二人，下意識地就想關門，並且還真這麼做了。

「砰」的一聲響，門在聞子珩爺孫倆面前毫不猶豫地關上，聞子珩老臉上剛剛露出來的笑容一僵，不敢置信地瞪圓了雙眼。

他、他這是被拒之門外了？

「爺爺，人家都不想見你，我們還是回去吧。」聞杭鬆了口氣，拉著他家爺爺的手就要離開。

門已關，爺爺進不去，他不用道歉，挺好。

聞子珩沒好氣地甩開孫子的手，怒眼瞪他。「還回去？我看你就是不想道歉！」

「爺爺，不是我不想道歉，是人家關了門，這明顯就是不歡迎我們，你讓我怎麼道歉？」聞杭無奈地扶額。爺爺總不能讓他翻牆進去，跟裡面的人道歉吧？

下一刻，聞子珩打量了眼門邊院牆的高度，頓時像是想到什麼好主意似的笑了，轉頭盯住小孫子，抬手指向院牆。

「你，翻進去。」

聞杭震驚且錯愕地順著他爺爺手指的方向看去，簡直不敢相信自己的眼睛。「爺爺，你讓我翻牆？」

聞子珩很肯定地點頭。「對，你翻進去給我開門，有什麼問題？」

「問題大了！爺爺，你這叫擅闖民宅！」聞杭疾步走向爺爺，打算強行將爺爺給帶走，不然他可能就真得不顧形象的翻牆了。

院裡將耳朵貼在門板上，將聞家爺孫二人所言悉數聽進耳朵裡的舒燕下意識地抬眸看了自家院牆一眼。

不知道這個小院的主人介不介意讓她改造一下這院牆？院牆上光禿禿地啥防護也沒有，有心人想做點什麼，實在是太容易了！

「幹麼幹麼？反了你了，鬆開！你鬆開老夫，聽見沒有？」聞子珩猝不及防被孫子拉著走，老臉登時就是一黑。

聞杭頭也不回，卻苦口婆心地勸。「爺爺，咱們改日再來，這個未經主人家同意，就擅自翻牆進去不好，非常不好。」

「屁！你就是不想翻牆、不想道歉！」聞子珩大力甩手，試圖甩開孫子拉著自己的手。

沒想到，這死小子攥得極緊，愣是讓他怎麼都甩不開！

聞杭強行拉著自家爺爺走出了一段距離，結果竟不其然地迎面撞上熟人。

「呃？宋兄，你帶著家僕這般氣勢洶洶的樣子，是要去往何處？」聞杭不解地皺眉。

宋子辰笑了笑。「我是要去找故人聊聊，你跟聞老這是？」

昨日回去，怒氣過後他突然意識到不對，聞管家那會兒話裡話外都只是請舒燕一人到聞府，從頭到尾就沒有提及過封景安。

很可能封景安根本就沒入聞老的眼，故而今日他才重新帶了人前來找封景安的麻煩，不想卻又在封景安家門前，遇上了聞老跟聞杭。

難道就這麼點時間之內，舒燕就已經成功讓封景安入了聞老跟聞家人的眼不成？

宋子辰藏在袖中的雙手不自覺攥緊，極力地自我否定。

不可能的，他來合泰州這麼久，花了那麼多心思都沒讓自己入了聞老的眼，舒燕一個鄉下丫頭，怎麼可能在短時間辦到他辦不到的事情？

「宋兄？你在想什麼這麼入神？我說的話你聽見了嗎？」聞杭見自己說了半天，宋子辰半點反應都沒給，忍不住抬手在宋子辰眼前晃了晃。

宋子辰回神，習慣性地在臉上揚起一抹得體的笑容，不想下一刻，他就對上聞杭身後聞老的淡漠目光，未出口的話突然就哽住，好半晌才找回自己的聲音，努力平靜地道：「抱歉，我剛剛在想準備的禮物故人會不會喜歡，沒有聽到聞兄你說了什麼，可否請聞兄再說一遍？」

「這樣啊，那你準備的禮物呢？」聞杭目光掃了一圈，沒發現什麼疑似禮物的東西，心中不禁生出幾分疑惑。怪了，沒有帶禮物，卻要擔心禮物會不會被故人喜歡？

「哼！根本就不存在的東西，你自然看不見它。」聞子珩譏誚地從宋子辰身上收回目光，隨後趁孫子不注意，動手掰開孫子拉著自己的手，迅速地轉身抬腳，用最快的速度走回封家院門前，抬手大力敲門。

「舒丫頭快開門！」

「砰」一聲，本就沒有修繕的院門不堪重負，轟然倒塌。

舒燕站在不遠處，心有餘悸地看了眼倒下的院門。得虧她意識到不對，躲得夠快，不然這會兒她肯定被這倒塌的院門壓在下邊了！

「這、這，妳家這門怎麼如此脆弱？老夫方才並沒有用多大力氣啊？」聞子珩一臉懵，難道他到了這把年紀，力氣還是好到能將一扇好好的門敲倒下？

舒燕沒好氣地冷哼了聲，不答反問。「聞管家回去後沒告訴你，昨日你身後那一群人來找我們麻煩，將我們家的院門撞壞了的事情嗎？」

聞管家一回去就被自家小少爺打岔，緊接著就是處理各種意外，早就把這件事忘了個一乾二淨，聞子珩自然無從知曉這件事情。

如今乍然聽到，聞子珩只覺得一股怒氣上頭，頓時回頭去瞪宋子辰。

「你昨日帶人來找他們麻煩了？」

「爺爺，這其中會不會是有什麼誤會？」聞杭下意識地站在宋子辰那頭，畢竟宋子辰的樣子，並不像是會做出那樣事情來的人。

聞子珩恨鐵不成鋼地轉而白了自家孫子一眼。「我不是問你！」

「我……」

「聞兄！」宋子辰制止聞杭繼續說下去，抬腳上前了一步，抬眸直視著聞子珩，不卑不亢接著道：「我昨日確實是來過不假，但我來，是來看故人的。或許是我的方式讓她對我產生了誤會，才會認為我是來找他們麻煩，事實上，我絕無找他們麻煩之意，不信聞老您問問他們。」

宋子辰指向自家僕從。

「呵，那都是你自己人，聞老就是開口問了，得到的結果能跟你所說的不一樣？」舒燕譏誚地白了宋子辰一眼。

聞子珩贊同地點了點頭。

沒錯，這舉賢不避親，可能出來一個好官，但舉證不避嫌，那得到的只能是偽證，半點用處都沒有！別扯什麼大義滅親，這世上沒幾人能做到真正的大義滅親，更何況是這些小命都攥在宋子辰手上的家僕？出賣主子？還想不想活了？

「那妳要如何？」宋子辰面色如常，可暗地裡，後槽牙卻快要磨斷了。

若不是聞子珩在此，他何至於被逼到如此這般境地？早就讓人將她拿了，扔進窯子裡頭，任千人枕、萬人騎了！

舒燕眸底飛快地劃過一絲詭譎。「簡單，不管你是來看故人，還是來找麻煩，你昨日都嚇著了我家相公，只要你低頭跟我相公道歉，我們就既往不咎。怎麼樣？我夠通情達理了吧？」

「嫂子這通情達理四個字用得妙啊！」齊球球壞笑著用手肘戳了戳身邊跟他一起看門縫的封景安。

景安從未跟舒燕說過封家的事是宋子辰造成的，但她僅憑他們對宋子辰的態度，就能拐著彎地讓宋子辰跟景安道歉。嘖嘖嘖，他覺得很爽快呀，短期內他們無法讓宋子辰真的付出什麼代價，但提前先收點利息，也是一件好事。

封景安沒搭理齊球球，目光停留在為他要一個道歉的舒燕身上，一時間竟是無法形容自己此時此刻的心情。

宋子辰如常的臉色終於繃不住地變了。

讓他低頭跟封景安道歉？開什麼玩笑？當年他給封老頭設局，讓封老頭傷重而亡的時候都沒低頭跟誰道過歉，現在這個舒燕卻異想天開的讓他向封景安低頭道歉？

「在下未曾做錯事，為什麼要道歉？我看在我們是來自一個地方的，才想著帶家僕前來看看你們有沒有什麼需要幫忙的地方，妳倒好，空口白牙就誣衊我帶人找你們麻煩。」

這影帝般的演技，讓舒燕翻了個白眼。

「這是人能幹的事？」說罷，宋子辰一副受到莫大冤枉似的憤然轉身。「我們走！」

「哎，宋兄……」

「子寒。」聞子珩平靜地看著小孫子，這傻小子看了這麼久，竟還看不出來誰對誰錯？聞杭一噎，茫然地看向爺爺。「宋兄他並沒有說錯啊，爺爺你為什麼要打斷我？」

「你！」聞子珩氣得抬手就往孫子腦袋上敲，邊敲邊嫌棄。「當初致仕歸鄉，我怎麼就想不開帶了你這麼個腦子不開竅的？」

聞杭挨了兩下後受不了地抱頭鼠竄地躲。「別敲了，那還不是我爹不讓你帶妹妹，你不得已才選我的！再說了，你一直說不要偏聽偏信，怎麼你現在卻一昧地相信她，不相信宋兄？」

「說你不開竅，你還真就是傻！我問你，若事實真的是宋子辰所言的那個樣子，這扇門你爺爺我那麼敲幾下，能直接倒了？這必然是先前就受過極大的撞擊，方才能造成這樣的結果！你覺得一個帶人來想幫忙的人，至於這麼大力地破壞人家的門？」聞子珩住手，看都不想看自家孫子了。

聞杭細想了爺爺的話一番，加上先前宋子辰說送禮那話，最後驚悚地發現，還真就是這麼個道理，整個人登時就不好了。怪不得爺爺罵他不開竅、罵他蠢，他可不就是蠢嗎？

而看似憤然離開的宋子辰，實則腳下的步子邁得很慢，直到意識聞杭開口也幫不了他之後，才加快步子離開。

兩次找封景安麻煩都中途夭折，且一次被聞管家撞見，一次被聞子珩親眼撞見，他宋子辰哪裡還有希望拜在聞子珩門下為徒？他知道聞子珩不傻，眼裡更是容不得沙子的人。

「我不能成為聞子珩的學生，封景安他也別想！」宋子辰心底有了主意，接下來便沒有再出現在封景安面前，只讓人盯著他們，有任何異動都要來稟告他。

聞杭意識到是自己錯了之後，懊惱之餘，忍不住偷偷看了舒燕一眼。

舒燕捕捉到聞杭偷看她的目光，登時似笑非笑地問道：「聞小少爺，是又有什麼驚天動地的話要說嗎？」

「……沒、沒有！」聞杭訕訕地垂眸，實在是太丟臉了，他想找條地縫，將自己埋起來。

舒燕「哦」了一聲，轉身往廚房而去。「左右門壞了，擋不住你們，是去是留，你們隨意。」

「還不快跟上去，給她道歉？」聞子珩毫不留情的一掌拍在了自家孫子的背上，借力將孫子往舒燕方才所走的方向推了過去。

聞杭被爺爺推得腳下一個踉蹌，在姿勢詭異地穩住後，哭笑不得地看著自家爺爺，控訴。「哪有爺爺你這樣的？爺爺你還要自己大學士的形象了嗎？堂堂大學士，硬逼孫子給人道歉，天下僅此一家，絕無旁人了。」

第二十七章 不歡而散

「呵！錯了就要道歉，這跟老夫是不是大學士，沒有關係。」聞子珩沒好氣地瞪了孫子一眼，他真是不明白平日裡他到底是做錯了什麼，才會讓孫子覺得他是大學士，他自己做了錯事便可不用道歉也能就此揭過。

聞杭眼神飄忽，極力給自己找藉口。「爺爺，人家是姑娘家，我便是要道歉，也得等她出來，哪有眼巴巴湊上去的道理？那不是在毀人名聲嗎？」

「就你歪理多！」聞子珩抬手點了點孫子的腦袋，心中卻是被孫子口中的歪理說服，便沒再催著孫子進去道歉，轉而自行在院中尋了地方坐下。

他得慶幸這小院裡有一方石桌，石桌邊上圍放了好幾個石凳，否則在未經主人家允許的情況下，他不能進屋，就得一直站著，或是席地而坐了。

「爺爺，這舒姑娘的相公應該是在家的吧？怎麼不見他出來招呼您？」聞杭暫時躲過道歉，但鬆了口氣沒多久，就踱步走到自家爺爺身邊開始找事。

能讓宋子辰特意帶家僕來找麻煩的人，定然也是個讀書人，按理來說，那人見著他爺爺的到來，應該是迫不及待地出面，跟他爺爺獻殷勤才對。

聞子珩思及當時自己被舒燕救了之後，封景安對自己的態度，就忍不住伸手揪住彎腰往他耳邊湊的孫子耳朵，用了兩成力道擰了擰。

「哎哎哎，斷了斷了！」聞杭極為誇張的嚎叫，實際上根本就沒有他所表現出來的那麼疼。

「哼！再話多，我就把你的嘴縫上！」聞子珩警告地瞪了孫子一眼。

聞杭嘴欠還快。「縫上好！縫上了我就不用道歉了！」

氣得聞子珩忍不住加重了手上的力道，一時間小院裡就只聽見聞杭的慘叫。

舒燕心無旁騖，完全無視小院裡的動靜，一心只在自己面前的食材上。

這些食材，都是齊球球昨天命人前去張羅的，早膳該吃得清淡一些，就熬點粥再攤點餅吧。

「景安，我們真的不用出去嗎？」齊球球從門縫中看了看小院裡的聞子珩爺孫倆，心中忍不住有些惴惴。

封景安瞥了齊球球一眼。「你可以出去。」

齊球球沒搞懂，心裡越忐忑不安。

這意思，他到底是能不能出去？

「吱呀——」就在這時，幾人耳邊不約而同地聽到了一聲很輕微的開門聲，緊接著一顆小腦袋謹慎又小心地從雜物房中探出。

正是被齊球球綁了丟進雜物房中的小乞丐。

他快速掃了小院裡一圈，確定機不可失時再來，立即便徹底拉開門，拔腿往外跑。

聞杭反射性地想去抓他，聞子珩怕真傷了孫子的耳朵，順勢就鬆了手。

於是，小乞丐前腳剛跑起來，後腳就被腳長、幾步跨過來的聞杭攔住了前路。

「讓開！」小乞丐目露凶狠，企圖嚇退聞杭。

聞杭半點沒被嚇著不說，反倒還被激起了點興趣，他笑著逼近小乞丐。「來，告訴我，你是誰？為什麼會從那裡出來？」

「關你屁事！」小乞丐根本不敢耽擱，當即就想要繞開這個莫名其妙開始管閒事的人。

見狀，齊球球再也待不住了，拉開門衝了出去，堵住小乞丐的後路，還迅速伸手抓住了他的小手。

「嘶！你抓疼我了，快給我放手！」小乞丐氣得不行，抬腳就開始踹齊球球。

齊球球一個沒防備，被踹了個正著，手上力道鬆了，小乞丐眼睛一亮，忙不迭地掙開齊球球，拔腿就往外跑，眨眼間就跑出了一段距離，聞杭下意識想追，卻被自家爺爺攔了下來。

「讓他走吧。」聞子珩搖了搖頭。

此時再去追也來不及了，齊球球只好開口問：「聞老知道那小乞丐姓甚名誰嗎？」

聞子珩長嘆一聲。「他叫夏毅。」

舒燕端著攤好的餅從廚房出來，聞家爺孫倆還杵在原地沒動，看起來大有一直杵在這兒不動的架勢。

舒燕眉頭一皺。「老爺子，昨日我都已經跟您孫子說清楚了，難道他沒跟您說嗎？」

「說什麼？」聞子珩裝傻，當即目光冰冷地瞪向自家孫子。「臭小子，你是不是還有什麼事瞞著老夫沒說？」

聞杭神色僵硬。為達目的，直接裝傻把一切都推到孫子頭上的爺爺，他還能要嗎？

「說話！別以為你不說話就沒事了，老夫跟你說……」

「行了，您老別演了。」舒燕沒好氣地白了聞子珩一眼。

聞子珩正要發揮攢了一輩子戲癮被打斷，只好訕訕地笑了聲。「沒、沒演，老夫是真的不知道。」

「行，姑且就算是你不知道吧，我再說一遍，也不是什麼大事。」舒燕直視著聞子珩，一字一句把話說清楚。「我救你純屬行俠仗義，見不慣一個老人被匪徒欺負，並非對你有所圖。所以，這報恩一事就此作罷，您請回吧。」

「那不行！」聞子珩沈了臉。「救命之恩怎能不報？老夫說了許妳一個學生的名額，就絕不會反悔！你們選好誰來接受老夫的考驗了嗎？」

「爺爺，你要收徒？」聞杭震驚地看著爺爺。

他想他知道宋子辰為什麼會來找他們的麻煩了。合泰州學內的明眼人都看得出來，宋子辰想要拜在他爺爺門下好久了，結果現在突然冒出幾個人來，就因為對他爺爺的救命之恩，得了他爺爺親口允諾，可以許他們一個學生的位置，要是他是宋子辰，也會忍不住來找對方麻煩。

聞子珩沒搭理他孫子的震驚，見舒燕不答，登時就急了。「封景安呢？老夫問他去！」

言罷，起身作勢就要去找封景安。

下一刻，他就看見封景安從裡屋走了出來，面色平靜。

見狀，聞子珩心中突然有些沒底。「你……」

「聞老，燕兒的意思就是我們所有人的意思。」封景安看了聞杭一眼，在聞杭變臉開口之前，再度將他們的態度亮出來。「燕兒當初救您上岸前，壓根兒就不知您的身分，是事後那些學生對您的態度，才讓她知道您的身分。所以，恕我直言，您孫子擔心您受騙固然情有可原，但，他不能曲解燕兒救您一命的初心。」

「老夫知道。」聞子珩轉眸瞪了孫子一眼。「子寒，還不跟舒姑娘道歉！」

舒燕擺手拒絕。「別，我可受不起。」

「對不起，是我以小人之心度君子之腹了。」聞杭深呼吸，道歉其實並不是很難，不過，他還是不覺得自己做錯了。「爺爺他身分特殊，我會擔心接近他的所有人的用心，並不單單只是針對你們。所以，這事是我一人所為，還望你們不要怪我爺爺。」

聞子珩滿意地點頭。「就是，懷疑是他懷疑的，跟老夫可沒關係。」

「爺爺……」聞杭無奈，這麼乾脆地跟他這個孫子撇清關係，爺爺他真的是……

聞子珩沒好氣地白了孫子一眼。「叫什麼叫，我的話不對嗎？」

「對對對，您說得都對。」聞杭示意自己閉嘴，省得被爺爺當著外人的面持續下面子，以後在他們的面前，臉掛不住。

「哼！」聞子珩最後瞪了孫子一眼，才收回目光，轉而看向封景安跟舒燕。「他已經為自己不當的言論道歉，那事可以翻篇了嗎？」

封景安看舒燕，受到聞杭言語攻擊的，是舒燕，這個事能不能翻篇，自然是由舒燕自己決定。

舒燕沒有為難聞杭的意思，但同時她的主意也沒有改變。「此事雖是由誤會而起，但從中也可窺見，我們彼此之間沒有任何信任可言。故而，為避免以後發生同樣的事情，咱們還是少來往，學生一事，也就此作罷吧。」

「不行！」聞子珩想也不想地反對。以後少來往的話，他的救命之恩找誰報去？這恩不報了，他於心難安。「這學生一事不能就這麼算了！妳不挑人，老夫可就自己挑了！」

舒燕攤手表示。「您就是挑了也無用，他們不會聽您的。」

「別人都是巴不得拜在我門下，你們倒好，我主動送上門，結果你們竟是要將我拒之門外！」聞子珩就不明白了，他們到底是怎麼想的。

封景安不躲不避地對上聞子珩的目光，直言道：「若我們與旁人一樣，之後您想起自己的徒弟是因為報恩換來的，只怕您心裡多多少少會有些疙瘩吧？」

「這……」聞子珩一噎，仔細想想，他還真是無法保證之後心中會不會留下疙瘩。

封景安笑道：「您看，您自己都無法保證，我們又怎麼敢冒險呢？如果您真的對燕兒的救命之恩耿耿於懷，必須要做點什麼才能心安的話，那不如把收我們之中的任何一個為學生換成別的？」

「別的？」聞子珩有些茫然。還有什麼是比他的學生名額更好的東西？

封景安頷首肯定。「就是別的。您也知道，我們初來乍到，對合泰州一切都不太熟悉，而燕兒又是個閒不住的，她多半是會琢磨著做點什麼生意之類。」

「你的意思是說，讓我給她找個能做生意的地？」聞子珩皺眉不滿。「行商有什麼好的？做商賈那是降低自己的身分！哪有給我當學生好？」

舒燕這就不贊同了。「行商怎麼就是降低身分的事了？沒有商人，你們吃的米、用的油都是哪兒來的？沒有他們，銀錢不流通，這國就廢了，況且我靠自己手藝賺錢，不偷不搶，有何不可？」

「這，妳這是強詞奪理！」聞子珩硬是被舒燕氣得瞪圓了雙眼瞅她。

雖然他不能否認舒燕言之有理，但是行商一事，在他這裡還是不妥。畢竟商賈不可參加科舉，更不可入仕！

「妳可要想清楚了，他來合泰，就是要入這裡的州學，考秀才，圖金榜題名，一旦妳行商，絕對會影響到他的仕途！嚴重的，還可能直接導致他無法參與科舉考試，這妳也不在意嗎？」聞子珩苦口婆心地勸，想打消舒燕經商的心思。

聞杭跟著點頭。「對啊，我爺爺說得有道理，這事你們還是三思再決定吧。」

「不用。」舒燕面色平靜，直視著聞子珩，發出關鍵一問。「聞老，他們那些當官的夫人們，她們名下是否有各式各樣的鋪子？」

聞子珩臉色一肅。「這當然有，妳問這個幹麼？」

「既然她們是有鋪子的，那這些鋪子的經營，是否也是屬於經商的範疇？」舒燕展顏一笑，不等聞子珩接話，又接著問：「若是屬於，照聞老您的說法，她們當官的夫君，是不是也不能繼續當官了？」

聞子珩臉色一僵。這還能這麼算的？

「不是，妳跟她們又不同，不能這麼算！哎，老夫到底是在說什麼？」

「怎麼不能這麼算？景安念書考科舉入仕，我身為他娘子、唯一的親人，經商賺點錢養他怎麼了？」舒燕並不覺得自己這樣想有任何的問題。

學子學子，又不是喝西北風就能考科舉、入仕為官，背地裡沒點銀錢支撐，早餓死了。

「男子漢大丈夫的，他用得著妳一個女人養？傳出去也不嫌丟人！」聞子珩不能說舒燕說得沒道理，只能去抨擊封景安，試圖讓封景安撿起屬於男人的自尊心，自己拒絕舒燕。

丟人？封景安心中因著舒燕所言而起的微妙感，瞬間消失殆盡。

「哪兒丟人了？說得好像你不是你娘養大似的。」舒燕沒好氣地翻了個白眼。「我這話雖說不太好聽，但道理就是道理。男兒志在四方，他負責往上衝，我在背後支持他，哪裡丟人了？」

聞子珩一噎，他說不過舒燕，索性直接拒絕。「反正、反正這件事，老夫是絕對不會幫的！」

「又沒讓你一定要幫，還不是你非要報恩求個心安，景安才提起這個話頭的。」舒燕無奈，她都說不要他報恩，是他非要堅持的。現在倒好，說了別的要求，到了聞子珩這裡就成了是他們的錯了。

「您二位沒事就請回吧。」言罷，不再搭理聞子珩爺孫倆，舒燕抬腳進廚房準備將熬好的粥端出來，耗了這麼會兒時間，她的粥都快熬過頭了。

封景安抬手做了請姿。「聞老，請回吧，入您門下、為您學生一事，我們不需要用對您的救命之恩來獲得，未來我們會自己讓您心甘情願收我們為學生。」

「大言不慚！」聞杭沈不住氣，自家爺爺還未開口，他先忍不住不屑地斜睨封景安。整個合泰州，優秀之人不知凡幾，他哪來的底氣，敢當著他爺爺的面這般斷言？

聞子珩儘管也覺得封景安此言過於囂張，但他不得不說，比起以報恩之名收他們其中一個人為學生，封景安這樣的作為，更令他欣賞。

「也罷，雖然你們救了老夫一命是事實，但你們幾次三番拒絕老夫報恩，老夫也不是那等不識趣的，此事姑且先放一放，老夫等著你們如何讓老夫心甘情願地收你們為學生。

「子寒，走，回家！」聞子珩拂袖轉身大步離去。

聞杭趕忙抬腳跟上，生怕慢了一步，回去後又遭到爺爺的各種折騰，畢竟他這個孫子，在他爺爺那裡是一點兒都不寶貝的。

很快，聞家爺孫倆的身影就徹底消失，憋了恍若一年的齊球球總算是可以暢所欲言，當即便是幾步快走，湊到封景安的身邊。

「咱們來這裡，為的不就是拜入聞子珩的門下，成為他的學生？你們怎麼回事？為什麼把這麼簡單的一件事情搞得那麼複雜？直接順水推舟地應了聞子珩，不好嗎？」

「一會兒多吃點。」封景安肅著臉，抬手拍了拍齊球球的肩，不等齊球球反應，他先抬腳進屋，徒留齊球球一人站在原地。

舒燕端著香氣四溢的粥出來，看見齊球球一臉深思地站在那兒一動不動，頓時覺得奇怪。「你杵在這裡做什麼？」

「嫂子，景安讓我一會兒多吃點，他是什麼意思？」齊球球殷切地看向舒燕，不是他笨，他是真的琢磨不透，景安這話跟他的問題有什麼關係。

舒燕臉色忽而變得有些古怪。

就齊球球這個體格，封景安讓他多吃？大概，是在隱喻他是豬？為了和諧的朋友關係，她還是裝作什麼都不知道的好。

「能有什麼意思？大概是怕你太餓了，所以才會特意讓你多吃吧！走走走，進屋用早膳去，你不餓我都餓了。」舒燕煞有介事地說完，端著手裡的粥繼續往屋裡走。

齊球球狐疑地看著舒燕進屋的背影，總覺得景安的意思沒有舒燕說得那麼簡單，景安說那句話時的表情明顯不是想表達這個意思。

半刻鐘後，屋裡端著自己的碗吃得正香的齊球球腦中突然靈光一閃，終於領悟到了封景安那句話的意思。

「好啊，景安，你竟然說我是豬！」

第二十八章　入學風波

三天後，是合泰州唯一的州學合泰州學入學日。

封景安跟齊球球帶齊入學所需的一切東西，早早來到了合泰州學門口，沒有讓舒燕姊弟二人送他們到州學。

作為合泰州唯一的州學，即便是兩人覺得來得夠早了，但等他們到的時候，門口還是已經有很多人在排隊了。

這要進入州學，得是童生才有資格，但有些州學不是童生就有資格進的。

當然，齊球球是絕對相信他跟封景安一定可以進合泰州學，就算他不行，封景安也一定行。可，現實很快就狠狠地給了自信的他一巴掌。

「你們兩個不符合標準，請到一邊去，不要影響後面的人。」盧解表現得極為厭惡地擺手驅趕齊球球二人，好似他們是什麼令人噁心的東西。

封景安臉色一沈，伸手拉住氣得要跳腳罵人的齊球球，禮貌且犀利地問：「不符合標準？請問，是哪兒不符合標準？」

「我說不符合就是不符合。怎麼？區區一介童生，竟還敢質疑先生我的話不成？」本來就沒有原因，盧解當然說不出所以然來，但他的身分可以直接讓他強硬地趕封景安和齊球球離開。

只要他們不想被扣上一頂不尊師的帽子，那麼在他這麼說之後，他們就該識趣地轉身離開。

其他等著入學的學子不明真相，只是下意識地認為身為先生的盧解無錯，對封景安和齊球球賴在前方不走的行為甚是不滿，紛紛開始出言指責兩人。

「是啊，先生都說你們不符合標準了，你們還是讓開吧。」

齊球球氣得臉色一綠，大力甩開封景安抓著他的手。「勞先生將我二人到底哪兒不符合標準說出來，若合理，我們二話不說立刻走，絕不擋著你們辦入學！」

盧解登時氣得渾身發抖。他在合泰州學這麼久，何時被人這般質疑過？果然，宋子辰說得一點都沒錯，這兩個就是刺頭！一旦讓他們踏入州學，他們合泰州學的風氣非得變得面目全非不可！

「來人，將他們給我轟出去！」他說不符合標準就是不符合，誰都不能質疑！

每個州學都有養一些護衛，以防有人在州學裡鬧事，盧解一聲令下，當即就有四個長得極為彪悍的護衛上前，朝封景安和齊球球而去。

封景安臉色徹底地冷了，這個架勢明顯是要對他們來硬的，不給出任何令人信服的理由就要強行將他們轟走，便壓著情緒冷靜道：「先生怕是聽了什麼閒言碎語，才會這般無理，強硬地讓人將我們轟走吧？」

這個人是誰呢？齊球球只用腳趾頭想，都知道這個閒言碎語，是誰說給合泰州學負責審核各個童生是否真的適合他們州學的先生聽的。

「宋子辰這個卑鄙小人，敢在背後說三道四，怎麼沒膽子出現？」他要是在這裡，他齊球球非得給他一記泰山壓頂，壓死他不可！

宋子辰當然不會傻到自己給人使絆子還當場出現，在齊球球恨不得撕了他的時候，他在合泰的宋家點香泡茶，小日子簡直不要太閒適。

沒人理會齊球球的叱罵，護衛也很快就動手箝制住了封景安和齊球球，還用像押犯人一樣的姿態，簡直是故意羞辱人。

眾學子面面相覷，心中雖是覺得他們如此對待兩人有點過分，但礙於對州學一切的敬畏，一時間竟是無人站出來替兩人說一句公道話。

封景安的冷臉難看得可怕，就在這兩個護衛箝制住他的瞬間，他感覺到了，自己被抓住的手臂發出了抗議。

這些人明著動手只為轟走他們，實則背地裡還悄悄對他下狠手。如若不是現在有這麼多人在，他相信他們絕對不只故意加重手中力道那麼簡單，怕是會直接廢了他雙手。

「放開！」齊球球長這麼大，除了那次被綁，還從沒人敢這麼對待他，氣得他不管不顧地就用自己那一身肉，去跟押著他的護衛硬碰硬。

結果，硬碰硬的下場，就是他還沒能硬氣起來，肚子上就狠狠地挨了護衛一拳，疼得他差點將今早吃下去的早膳吐出來。

「嘶——」

「老實點！再亂動，可就不是只給你一拳這麼簡單了。」護衛不懷好意地瞄了齊球球雙手一眼，大有齊球球再敢亂動，他們就卸了齊球球雙手的意思。

齊球球又疼又氣，卻只能逞嘴上功夫。「你敢！堂堂州學，竟然出這種張口就威脅學子的護衛，可真是出息呢！」

「你若不亂動，我們也不會威脅。行了，趕緊走，別耽擱他人的時間。」那護衛並不覺得自己錯了，理直氣壯地推搡著齊球球離開。

擋著前路的學子們紛紛給他們讓路，就算是有些本想要替兩人說話的，但見到護衛這般凶狠，這會兒都不敢說了。畢竟，看不過歸看不過，真要他們為了素不相識的人，賠上他們自己進入州學的機會，他們是無論如何都不願意的。

眼見著兩人被護衛押走，盧解眸底飛快劃過得意，隨後又恢復成一副道貌岸然的模樣招呼後頭的學子上前來。

「其他人，按順序一個一個上來。」

封景安緊抿著唇，前不久他剛放話會讓聞子珩心甘情願地收他為學生，現在才到哪兒？難道他就要這樣出師未捷身先死了嗎？不，他不允許！

「放開，我自己會走！」首要的，是讓這兩個押著他的護衛鬆開他，如此他才能有進行下一步的可能。

護衛譏誚地瞥了封景安一眼，沒搭理，繼續押著人往外走。什麼能自己走？純粹就是在找機會翻盤，他們才沒那麼蠢的聽信他的鬼話呢！

見他們不搭理自己，封景安眸底冷光一閃，好言好語不成，那他只能採取極端手段了。

上頭，抬腳，頭迅速地分別撞在押著他的兩個護衛腦袋上，隨後在他們疼得未能回神之際，抬腳狠狠地踩向兩人的腳，然後用力碾壓。

「啊！」護衛疼得慘叫，抓著封景安的手下意識地就鬆開。

封景安乘機大力掙扎，下一刻順利從兩人手中脫身，他反身就往回跑，跑得飛快。

眾人只覺眼前似乎飛快地跑過什麼，等定睛一看，發現本該被押出去的人，竟是不知何時跑到了盧解面前，離盧解僅有一步之遙。盧解大驚失色，忙不迭往後退，不想動作還是慢了一步，眨眼間，他的咽喉，便被封景安那雙精通木工的手扣住了。

「你你你，你放肆！」

「我也不想，這不是你逼我的嗎？」封景安微微收緊扣住盧解咽喉的手，讓盧解能感受到窒息的壓迫感，卻不會立即失去呼吸。「宋子辰既然在你面前編排過我的是非，那想來他定然告訴過先生，我這雙手不只用來寫字，還會拿刀吧？」

盧解臉色一白，呼吸不穩。「你什麼意思？什麼你的手還會拿刀？你在胡說八道什麼東西？我什麼都不知道，你快放開我！封景安，你知不知道你如此作為，是欺師？」

「欺師？不，你根本就不配為人師！」封景安目光泛冷，掃了眼盧解全身，在盧解的渾身不自在中，突然笑道：「我猜，宋子辰除了說我跟齊球球怎麼怎麼樣之外，平日裡也沒少給你送好東西吧？否則你怎麼會他說什麼就信，甚至查都不查，就認定了我們是他口中說的那般人，一開口就是我們不符合標準，要趕我們走呢？」

盧解當然不會承認，甚至眼底爬上了幾分羞惱。「空口白牙！老夫奉勸你，最好立刻鬆開老夫，不然你不僅是合泰州學入不了，其他的州學你也別想進去！」

「在此之前，您先擔心擔心，自己在合泰州學的老師身分還能不能繼續留下來吧！」封景安冷哼了聲，不等盧解再開口，便徑直將扣在盧解咽喉上的手收得更緊，直接剝奪他開口的能力。

然後，他抬眸看向似是被嚇傻了的眾人，尤其是還押著齊球球的護衛。

齊球球了悟地用力掙扎，很快就輕而易舉地從剛才不管他怎麼掙扎都掙扎不開的護衛手中掙脫，一鼓作氣地跑到封景安身邊。

兩人都沒管其他老師見此變故後，慌忙命人去請能主事的人來的舉動，他們如今確實也是需要一個能主事的人，來幫忙評評理。

他們能自己命人去把人請來，那是再好不過的了。

盧解被捏得呼吸不暢，開始翻起了白眼，心中那是狠狠地將封景安恨上了，並發誓今日不死，一定讓封景安吃不了兜著走。

「封景安，你先鬆開盧老師，他看著快要呼吸不過來了。」其他老師吩咐完人去尋能主事的來後，發現盧解的不對勁，都忍不住心驚肉跳了起來，生怕封景安真把人掐死了。

封景安笑了笑。「放心，他肯定能撐到你們把主事的叫來。」

他手下的力道有分寸著呢，畢竟為了與宋子辰是一丘之貉的人，賠上自己的前程，那可一點兒都不值得。

見他如此固執，眾人也沒轍，只能暗自祈禱護衛儘快把能主事的請來。

往年，他們州學的院長都會在學院裡頭坐鎮，就今年想試著不坐鎮，放手讓他們自己來，結果就出事了。

院長若是知曉此事，怕是要氣得不輕，而他們這些辦事不利的，只怕是好幾月的銀錢都要沒了。

一時間，他們都有些埋怨起盧解來，這封景安跟齊球球，他們都沒看出哪兒不符合標準，可盧解硬要說不符合，且當著這麼多人的面，他們又不好打盧解的臉，只能是睜一隻眼、閉一隻眼。

哪想到會鬧到如此境地？如果知道這兩人不是那般好惹的，他們方才就不會姑息……現在說什麼都晚了，他們只能希望來人後，能將此事妥善處理，不會罰他們太重。

一刻鐘後，聞子珩風風火火地跟著方才離開的護衛來了。

他從護衛口中聽到封景安的作為時還不敢相信，直到他趕來後，親眼看見封景安控制著盧解，這才不得不相信護衛口中所說，都是真的。

「放開放開，學生挾制老師像什麼樣子？封景安，不過幾日未見，你怎麼就變了副樣子了？」聞子珩黑著臉上前，伸手想要將封景安扣住盧解咽喉的手掰開。

封景安沒想到，來的人會是聞子珩，一個愣神，扣著盧解的手就被聞子珩掰開了。

「咳咳咳！聞老，你要替我做主啊，他他他差點掐死我！這已經不是欺師，而是弒師了！」盧解一恢復自由，立刻貪婪地呼吸，即便自己氣息還沒能喘勻，也迫不及待地指著封景安向聞子珩告狀。

「來，解釋，對此你可有什麼要說的？」聞子珩沒看盧解，直勾勾看著封景安。

封景安動了動方才扣住盧解的手，不鹹不淡地反問道：「與其問我有什麼要說的，您不如問問他，方才是怎麼對待我們的？」

「只看了一眼，就判定我跟景安不符合合泰州學的入學標準，問他哪兒不符合標準，他卻又說不出來，如此師德，聞老覺得可？」齊球球沒給盧解開口顛倒黑白的機會，直接搶了話。

聞子珩臉色變了變，登時目光冰冷地鎖定盧解，語氣不善地質問道：「他說的可是真的？」

「不……」

「不是真的？這兒這麼多人看著呢，你確定你否認之後，先前你對我們做的事情就真的能兜住？」齊球球冷笑再度搶話。

封景安根本就不需要再開口，單憑齊球球一人，就能在聞子珩的面前把盧解駁得無話可說。

「你們來說，他方才說的可都是真的？」聞子珩意識到問盧解沒用，索性從盧解身上移開目光，看向同行的其他老師。

當著這麼多學子的面，他們也不敢偏向盧解，只能老老實實地點頭承認，簡單地把事情一五一十還原。

「你們！」盧解萬萬沒想到，他們不幫他說話也就算了，居然還將事實還原。

他們避開盧解的目光，聞老在前，還有這麼多學子在，他們不說實話，還偏向盧解，那就是死路一條。

聞子珩沒好氣地白了盧解一眼。「怎麼？你還不許旁人說實話，非得都站在你這邊才行？」

「不、不是，聞老，我不是那個意思。」盧解面帶苦色。他到底是造了什麼孽啊，讓自己落到如此尷尬的境地？「是子辰跟我說，他們兩人的品性有問題，我才……」

「他說你就信，是不是他哪天讓你吃糞，你也覺得那是美味？」聞子珩絲毫沒給盧解在這麼多人的面前留面子，直說得盧解那張老臉一陣青一陣白。這還不夠，聞子珩緊接著就問：「宋子辰跟你說他二人品性有問題的時候，有沒有告訴你，老夫前幾日落水，是封景安他媳婦兒救的？」

「什麼？」盧解徹底傻眼。這、這事宋子辰根本就半個字都沒提啊！

「不是，這到底是怎麼回事？」宋子辰不是說他倆品性有問題嗎？為什麼他口中品性有問題的兩人，其中封景安的媳婦兒會是聞老的救命恩人？

「哼！還能怎麼回事？活了大半輩子的人了，還讓一個學生、一個小輩當槍使了，你可真是出息極了呢！」聞子珩的譏諷不要錢似的對著盧解直射。

盧解羞愧難當，對宋子辰膽敢將他當槍使更是非常惱怒。合著平時裝乖巧，送他東西，都只是為了利用他！

「對不起，我不該聽信宋子辰，還請你們原諒。」

封景安深知適可而止的道理，況且盧解不對，他也對盧解動了手，這會兒要是不退一步，沒道理的反倒是要變成他了。故而，他很是大度地表示。「道歉我們接受，方才我情急之下也對先生動了手，還望先生也能既往不咎。」

「你會動手也是因我不講理，要怪也只能怪我這個老頭子是非不分。」盧解擺擺手，心頭的憋屈滿得都快溢出來了，卻偏偏什麼都不能說。

聞子珩見時機差不多了，便道：「還愣著做啥？既然他們兩人沒有問題，那還不快幫他們辦入學手續？」

「是是是，你們跟我來。」盧解殷勤地引著封景安和齊球球到桌前開始登記，那副樣子，恍若方才被封景安扣住咽喉的人不是他。

眾人面面相覷，如果盧解的咽喉上沒有留下手印的話，他們或許也這樣認為了。

很快，兩人的資料就登記好了。

盧解勉強露出一點慈愛的笑容叮囑道：「州學裡有安排各個學生的住宿，若你們在合泰沒有落腳地，可以住進州學裡，如此也更方便你們讀書。」

「這倒是不用，我們有住的地方。」封景安本就沒打算要住進州學裡，這會兒自然是拒絕得非常爽快。

盧解笑容一僵，以為封景安心中仍在意剛才他對他們的作為，一時倒不好再開口勸。

「走吧，老夫正好閒著無事，就帶你二人好好熟悉一下我們的州學吧。」聞子珩說罷，徑直轉身就走，完全不給兩人拒絕的機會。

封景安與齊球球相視了一眼，幾番衡量下，到底是抬腳跟了上去。

私底下，他們怎麼拒絕聞子珩都可以，但當著這麼多人的面拒絕卻是不行，不然接下來口耳相傳的，指不定就要傳成他們兩個不識好歹了。

待三人身影消失，其他人方才大著膽子跟身邊的人談論起來。

「方才那兩個，是得了聞老的賞識了吧？」

「那肯定是，不然聞老就是閒，也不會特意帶誰熟悉州學啊！」

「哎，好羨慕，我也想剛入學就受到聞老的賞識。」

「你？作白日夢比較實在，哈哈哈！」

——未完，待續，請看文創風941《福運莽妻》下

2021年3月出版

無顏福妻

文創風 935~936

一個是名聲敗壞的醜媳婦，一個是命裡剋妻的粗漢子，
老天爺偏將他們湊成一對，搬演「負負得正」的逆轉人生！

在這人皆愛美的世道，醜妻也能出頭天！／柴可

在現世遇人不淑，穿越到古代農村卻成了聲名狼藉的醜女，
不僅未婚夫嫌棄她而毀婚，連後娘想強嫁她還得倒貼銀子，
活得人緣奇差無比，歸根究柢還不都是長相問題……
只不過，在這愛美惡醜的世道，偏偏就是有人逆著行，
好比眼下這個現成的丈夫，雖然是打獵維生的粗漢子，
但對著她這副「尊容」親得下去，同床共枕也睡得下去，
還百般許諾要對她好，把她當作寶來疼，這肯定是真愛了！
當她貌醜時，他都如此厚待，等她變美時，更是愛妻如命，
他曾為了從山匪手中救下她，孤身一人涉險就端掉整個山寨，
這般膽識放眼鄉野絕沒有第二人，可以說這個丈夫真沒得挑。
夫妻做些買賣低調地在山裡發家致富，小日子過得正愜意，
孰料，病情告急的太子登門認親，懇請丈夫從獵戶改行當儲君？
明明是羨煞旁人的榮華富貴，他們夫妻倆卻是千百個不願意啊……

流浪貓狗介紹所

為流浪貓狗加油 和貓寶貝 狗寶貝 廝守終生(一定要終生喔！)的幸福機會

對人來說，貓寶貝狗寶貝只是生活的一部分，但妳(你)對牠們來說，卻是生活的全部，領養前請一定要考慮清楚——

▲ 熟男爸爸 貝貝

性　　別：男生
品　　種：米克斯
年　　紀：7～8歲
個　　性：溫和親人
健康狀況：已結紮，已接受血檢、二合一、狂犬預防針、後全口拔牙（貓愛滋口炎療程）及後續觀察服藥
目前住所：台北市北投區 貓日子（中途）

本期資料來源：貓日子粉絲專頁 https://www.facebook.com/CatDayHouse/

『貝貝』的故事：

貝貝是我前社區裡的資深浪貓，個性非常熱情親人，只要是餵過牠或喜歡貓的人經過牠的管區，牠都會熱情的跟大家打招呼，甚至個子大的牠，會常常在社區巷子裡巡邏，模樣真是很神氣威風！

大夥斷斷續續的餵貝貝跟牠的妻小，也有四、五年了，可去年開始看牠日漸消瘦，心裡覺得有點不安，納悶牠是老了還是病了？直到某個下雨又特別冷的晚上，去倒垃圾時發現原本放了兩個罐頭給牠們一家的，但牠不吃還叫得很大聲，於是用手電筒照車底下，發現牠嘴角一直流血、流口水，以致根本無法吞食……

帶去醫院檢查治療，最後經專科醫生建議進行拔牙，以絕後患。好在貝貝的身體狀況佳，除了口炎外沒有其他問題，術後在中途朋友家也恢復得很快，無奈朋友只能照顧兩個月，其他中途家又是多貓的環境，讓不親貓的牠，體重因此起起伏伏，深覺找新家才可以讓牠安穩一生。

貝貝親人不親貓，但牠跟其牠貓相處倒也相安無事，大部分時間都自己靜靜的躲在角落不會搭理其他貓，牠以前在社區跟人頻繁互動習慣了，聽得懂話也很聰明，雖然有點慢熟但抱牠不會抗拒，若是熟人還可以抱上三、四十分鐘都不亂動，是非常可人疼的小孩！連醫生、朋友都說貝貝餵藥乖、剪指甲也乖，是難得的極品貓咪，希望2021年能幫牠找到溫暖的家，有把拔馬麻來秀秀貝貝。若您有意願請連繫張小姐0939032351，或是Line ID：kc1612，甚至上貓日子粉專也行喔！

認養資格：

1. 認養人須25歲以上，有工作且經濟獨立者。
2. 能負責每天喂養、整理打掃貓沙盆、定期回診醫療等。
3. 須同意簽認養寵物切結書。
4. 須同意送養人日後之追蹤家訪，且必要時須做居家防護。
5. 將來不因結婚、懷孕，或有其他生活變動因素而棄養，對待貝貝不離不棄。
6. 願意於FB或其它方式，定時更新分享貝貝照片及近況。

來信請說明：

a. 個人基本資料：姓名、性別、年齡、家庭狀況、職業與經濟來源等。
b. 想認養貝貝的理由。
c. 過去養寵物的經驗，及簡介一下您的飼養環境。
d. 若未來有結婚、懷孕、出國或搬家等計劃，將如何安置貝貝？

文創風
940

福運莽妻 上

國家圖書館出版品預行編目資料

福運莽妻 / 山有木兮著. --
初版. -- 臺北市 : 狗屋出版社有限公司, 2021.03
冊 ; 公分. --（文創風）
ISBN 978-986-509-197-2（上冊 : 平裝）. --

857.7　　110001356

著作者	山有木兮
編輯	林俐君
校對	陳依伶
發行所	狗屋出版社有限公司
地址	台北市104中山區龍江路71巷15號1樓
電話	02-2776-5889～0
發行字號	局版台業字845號
法律顧問	蕭雄淋律師
總經銷	知遠文化事業有限公司
電話	02-2664-8800
初版	2021年3月
國際書碼	ISBN-13　978-986-509-197-2

本著作物由北京晉江原創網絡科技有限公司授權出版

定價260元

狗屋劃撥帳號：19001626

網址：love.doghouse.com.tw　E-mail：love@doghouse.com.tw